藍空

BLUE SKY

我的天空，就在他的那雙眼睛裡，因為有他，我才終於想起怎麼飛翔。

晨羽——著
NIN——繪

第一章

早晨七點，我在鋼琴悠揚的旋律中甦醒。

搬離宿舍後，我在學校附近租了一間小套房，每天早上都會聽見隔壁傳來琴聲。雖然對方彈琴的時間點很可能擾人清夢，但目前爲止似乎還沒有誰去反應過。

住進來三個禮拜了，我依然不曉得彈琴的人是誰。

我躺在床上聆聽，直到手機鬧鈴作響。不知不覺間，琴聲已經取代了鬧鐘的作用。

究竟是誰可以彈出這麼溫柔，卻又隱含憂傷的樂曲？

琴聲停止後，我起床盥洗，準備去學校上課。如今我已經習慣等聽完整首曲子才下床，甚至一天沒聽到就覺得渾身不對勁，難以打起精神。

我想，我是對那個人的琴音上癮了。

莫莫，上完課就來社辦，我有好東西要給妳看。YA！

出門前，我收到這封簡訊，字裡行間流露出的活力使我莞爾一笑。收起手機，我不自覺望了隔壁的鐵門一眼，才下樓前往學校。

課程一結束，我便來到吉他社社辦，站在講臺上的兔子學姊見我出現，馬上拍了拍手，「我們的女主角到嘍！」

在場的五人紛紛轉頭望過來。

康康學長宛如看到救星，仰天大喊：「太好了，得救了！」

「小莫，妳快來，我們真的受不了他了。」波波學長鬆了口氣。

「耳根子終於可以清靜了。小莫，逸光就交給妳了。」Summer社長拍拍我的肩膀，逃難似的離開社辦。

「莫莫，妳快看！」被學長們視爲恐怖人物的逸光衝到我面前，手中抱著一把吉他，「我終於將這把吉他買到手了！」

「你什麼時候買的？」我訝異地問。

「昨天。我一直跟老闆殺價，拗了老半天他才肯賣給我。」逸光滿臉喜悅，「這是我送給自己的生日禮物，我彈給妳聽聽看！」

「小莫，妳要有心理準備，他一彈下去可沒完沒了。」阿晉學長坐在不遠處的一張桌子上，笑得無奈，「他一早就把我們叫來學校，逼我們聽了兩個小時的吉他。」

「他還很焦急地說有大事發生，害我以爲是誰出了什麼意外，眞是的。」兔子學姊也一臉無可奈何。

「我被這臭小子搞到連早餐都沒來得及吃，餓死了。」康康學長摸摸肚子，忍不住問逸光：「你不是跟小莫同班嗎？幹麼不乖乖滾去上課？」

「那堂是選修課，我又沒修。」逸光笑嘻嘻的。

「神經病，不管你了。我要去吃早餐，然後回家睡覺！」康康學長掉頭就走。

「我也是，走吧。」

「莫子保重。」

學長姊們離去後，逸光拉著我坐下，「莫莫，妳想聽什麼歌？」

「你之前已經彈兩個小時了，不累嗎？」

「完全不累。」他容光煥發，笑得燦爛，「其實我本來想讓妳第一個聽到的。」

他的快樂感染了我，令我不禁跟著揚起唇角。

我是在大一開學後的第三天認識了逸光。

他是個擁有音樂才華的活潑男孩，個性像個孩子般淘氣可愛，有時上一秒才被他的頑皮惹惱，下一秒又被他的搞怪給逗笑。這樣的他輕易博得好人緣，身邊圍繞著無數朋友。

他熱愛音樂、熱愛唱歌，對任何人都同樣熱情。入學第一天，他很快就跟吉他社的學長們打成一片，還跟他們一塊四處招攬新生入社，當時他也不厭其煩地天天遊說同班的我加入，我雖然拒絕，仍不自覺被他的開朗吸引。

最後，我沒有進入吉他社，卻和逸光在一起了。

藉由這個契機，我逐漸與吉他社的其他社員熟稔起來，習慣了充滿吉他聲和歌聲的日子。

逸光就像是太陽，讓我的生活充滿明亮和溫暖。

「下週逸光生日，妳決定好要送他什麼了嗎？」離開社辦後，我和兔子學姊一起去了書店，在書店裡，她這麼問我。

「我想送他喜歡的某張DVD給他，他剛買新吉他，這陣子應該不敢再多花錢了。」

「這小子老是一頭熱地想做什麼就做什麼。」兔子學姊沒好氣地說，「我跟Summer他們那天會幫他慶生，所以妳要來社辦喔。」

「嗯。」

此時，忽然有人撞到我，我回過頭，對方冷冷瞪我一眼，沒有半句道歉便逕自跟同伴走掉。

兔子學姊擰眉，「那女生幹麼？看妳像看仇人似的，妳認識她？」

「高中同學。」我簡略地回。

「妳們處不好嗎？」

「嗯，她討厭我。但沒關係，我習慣了。」

「習慣什麼？」

「習慣被人討厭。」

「被討厭總有個理由吧？」

「有理由跟沒理由的都有。」

學姊凝視我片刻，伸手摸摸我的頭，嘆了口氣，「沒辦法，誰叫莫子妳那麼棒，歌唱得好，又長得特別漂亮。」

我默然。

「阿晉告訴過我一些妳高中時的事。他說妳是冰山美人，很少看妳笑，雖然追求者眾多，但妳的女生朋友卻少得可憐。我想她們是因爲嫉妒妳，有時外表太出眾，對只想平靜過生活的人來說，也是很痛苦的事呢。」

學姊的語氣誠懇，並不帶挖苦，我由衷說：「要是我跟學姊讀同一所高中就好了。」

「不，我高中時很幼稚，又小家子氣，搞不好也會做出跟她們一樣的行爲。」她爽朗地笑笑，「別想太多，我們大家都很喜歡妳，所以沒必要在乎過去的不愉快了，對吧？」

我看著學姊，點了點頭，「嗯。」

✦

逸光生日那天，他才踏進社辦，拉炮聲就響起，炸了他一身彩帶和亮片。

我跟著所有社員朝他喊：「逸光，生日快樂！」

逸光呆愣在原地，顯然沒料到會有這份驚喜。

「站在那邊幹麼？還不快過來吹蠟燭。」社長開口催促，兔子學姊馬上把逸光拉到擺放著蛋糕的課桌前，並將三角錐狀的生日帽戴到他頭上，接著由波波學長領頭，所有人齊聲合唱生日快樂歌。

被大家簇擁著的逸光笑得靦腆，跟著節奏擺動身子，等英文版的生日快樂歌也唱完，康康學長便說：「好啦，許個願吧。」

「收到！」逸光深吸一口氣，突然把我拉到他身邊，大聲說：「林逸光二十歲生日的第一個願望，就是希望我跟莫莫都能成爲『卡門』的歌手！」

眾人相視而笑，對於這個願望都不感到意外。

「第二個願望呢？」

「成爲卡門的歌手！」

「第三個？」康康學長懶洋洋地掏耳朵。

「成——」

「停！第三個願望要放在心裡，說出來就不會實現了。」兔子學姊連忙制止。

「兔子，妳都幾歲了，居然還相信這種說法？」康康學長奚落，學姊狠狠瞪了他一眼。

「反正就算不說，大家也知道他許什麼願。」阿晉學長笑了笑，「逸光，吹蠟燭吧。」

「好！」逸光俯身吹熄蠟燭，所有人給予熱烈掌聲。

他轉頭對我笑得欣喜，並握緊我的手，我也回以微笑。

✦

「卡門」是位於市區的一間著名Pub。

這間Pub最大的賣點是擁有一群優秀的駐唱歌手，店內幾乎天天座無虛席。老闆是我們學校畢業多年的校友，過去也曾是卡門的歌手，後來直接出道，至今在演藝圈依舊活躍。

由於不少當紅歌手跟音樂製作人皆是自卡門展露頭角，因此這間Pub十分受業界矚目，只要成爲卡門的駐唱歌手，知名度往往能在一夕之間暴增，與唱片公司簽約的機率也大爲提升。

許多熱愛唱歌或想踏入演藝圈的人，都將「成爲卡門的駐唱歌手」視爲首要目標，甚至有「不必參加經紀公司的甄選，也不用報名歌唱比賽，只要成爲卡門的歌手，就等於拿到一只唱片合約」這樣的傳言，讓那些渴望躍升爲明日之星的人趨之若鶩。但卡門的歌手徵選標準相當嚴格，除了歌唱實力，還要具備出色的群眾魅力，才可能受到青睞。

逸光國中時和學長一起去過卡門，當時在舞臺下欣賞卡門的老闆表演時，他渾身起了雞皮疙瘩，幾度熱淚盈眶，從此便下定決心，期望自己有一天可以站上那個舞臺。

而在我跟逸光相遇後，這個願望就變成了我們兩人共同的夢想。

然而，即使我也喜歡唱歌，對於實現夢想的熱情卻遠遠不及逸光。

看著他爲此持續不懈地付出努力，我不禁開始懷疑自己是否眞有資格，是否眞能夠跟上他的腳步，更害怕會離他越來越遠。

迷惘的時候，只有逸光的笑容能令我暫時什麼也不想。雖然他像個孩子，但在感情方面，反而是我比較依賴他。

我只是想一直待在他的身邊而已。

「莫子，妳今天會來社辦嗎？」兔子學姊在電話裡問我。

「怎麼了嗎？」

她吃吃笑，「我們有重要的事必須找妳商量，下課後記得把逸光也帶來。」

通常學姊用這種神祕兮兮的語調說話，就代表不會是什麼簡單的事。

果不其然，我跟逸光一踏進社辦，就發現大家都等著我們，如此陣仗讓逸光都嚇了一跳。

「我們有件事想拜託小莫，所以才把她請來，你這個男朋友也聽聽吧。」Summer社長說。

「什麼事？」逸光滿臉好奇。

社長看向我，微微一笑，「小莫，妳知道校慶那天我們吉他社要表演吧？可以請妳和我們一起登臺，代表吉他社演唱嗎？」

聞言，逸光驚喜地喊出來：「眞的？要讓莫莫上臺？」

兔子學姊點頭，「沒錯，莫子不但是校花，又那麼會唱歌，好聲音不該被埋沒，目前只有我們知道她會唱歌，這樣不是太可惜了嗎？所以我們想給莫子一個表現的機會，同時也能使更多人注意到吉他社，一舉兩得。」

我身子一僵，遲疑地開口：「可是我並不是吉他社的成員。」

「沒關係啦，反正妳又沒有加入其他社團，不成問題。」波波學長擺擺手，「逸光，你認爲怎麼樣？」

「超酷的，我覺得這個主意很棒！」逸光興奮地拉住我，「莫莫，妳就代表我們社團上去唱吧，我也想看妳站上舞臺。除了妳，沒人可以勝任這個任務！」

「臭小子，你很噁耶，搞得像是你要上臺一樣。」康康學長斜眼睨他。

「就是，好像在你眼中莫子永遠是第一。」兔子學姊笑了。

「那當然啦，對我來說，這世上最美的聲音，就是莫莫的聲音。」逸光一把將我攬進懷裡。

「太閃了，我的眼睛要瞎了！」波波學長哀號。

「竟然膽敢在我面前卿卿我我，找死啊？」康康學長的額角冒出青筋，轉頭怒瞪社長，「Summer，社規再加一條，禁止白目情侶放閃，否則一律逐出社團！」

「學長幹麼這樣，我也很愛你呀！」逸光張開雙臂奔去，康康學長驚恐地左躲右閃，同時飆了幾句髒話，引來一陣笑聲。

我不曉得究竟該不該答應這個請求。要是拒絕了，逸光和大家肯定會很失望吧？

「小莫，沒關係，妳不用急著決定，好好考慮一下。」阿晉學長似乎看出我的猶豫，體貼地說。

我點點頭。

回家後，我重重撲在床上，一動也不動。

胸口的鬱結令我有些喘不過氣，於是我又起身打開落地窗，走到陽臺吹風，接著不自覺地唱起歌。

我唱著王菲的〈我願意〉，舉目仰望藍天，不久，優美的鋼琴聲從隔壁傳來，我驟然停止歌唱。那旋律正是我方才唱到的段落，也就是說，對方正在爲我伴奏。

即使我不再出聲，對方依舊繼續彈奏，我的臉頰頓時一陣熱，沒想到會被那個人聽見我在唱歌。

彈完整首〈我願意〉後，琴音止歇。我忍不住朝隔壁探頭，莫名覺得緊張，想著對方會不會也來到陽臺，但始終沒有看見半個人影。

我的心裡升起一絲落寞，卻也對那個人更加好奇了。

翌日，我去吉他社的社辦找逸光，然而只有阿晉學長待在社辦裡彈吉他。

「嗨，小莫。」他揚起一貫的溫和微笑，「其他人去買東西，等等就回來了。」

我點頭，在學長旁邊坐下，「這次校慶你要表演什麼歌？」

「我跟Summer還有波波打算合奏Jason Mraz的歌，其他歌曲康康他們還在討論。我們想讓妳上去唱一段，由逸光替妳伴奏。」

我沒什麼反應，於是他放下吉他，認眞打量我，「小莫，妳還在猶豫嗎？是單純因爲緊張，還是有其他原因？」

我心頭一凜，「什麼意思？」

「沒什麼，我只是想起高中時發生的事……是不是因此才讓妳對登臺演唱有所遲疑？」他抿脣，「如果妳很在意的話，那麼……」

「阿晉學長。」我面無表情打斷他的話，「這跟那件事沒有關係，爲了吉他社，我會好好唱的，請你不用擔心。」

「意思是妳答應了？妳眞的願意上臺唱歌？」他訝異。

「對。」

他呆了呆，語帶歉然，「對不起，我不是故意提起會讓妳不愉快的事，我只是……」

「沒關係，我明白。」我扯扯嘴角。

「大家知道一定會很高興的，尤其是逸光，鐵定會樂翻。」學長說完，其他人正好回來了。

得知我答應參與演出，逸光喜出望外，開心地說要努力練習吉他，社長也愼重地握住我的手，「小莫，謝謝妳答應，妳的加入對我們來說是如虎添翼。」他神祕一笑，「爲了感謝妳的幫忙，我會送妳跟逸光一份超級大禮。」

「爲什麼只有他們有禮物？我們咧？」康康學長抗議。

「別跟學弟妹計較。」社長笑意不減，「你們兩個好好期待吧，我保證你們會喜歡這個禮物的。」

我跟逸光疑惑地對望一眼。

「社長到底要送什麼大禮給我們？」晚上，逸光來我家練吉他時忍不住猜測，「是要請我們吃大餐嗎？」

「這樣的話，不必說得這麼神祕吧。」我笑著看他彈奏。

「也是。」逸光點頭，指指桌上那張列印出來的歌詞，「莫莫，妳可以唱唱看接下來這段嗎？」

「好啊。」我不假思索，跟著吉他的旋律自然地哼唱出來。

唱完之後，他問我：「妳唱過這首歌？」

「沒有，只是聽過而已。」

「所以妳第一次唱就能唱得這麼好？太厲害了，這邊的轉音我無論怎麼練都練不好。」他欽羨地喟嘆，「光是聽過就能學起來，莫莫妳果然是天才！」

我微微一愣。

「那到時候我們要表演什麼歌？妳有特別想唱的歌嗎？」他接著問。

「沒、沒有。」我低應，壓下從心底湧出的倉皇。

「不能說沒有，這次主角是妳，當然要選一首最適合妳唱，而妳也喜歡的歌。」他認眞思索半晌，一個彈指，「有了，王菲！我常聽妳哼王菲的歌，就選她的歌吧。妳想想要唱哪一首，決定好就趕快告訴我，我們才可以先練習。」

逸光笑容滿面的模樣，讓我的喉頭一陣乾澀。面對他的提議，我除了點頭，還是只能點頭。

隔天早上，當我準備下樓倒垃圾時，隔壁又傳來琴聲。

發現是王菲的歌曲，我不禁停下來專注地聽，聽到後面，眼眶竟有些酸澀。

爲什麼偏偏剛好是這首？

我就這樣站在門口，直到對方彈完。過沒多久，隔壁的鐵門響起門鎖被打開的輕微聲響。

我下意識退回屋內，很快聽見有人快步下樓。

是彈琴的那個人嗎？

我探頭望向樓梯下方，一個高䠷身影閃過，我來不及看那人的臉，連是男是女都不曉得。

考慮許久，最後我拿起手機，撥給逸光。

他很快接起，電話那頭隱約有其他學長的說話聲，「莫莫，怎麼了？妳要來社辦嗎？」

「嗯，我已經決定好唱哪首歌了。」

「眞的？」他開心地喊，「那我跟社長說一聲，妳忙完後就到社辦來。」

通完電話，我靠著鐵門，仰頭深深一嘆。

就這樣吧。

多年後，在這個時機又聽到這首歌，或許不是偶然。就當作連陌生人都希望我能走出去吧。

✦

校慶當天，我和所有吉他社社員聚集在表演舞臺的後臺，進行演出前的準備。

我把水瓶遞到兔子學姊面前，「要喝水嗎？」

「不了，我怕等一下在臺上尿急。」她哭喪著臉。

「明明不是初次上臺還緊張成這樣，沒用！」康康學長嘲笑。

學姊立刻反唇相譏：「少來了，我剛才看到你偷偷在自己的手心寫了三次『人』字，你也差不多。」

相較於學長姊們的焦慮，逸光反而看似冷靜地坐在角落練吉他。待我走近後，才發現他神色緊繃。

他對我苦笑，「妳相信嗎？這是我第一次在全校同學面前表演，雖然我一直告訴自己像平常一樣就好，但看到臺下有那麼多人，我還是沒法不緊張。」

「這很正常，加油，你可以的。」我爲他打氣。

「嗯，我會加油。」說完，他忽地睜大眼睛，脫口喊出：「莫莫，妳今天好漂亮！」

突如其來的讚美讓我的臉頰瞬間一熱，康康學長放聲大笑，「這小子怎麼這麼搞笑？」

「居然現在才注意到莫子的打扮，你也太誇張了。」兔子學姊搭著我的肩，「難得上臺表演，不盛裝登場那怎麼行？等等臺下的所有男生絕對全都會爲莫子瘋狂！」

之後，學長姊們率先上臺，留下我跟逸光兩人。

他仍不時深呼吸，我握住他的手，再次鼓勵：「你練習了這麼久，表演一定會很順利。」

「是啊。」他回握住我的手，「只要有莫莫在，就不會有問題。」

接著，他飛快地在我唇上一吻。

社長返回後臺喚我們出場，逸光加重手上的力道，拉著我一起踏上舞臺。臺下的學長姊們高聲替我們加油，逸光放開我的手，準備替我伴奏。

我站到麥克風架前，環顧人群，然後深呼吸，閉上雙眼開始演唱。

我從來不曾抗拒你的魅力
雖然你從來不曾對我著迷
我總是微笑的看著你
我的情意總是輕易就洋溢眼底

睜開眼望向遠方，我隨著逸光的吉他聲投入歌曲。

我曾經想過在寂寞的夜裡
你終於在意在我的房間裡
你閉上眼睛親吻了我

不說一句緊緊抱我在你的懷裡
我是愛你的　我愛你到底
生平第一次我放下矜持
任憑自己幻想一切關於我和你
你是愛我的　你愛我到底
生平第一次我放下矜持
相信自己眞的可以深深去愛你
深深去愛你

（〈矜持〉詞：許常德　曲：郭子）

吉他聲止歇，臺下響起熱烈的掌聲，兔子學姊紅著眼眶拚命拍手，學長們也不斷揮手叫好。逸光高興地拉著我，我們一同朝觀眾鞠躬。

回到後臺，他用力抱住我，狂喜地喊：「莫莫，看到了沒？大家都喜歡妳的表演，我就知道妳出馬絕對沒問題！」

「我快喘不過氣啦。」我失笑，摸摸他的臉，「我去一下洗手間，你先和學長他們會合。」

「好，我等妳過來。」

幾分鐘後，我站在廁所的洗手臺前，忽然有人叫我。

「李莫。」

兩個女生向我走近，其中一個是之前在書店撞到我的那位高中同學。

她的眼神毫無溫度，語氣冰冷：「妳居然還敢上臺唱歌？」

我默默洗手，沒有回應。

「現在妳過得很幸福了？像以前那樣深受大家喜愛，非常開心吧？」她瞪著鏡子裡的我，

「我看妳根本沒有反省，別忘了，妳以前就是因為這樣才會差點害死一個人！」

見我仍無動於衷，她嗤笑一聲，「恭喜傳說中的美聲小天使又找回掌聲嘍，不過我很好奇，

害別人失去幸福的人，究竟可以幸福到什麼時候？我相信不是沒有報應，只是時候未到。妳男朋友不曉得妳醜陋的過去吧？妳最好別讓他知道，不然我保證，他肯定會能離妳多遠就離妳多遠。」

她們走了之後，我握著水龍頭，深深吸了一口氣，卻阻擋不了湧上眼眶的酸楚。

校慶活動結束，我跟逸光牽著手在校園裡散步。

「這幾天過得太緊繃，總算可以睡個好覺了。」他伸伸懶腰。

「誰叫你都練習到凌晨？晚上就別去慶功了，早點休息吧。」我說。

「不行啦，康康學長會殺了我的。」他笑著搔頭。

那個女孩說的話在我腦中揮之不去。

即使逸光的笑容就在眼前，我依然無法打起精神，內心反而更為不安。

「莫莫，妳發什麼呆？」見我恍神停步，逸光整張臉湊了過來。

「沒事。」我趕緊擺擺手，突然發現有不少人往吉他社社辦的方向跑去。

隨著人數越來越多，逸光疑惑地正要開口，這時他的手機響了。

「誰打來的？」等他結束通話後，我問。

「社長，他叫我們現在去社辦，我還以為他已經回家了。」

抵達社辦時，門口的人潮擁擠到令我們難以踏入，女孩們都雀躍地尖叫著。

我跟逸光好不容易擠到前面，康康學長透過窗戶看見我們，立刻開門把我們拉進去，再迅速關門。

「學長，怎麼回事？為什麼有那麼多人在門口？」逸光撥了撥凌亂的頭髮。

康康學長一指講臺，撇撇嘴，「你自己看不就知道了？你這傢伙真的很狗屎運。」

社長就站在講臺旁，而他對面的那張課桌上坐著一個陌生人。

那人身材高䠷，戴著白色帽子跟褐色墨鏡，視線落向我們。

「逸光、小莫。」社長微笑，「這就是之前說好的，我要送給你們的大禮。」

那人摘下墨鏡對我們揮手，我跟逸光不敢置信地傻愣在原地。

是卡門的老闆，小白學長。

「莫子，是不是超級大驚喜？」早已陷入瘋狂狀態的兔子學姊激動地拉住我。

逸光張大嘴巴盯著小白學長，不久居然整個人癱軟在地。

「喂，你也太誇張了，你不是一直很想見小白學長嗎？機會難得，你還不振作一點？」波波學長笑著拉起他。

「為為為什麼？這、這到底……」逸光語無倫次，比剛才上臺表演時還要緊張好幾倍。

看著我們兩人的窘態，小白學長沒有說話，含著笑意的深邃眼睛十分迷人。

「外面也太吵了，是誰放消息出去的？」被尖叫聲吵得受不了的康康學長滿臉不耐，「虧小白學長還是偷偷進來的，被我抓到是誰走漏風聲，我就踹他屁股！」

「算啦，門鎖好就沒事了，誰叫我們的大明星校友回來了呢？」說完，社長拍拍小白學長的肩膀，「夠了，學長，不必裝模作樣了，你再不講話，我們的逸光學弟就要昏倒了，顯露出你的本性吧。」

小白學長一扭肩膀甩開社長的手，沒好氣地瞪了社長一眼，「你幹麼這樣毀我形象？」

「爲什麼社長會認、認識……」終於稍微恢復言語能力的逸光吞吞吐吐。

「我們認識很多年了，只是沒跟你說過而已。這次校慶我邀他回來，他也難得能抽出時間。其實我最主要是想讓你跟小莫和他見面，想進卡門的話，總得先見見老闆吧？」

「社長……」逸光幾乎快哭出來了。

「Summer，你很過分耶，這麼不得了的事你竟然連提都沒提過！」兔子學姊忿忿說。

「好啦，抱歉，不過今天的重點不是我，是逸光跟小莫。」社長苦笑，「我已經幫你們爭取到在卡門老闆面前表演的機會，就只有這麼一次，你們一定要盡全力，知道嗎？」

「只有逸光需要唱，她不用，直接來卡門吧。」小白學長對我燦爛一笑，「要不要今晚就來卡門駐唱？」

所有人驚呼出聲，社長笑罵：「好啦，學長，他們是眞的很想進卡門，你別開玩笑了。」

波波學長也說：「小白學長，很遺憾，小莫名花有主了，早就死會嘍。」

「死會也可以活標。」小白學長一副滿不在乎的樣子。

「學長，你再不正經點，我就要跟小海學姊告狀了。」

社長此話一出，場面瞬間安靜下來，大家都驚恐地看著社長跟小白學長，彷彿社長說了什麼可怕的話。

小白學長愣了，「什麼意思？」

「小海學姊知道你回來學校後，特地打電話給我，要我代替你的經紀人好好盯著你，以免你又到處招惹學妹。如果你眞的亂來，她要我馬上告訴給她。」

社長笑嘻嘻拿出手機晃了晃，小白學長馬上收起前一刻的輕浮態度，正色對我跟逸光說：「好了，不是要唱歌嗎？快唱吧。」

「眞的可以？」逸光的聲音在顫抖。

「當然，唱吧。」

「那、那就莫莫先吧，我……」

小白學長搖頭，堅定地指著逸光，「你先。」

逸光一怔，乖乖拿起吉他，深吸一口氣，「那我帶來我的自創曲，希望學長能給予指教。」

說完，他開始演唱，雖然起初顯得相當緊張，但很快就進入狀況了。

他所作的曲子旋律輕快，歌詞也活潑逗趣，大家都不自覺地跟著節奏擺動身體，逸光似乎因此更加放鬆，也更加勇於大膽展現，盡情發揮所有實力。

他的音樂讓每個人臉上都洋溢著笑容，社辦裡充滿歡樂的氣氛，演唱完畢，大家報以熱烈掌聲，連小白學長也在鼓掌。

小白學長微笑稱讚：「眞的很棒。」

「那他有機會成爲卡門的歌手嗎？」社長問。

小白學長思索半晌，點點頭，「有機會。」

全場歡聲雷動，逸光激動得眼眶泛淚。

「再來就是莫子了！」學姊雀躍地說。

「對，換莫莫唱了。」逸光把我拉過去，「學長，請你一定要聽她唱，莫莫她——」

「她不必唱。」小白學長淡淡說，「你們上臺表演的時候，我就已經聽她唱過了。」

「那莫莫可以嗎？她也有機會進卡門嗎？」

面對逸光的追問，小白學長先是瞧了我們一會，而後轉頭跟社長說了幾句悄悄話。

接著，社長拍拍手，高聲宣布：「各位，小白學長接下來有事情要處理，除了小莫，所有人請離開社辦，謝謝合作！」

大家十分納悶，波波學長驚訝地問：「小白學長，你該不會眞的對小莫有意思吧？」

小白學長故意露出奸笑，但社長立刻撇清，「不是，他只是有問題要單獨問小莫。逸光，你在外頭等，麻煩康康跟阿晉待在門口看著，別讓任何人進來。」

轉眼間，教室裡只剩下我跟小白學長，我不由得感到侷促。

「別一直站著，坐下吧。」學長親切地說。

「請問……學長是不是對我的歌聲有意見？」我不安地問，「我唱得不夠好嗎？」

「不，妳唱得很好。」他搖頭，「曾被譽爲『美聲小天使』的妳，歌喉自然不會差。」

我的心一跳，渾身僵硬。

「妳在六、七歲的時候，從歌唱節目脫穎而出，紅極一時，被稱爲『美聲小天使』，後來卻徹底消失在螢光幕前，不再出現。雖然現在應該沒什麼人記得了，但我對妳還有印象。」

我一時不知該如何回應。他只是想說這件事，才刻意把大家支開嗎？

「妳喜歡唱歌嗎？」

我有些困惑，「喜、喜歡呀。」

「那對妳而言，唱歌是什麼？」他凝視著我，「妳為什麼想進卡門？」

在他的注視下，我發不出聲音。

明明是很簡單的兩個問題，我竟答不出來。

「妳是因為真心喜愛唱歌才想成為卡門的駐唱歌手，還是因為逸光希望如此，所以妳才有這個念頭？」他的目光像是要將我看透，「若我現在告訴妳，我同意讓逸光進卡門，而妳不行，妳會不會拜託我也給妳一個機會？相反的，若我讓妳進卡門，可是逸光不行，那妳會不會為了他毫不猶豫放棄機會？」

我啞口無言。

儘管小白學長的態度十分溫和，我還是覺得喘不過氣，亟欲躲開他的視線。

「為什麼學長要這麼問？」我艱難地開口。

「我剛才說過，我已經聽過妳的演唱，妳的歌聲和小時候一樣優美動聽，臺風也很穩健，這一點值得讚賞。可是，我感受不到妳的熱情。」

他蹺起二郎腿，換了個坐姿，「妳沒有讓我感覺到妳是打從心底愛著唱歌，以及真心想唱給臺下觀眾聽的那份熱情。妳只是單純把一首歌唱完，除了好聽，歌聲裡什麼都沒有。」

我的思緒一滯。

「以嗓音跟技巧來看，逸光並不如妳，但是他能夠令大家感受到他是真的熱愛唱歌，所以即便他的歌藝不是非常完美，依然有辦法打動人心，這種牽動眾人情緒的渲染力是他最大的優勢。妳可以理解吧？」

說不出話的我只能點點頭。

「為了站上卡門的舞臺，有些人必須付出不得已的犧牲，不過競爭的殘酷就在於，即使你各方面的條件都齊備了，也不一定能成功。若妳是我，在親眼見過那麼多不惜與伴侶、家人決裂，爲了養活自己跟實現夢想，不得不四處兼差，拚了幾年卻還是進不了卡門的人後，妳會怎麼想？會覺得那些人的選擇毫無意義，甚至很愚蠢嗎？如果不會，那妳認爲我又怎麼能讓心不在此的人進入卡門？就算她很有實力，可她不是爲了自己的夢想，而只是因爲不想和男友分開，妳覺得這樣的人有資格嗎？」

我發覺自己的手心在冒汗。

好不容易，我才勉強擠出聲音：「對不起……我並沒有這個意思。」

「我也不是故意要對妳說這麼嚴厲的話，如果傷到妳了，我很抱歉。」小白學長微微一笑，「其實妳跟逸光同樣優秀，都具備進卡門的資質，可是你們的心態天差地遠。他是爲了夢想而唱，那妳是爲了什麼？如果眞的想跟逸光並肩同行，這一點妳必須想清楚。」

我十分心慌，眼眶不知怎地熱了起來。學長的每一句話都深深刺入我的心，我無從反駁。

「我……不知道。」我壓抑不住顫抖，聲音微弱地說：「對不起，但我眞的不知道該怎麼做……」

學長眸光柔和，「我相信妳曾經是對唱歌充滿熱情的，對吧？」

我的視線模糊，愣愣頷首。

「現在的妳，是單純沒有那麼強烈的動力唱歌了，還是有什麼原因導致妳不敢再放手表現？若是前者，那就不用勉強；但若是後者，希望妳能好好想想。要是無法克服這一關，妳是沒辦法跟逸光一起來卡門的。」

等我察覺到小白學長走近時，他的手已經輕輕落在我的肩上。

「妳得先找回唱歌之於妳的意義。如果妳眞的要成爲卡門的歌手，我希望那是妳發自內心的願望，而不是因為任何人的期待。如果僅是為了留在逸光身邊，其實還有其他方式，妳不必這樣強迫自己。」

他語帶笑意：「很高興今天可以見到妳跟逸光，再見。」

小白學長離開後，我仍舊呆站在原地。

像是被狠狠賞了好幾個耳光，我的雙頰滾燙，深深的羞恥感讓我抬不起頭，視線也再度模糊成一片。

✦

「小白學長居然就這樣走了，我還有很多話想問他耶。」在餐廳裡，兔子學姊握著叉子哀怨地喊。

「妳想問他什麼？」波波學長有些好奇。

「當然是他跟小海學姊的八卦呀，差一點就可以知道了。」學姊扼腕地說，坐在她身旁的康康學長神情鄙夷，大概是覺得她沒救了。

「小莫，小白學長跟妳說了什麼？」對面的阿晉學長看著我。

「對啊，我也想知道。」逸光焦急地附和，「莫莫，妳快說，學長離開後妳就一直不講話，到底怎麼了？」

迎著所有人投來的目光，我吃力地說：「他說……我跟逸光都很優秀，都有進卡門的資質。」

逸光當場歡呼：「那就表示莫莫也有機會嘍？對吧？」

「你們談了那麼久，卻只說了這些？」

其他人表示不解。

「對了，學姊，妳剛才說的八卦是指什麼？」我硬是轉移話題。

「妳不知道？妳都不看娛樂新聞的？」學姊瞪大眼睛，「小白學長跟小海學姊的緋聞啊，可別告訴我妳不知道小海是誰。」

「我知道，她也是從我們學校畢業的學姊。」

「光知道這點哪夠？她以前還是卡門的歌手呢，跟小白學長同時離開卡門的，當年學長出道，學姊則是退居幕後擔任製作人，所以有關她的消息比較少。據說小海學姊在卡門的時候，小白學長就對她特別照顧，很多人都在猜他們究竟是什麼關係。這八卦流傳這麼久了，妳怎麼會不知道？」

「我比較少關注這類消息。」我笑得尷尬。

「傻孩子，虧妳還想進卡門，他們過去在卡門多受歡迎啊。雖然小白學長的花邊新聞不少，但大家都認定小海學姊才是正宮，其他人根本只是幌子。如果有多一點時間，我就可以親自問學長了。」

「我才不信妳有膽子當面問，只有社長敢問這種事吧？」波波學長撇撇嘴。

「沒辦法，從以前就只有小海學姊能治他，所以之前我才會那樣威脅，不然他肯定會鬧很久……」社長無奈地喝了口可樂，卻遭到所有人怒視，他不禁愣住，「怎麼了？」

康康學長笑吟吟搭上他的肩，「你說呢？爲什麼你會有小海的電話？」

「沒錯，你跟他們的交情好到什麼地步？快說！」學姊也朝社長逼近。

「那個……」社長緊張地看著殺氣騰騰的眾人，波波學長迅速從社長的口袋裡掏出手機，以勝利者的姿態高喊：「我搶到存了小海跟小白的電話號碼的手機了！」

學長姊們立刻加入爭搶手機的混戰，而我的右手驀地傳來一股暖意。

「太好了。」逸光緊緊握著我的手，依舊略顯激動，「我還是不敢相信，我們眞的有機會一起進入卡門了，我永遠都不會忘記這一天的。」他深深凝視我，眼裡滿是喜悅與感動，「小白學長說要單獨跟妳談談時，我還很擔心他是不是不滿意妳的表現，幸好是我多慮了。我們的夢想眞的要實現了！」

逸光幸福洋溢的笑臉讓我喉頭一哽。

聚餐結束後，逸光去打工，我獨自回家。

這一天，我夜不成眠。

「他是爲了夢想而唱，那妳是爲了什麼？」

「我們的夢想眞的要實現了。」

我究竟該怎麼辦才好？

✦

陰雨綿綿的週末，我很早就醒來，躺在床上發呆，望著玻璃窗上的雨珠。

不久，大門外傳來激烈的爭吵聲，聲音越來越大，我忍不住下床走到大門邊偷看。

兩名女孩正面紅耳赤吵得不可開交，還有一位老先生在旁邊不斷勸阻。

短髮女孩指著長髮女孩，「反正我不管，如果妳還是堅持要彈那吵死人的鋼琴，就趕快給我搬走！」

說完，短髮女孩氣呼呼地甩頭返回屋裡，老先生無奈地勸長髮女孩：「同學，既然有人反應，妳還是別再彈了，如果之後越來越多人抗議就不好了，妳幫個忙吧。」

老先生離去後，長髮女孩蹲了下來，疲憊地大嘆一口氣。

我猶豫半晌，最後輕輕打開門，小心地出聲：「不好意思。」

對方抬頭，直直望了過來。

「請問妳住在我隔壁嗎？」我問。

「是啊。」

我的心跳加快，「我剛才聽到你們的對話，每天早上彈鋼琴的人是妳？」

「嗯，怎樣？」她語氣冷漠，似乎以爲我也是要指責她的琴聲擾人。

確認就是這個人，我沒來由地一陣緊張，「沒有，我只是想告訴妳，我覺得妳彈得很好，我喜歡聽妳彈鋼琴。」

聞言，她的眼神不再那麼銳利，隨即站起身。以女生來說，她的個子算高，只穿了件單薄的白背心及紅色運動褲，凸顯出姣好的身材。

「可惜有人不愛。」她似笑非笑，指指她家另一邊的那扇門，「我彈了一年都沒其他人來抱怨，就那個死三八有意見。」

「妳眞的彈得很好，爲什麼……」

「她不是針對鋼琴聲，而是針對我，她看我不順眼很久了，一直想找機會把我趕出去，說琴聲吵只是藉口。」她抓抓染成亮褐色的長髮，嘖了一聲，「現在連房東都出來說話了，這下子我可能眞的得搬走，該死！」

「如果不彈鋼琴，妳就可以繼續住下去了，不是嗎？」

「那怎麼行？鋼琴是我的生命，一天不彈會死的！」她說得誇張。

我想了想，忍不住說：「那……妳要不要搬過來？我住的地方是兩房一廳，目前只有我一個人，還有一個空房間，鋼琴的話可以擺在客廳。」

對方審視的目光落在我臉上，我頓時尷尬起來。對初次見面的人這麼提議，她肯定覺得我很奇怪吧。

於是我連忙又說：「妳打算另外找房子的話也沒關係，我只是看妳很煩惱的樣子，要是妳不想——」

「不，我很想！」她一把抓住我的手臂，開心地笑了，「謝謝妳，得救了，這樣我就不用花時間找房子了。」

「不過如果那個女生又聽到妳彈琴，那該怎麼辦？」

「妳放心，她只是想趕我走而已，只要不是住在她隔壁，我在哪彈琴她懶得管的啦！」她雀躍不已，「倒是妳，有辦法忍受我天天彈琴嗎？」

「嗯，我已經習慣了，甚至一天沒聽到就覺得怪怪的。」我莞爾。

「妳人眞好！」她抱了我一下，「我什麼時候可以搬進去？」

「我先聯絡房東，應該不用太久。」

「那我把我的手機號碼給妳，確定沒問題再打給我。」她語氣輕快，「妳叫什麼名字？」

「李莫。」

「我叫桑琪，叫我琪琪就可以了。」她走回隔壁的鐵門前，對我做出打電話的手勢，「等妳連絡嘍。」

眞是不可思議。

原以爲對方會是個有氣質的人，我還猜想可能是男生，想不到竟是這麼活潑的女孩子。

但我對於自己剛才的決定也很意外，居然就這麼邀請對方與我同住，明明對她完全不了解。仔細想想，果然還是太衝動了。

也許只因爲她是彈琴的那個人，而我不希望每天陪伴我的琴聲消失。

◆

與房東簽約後，隔天晚上琪琪就搬了過來。

我們坐在客廳，她遞了一罐啤酒給我，「謝謝妳好心收留我，還幫我搬東西。」

「別客氣，沒什麼收不收留的。」我搖搖頭，「我不喝酒。」

她把啤酒收回去，突然冒出一句：「我企管系，大四。」然後瞅著我，「我看過妳。」

我愣了下，以爲她指的是我小時候上過電視的事。

「校慶那天，我有看到妳上臺唱歌，不過名字我是昨天才知道。」

「這樣啊。」我不自覺鬆了口氣，同時也才確認她和我同校。

「我在家裡時，偶爾會聽到妳唱歌。」

我的臉熱了起來，「吵到妳了吧？」

「不會呀，妳的歌聲很美，只是如果能再多些感情就更好了。」她勾勾唇，「妳唱得太壓抑了，感受不到妳的情緒，聽久了會覺得有點可惜，妳應該可以放得更開一點。」

聽她說出跟小白學長類似的評語，我的心驟然沉下。

「這樣子……果然是進不了卡門的吧？」我喃喃說。

「卡門？」她有點被啤酒嗆到，睜大眼看我，「妳說卡門？妳想當那家Pub的駐唱歌手？」

「沒有，我只是隨便說說，妳別當眞。」我的臉頰溫度又升高，「以我的程度不可能進去的，我根本不敢妄想。」

琪琪擰眉，偏了偏頭，「那也不一定，妳若是肯努力，說不定有機會的，爲何那麼沒自信？」

見我沒有回應，她再問：「妳很想去卡門嗎？」

「不排斥……但也不是非進去不可。」

「啊？那爲什麼──」

「是我的男朋友想去，他希望我們能一起成爲卡門的駐唱歌手。」

「妳跟他說過妳的想法嗎？」

「我說不出口。」我垂下頭，「每次看他那麼努力，我就很愧疚，是我太優柔寡斷，才會拖到難以啟齒的地步。我不想讓他失望，卻又不知道該怎麼做。」

「妳是害怕站上舞臺嗎？」琪琪的眼神清澈而直接，「與其說妳沒特別執著於卡門，我倒覺得妳比較像是在擔心害怕著什麼。」

琪琪的一針見血令我渾身緊繃，並且意識到自己說得太多了。

「抱歉，我還有事，先回房了。」我匆匆起身，「搬家花了一整天，妳應該也累了，早點休息吧。晚安。」

返回房間，我難掩心慌，有些恍惚地站在門邊，這時客廳傳來琴聲。

我沉浸在溫柔的琴音裡，滑坐在地抱住自己的膝蓋，不知不覺鼻頭又微微發酸。

隔天一早，我走出房間，卻見琪琪已經背上包包，準備出門。

「早呀。」她爽朗地打招呼。

「早安。」我看著她穿上鞋子，「這麼早就有課？」

「沒有，我要去打工，下午才有課。」

「那妳路上小心。」說完，我正要去盥洗，她突然出聲：「不要太勉強自己。」

「咦？」

「如果妳男朋友是眞心愛妳，我相信他會尊重妳的想法，所以千萬不要逼自己做不想做的事，否則很容易讓兩個人都受傷。」她對我微笑，「晚上見。」

我怔怔地目送她離去。

這天在社辦，逸光始終纏著社長，社長走到哪，他就跟到哪。

「社長，小白學長到底打來了沒？」

「還沒，我不是說一有消息就會立刻通知你嗎？有點耐心吧。」社長顯然快受不了了。

「可是……」逸光嘟嘴。

「這傢伙又在吵什麼？」康康學長走進來。

「關於讓逸光進卡門的事，小白學長說會再聯絡Summer，結果這小子就一直黏著他。」阿晉學長笑答。

「我怕小白學長反悔，後來又認爲我其實沒資格什麼的。」逸光說出心裡的擔憂。

「他不是會出爾反爾的人，只是太忙了而已。你安心地等吧，看看小莫都比你沉得住氣。」社長搖頭嘆氣。

「逸光的心情不難理解，我倒覺得是莫子冷靜過頭了。」學姊笑嘻嘻摟著我，「好想早日見到他們站上卡門的舞臺。」

在逸光殷切的盼望下，一個禮拜後，他總算接到了通知。

他在晚上九點多時打電話給我，克制不住地興奮大喊：「莫莫，剛才社長打給我，他說小白學長要我禮拜五下午去卡門，說要讓我跟一些人見面，算是進行最後的審核！」他話音急促，「這不是在作夢吧？我眞的好開心！」

「恭喜你，逸光。」他的喜悅牽起我的嘴角。

「可是好奇怪，當我提到妳的時候，社長卻叫我一個人去就好，沒說妳也要去。」他不解地問，「妳不是也得到小白學長的認可了嗎？這是怎麼回事？」

我握緊手機。

想到琪琪之前的建議，我深呼吸後開口：「逸光，你聽我說，其實我……」

「啊，等等，社長又打來了。莫莫，我晚點再打給妳，拜拜！」

通話被切斷，我頹喪地重重一嘆。

好不容易鼓起的勇氣，瞬間又化爲烏有。

不能再拖了，他遲早會知道我瞞著他這些事。

「莫莫。」琪琪敲了我的房門。

時間已經不早，她卻穿著露肩上衣和直筒牛仔褲，還化了妝，一副準備出門的樣子。

「要不要一起出去晃晃？」她嫣然一笑。

「現在？」

「是呀，我發現妳幾乎每晚都待在家裡，不無聊嗎？」

「我……本來就不太愛出門。」

「原來妳是個宅女。」她又笑，「不過就偶一爲之嘍，我們出去喝杯茶，好不好？」

我答應了琪琪的邀約，希望能藉此暫時轉換心情。

琪琪騎機車載著我，始終沒說要去哪裡。抵達目的地停妥車，她帶我來到一幢建築物前，我頓時呆愣住。

眼前的招牌上是鮮明醒目的紅色「CARMEN」字樣，在夜裡顯得既魅惑又神祕。琪琪拉著我大步走進店裡，內部燈光昏暗，客人不少，臺上有歌手正在演唱。

琪琪向服務生報上名字，我們被領到靠近中央處的座位，視野很好。

「想喝什麼儘管點，今天我請客。」琪琪翻著酒單。

「爲什麼帶我來這裡？」我不解。

「上次聽妳提到卡門，讓我想起已經有好一陣子沒來了，所以才決定來聽聽歌、喝喝酒，而且要跟妳一起。」

我怔怔看著琪琪，隨後不自覺望向臺上的女歌手，她的一舉手一投足都深深吸引在場每個人的目光。

我靜靜聆聽歌聲，直到忽然覺得身子發冷，視線有些模糊，茫然惆悵的心情充斥在胸臆間。

「妳知道她嗎？她叫暖暖，是卡門目前的駐唱歌手中我最欣賞的一位。」琪琪和我一起望著暖暖，「她的歌聲就跟她的名字一樣溫暖，很多人都稱她爲『卡門梁靜茹』。」

我覺得舞臺上那個人離我好遠。

對方的光芒耀眼得難以觸及，卻又如此熟悉，她站在一個我不曾想過還能再踏上去的地方。音樂聲、掌聲、安可聲，都彷彿是陌生又遙不可及的幻夢。

我想逃，但身體動不了，我的耳朵無法不去聽，眼睛也無法不去看。

似乎是見我沒什麼反應，琪琪問：「來到這裡親眼看一次表演，還是沒辦法激起妳站上舞臺的渴望？」

我沒回答。

「妳真的這麼不喜歡舞臺？」

「不是不喜歡。」我開口，「我只是不知道該怎麼重拾拿起麥克風的勇氣。」

她托著腮，「有什麼特別的原因嗎？」

四周響起熱烈的掌聲，我咬緊下唇。

「我曾讓某個人……」我緩緩說：「這輩子再也沒辦法開口唱歌。」

琪琪微微一愣。

「我奪走了原本屬於她的舞臺跟掌聲，以及夢想。」我迅速抹掉不小心滑下臉頰的一滴淚，「從此只要拿起麥克風，或是站上舞臺，我就會想起那個人。我根本沒資格待在舞臺上，更沒有快快樂樂盡情唱歌的權利。」

語畢，我朝琪琪微笑，「我會好好跟我的男朋友談，謝謝妳今天帶我來這裡，我覺得心情好多了。」

「嗯。」她沒有刻意說鼓勵的話，也沒有追問我的過去，只是溫柔地點了點頭。

回到住處，看見放在書桌上的手機，我才想起剛才沒有帶出門。有三通未接來電，都是逸光打來的，他還傳了一封簡訊給我。

「莫莫，社長說禮拜五那天除了小白學長，我還有可能和小海學姊見面，是小白學長親口跟社長說會帶我去見她的！我樂翻了，現在完全睡不著，記得先別告訴康康學長，我要讓他羨慕死。妳也別擔心，那天我會幫妳問問小白學長。我們一定沒問題的！」

我看著手機，再一次落下眼淚。

對不起，逸光。眞的對不起。

✦

週五傍晚，我在家等逸光的消息，也等著跟他坦白的時機。

七點半時他打來，聲音充滿興奮。

「莫莫，妳在家嗎？」

「嗯，怎麼樣？結果如何？」我緊張地問。

他深呼吸，接著朗聲宣布：「一個月後，我就是卡門的歌手了！」

我摀住嘴巴，逸光幾近瘋狂地歡呼：「我眞的成爲卡門的歌手了，我眞的就要站上卡門的舞臺了！」

「恭喜你，逸光。」我的心情同樣澎湃，感動不已，「恭喜你！」

「莫莫，妳現在可以來學校的操場嗎？我好想見妳。」他的聲音一哽，似乎快哭了，「我需要找個人說說話，不然我會以爲自己在作夢。」

我二話不說出門前往學校，抵達操場的時候，逸光正坐在場邊的一張石椅上發呆。

一見到我，他立刻把我抱起來轉圈圈，我忍不住驚呼。

「我眞的能進卡門了！」他眼角含淚，激動得止不住笑意，「小白學長告訴我時，我還再三向他確認，這眞的不是開玩笑！」

「嗯，太好了。」我撫摸他的臉龐。

「不過，因爲太興奮，結果我忘記幫妳問學長了……對不起，莫莫。」

「沒關係的。」我的心跳頓時不穩。

說吧，現在就告訴他。

「我眞的覺得我是這世上最幸福的人了！」他眨眨晶亮的眼睛，「對了，妳覺得我要取什麼名字才好？」

「名字？」

「我在卡門用的藝名。我現在腦子裡一片混亂，什麼也想不到，妳給我一點意見吧，我也會幫妳想的！」他認眞思忖，「是要中文名好呢？還是英文名好？我本來想取個酷一點，又帶點神祕感的名字，可是康康學長他們說不適合我，還笑我超土。」

「什麼名字？」我問。

「Sky。」

「眞的不太適合。」我忍俊不禁。

「可是我認爲很棒！」他不服。

「我只是覺得你適合更活潑，或者更陽光一點的名字……」見他眼神哀怨，我改口：「沒關係啦，如果你眞的喜歡，就用這個名字吧，用自己喜歡的名字才有意義。」

「對嘛，果然只有莫莫站在我這邊！」他又笑了。

卡在喉間的話遲遲找不到時機吐出口。

當我們牽著手走在操場上散步時，逸光突然嘆息，「莫莫。」

「嗯？」

他望著前方喃喃說：「我知道自己已經很幸福了……但如果我希望能再實現一個願望，會不會太貪心？」

「什麼願望？」

「等我成爲卡門的歌手，我希望能變得更優秀，打破一些人對玩音樂的刻板印象。」他神情認眞，「我想讓某個人知道，音樂絕不是沒志氣的人在玩的東西，這條路更不是沒有前途。我想證明給那個人看，告訴他我的選擇是正確的。」

「你說的那個人是……」

「我爸。」他揚起一絲苦笑，「他是個非常嚴肅的人，對任何事都要求極高，小時候我眞的很怕他。」

這是逸光第一次主動告訴我他父親的事，我有些訝異。

關於逸光家裡的狀況，我輾轉從學長們口中得知過一些。他的父母在他九歲時離婚，他繼續和爸爸同住，媽媽則搬去了美國。但他們父子倆經常吵架，觀念不合加上溝通不良，導致他們的感情越來越差，因此逸光一上高中便決定住校，寒暑假不是寄居在朋友家，就是去美國探望媽媽，升上大學後也在外租屋，幾乎沒回家過。

「我爸認爲玩音樂不能當飯吃，這個夢想在他眼裡一文不値。他的想法太過古板，而我也很固執，所以我們難以生活在一起，只要一見面就吵架。」他深深嘆氣，「可是現在我明白了，其實他也很辛苦，每天除了工作，還是工作。爲了家人、爲了公司，他日夜奔波，幾乎沒有自己的時間，我甚至懷疑他從未爲自己活過一秒鐘，也懷疑他究竟有沒有快樂過。每次想到這裡，我就覺得非常悲哀和難過。」

我認眞聽著。

「我不希望再這樣下去，我希望讓我爸接受我的選擇，讓他看到我實現夢想的那一刻。我想邀他來卡門聽我唱一次歌，藉此向他表明，這就是我要的，而且我已經做到了。我想告訴他，即使這條路不好走，我也永遠不會後悔。」

說完，他略顯不安地看著我，「妳覺得這個願望有可能實現嗎？」

「你是指邀請你爸爸去卡門聽你唱歌？」

「嗯。」

「好好談的話，應該沒問題的，畢竟他是你爸爸，不可能完全不在乎你。」

「希望如此。不過我已經滿久沒跟他說話了，光是通電話都很尷尬，也不知道他現在過得怎麼樣。」他抓抓頭，「我找個時間問問晉哥的意見好了，他也認識我爸。」

「阿晉學長？」

「嗯，我們以前是鄰居，但我念高中後，我爸也搬家，我跟晉哥就沒有再聯絡了，直到上大學的第一天，我跑去吉他社，才再度遇見晉哥。我萬萬沒想到他居然跟我讀同一所大學，而且還加入同一個社團……奇怪，這些事我以前沒跟妳說嗎？」

我搖頭，「你只提過你們從小就認識。」

「是呀，我們小時候常玩在一起，所以他比誰都清楚我爸有多恐怖。」說著，逸光握緊我的手，「回去找我爸的那天，我也會帶妳一起去。」

「什麼？」我嚇了一跳。

「自從跟妳交往後，我就一直很想讓妳見見我的家人。」他凝視我，「我想親口告訴我爸，妳是我非常重要的人。」

逸光的笑容深深觸動我的心，這份感動難以言喻。

當他吻上我的唇時，遠方籃球場上的運球聲、風吹動樹葉的聲音，以及我的心跳聲，都變得異常清晰。此刻氣氛是那麼美好，令我打消了原來的念頭。

還是等之後再告訴逸光吧。

我不願讓他的笑容蒙上陰影，只願他能沉浸在快樂之中，別被我破壞了美夢。

回到家，坐在客廳看電視的琪琪笑著對我說：「妳的男朋友很可愛耶。」

「妳見過他了？」

「他不是送妳回來嗎？我從窗戶看到的。妳已經跟他談了？」見我搖頭，她納悶，「爲什麼？」

「我不想破壞他今天的好心情。」我抿抿唇，「下個月開始，逸光就是卡門的駐唱歌手了。」

「眞的假的？這麼厲害？那下次他再送妳回來時，記得叫我，我先跟他要個簽名。」琪琪笑著，眼神裡卻多了分憐憫，「難怪妳不敢告訴他。很不好受吧？」

我默默坐到她身旁，她揉揉我的肩，「唉，妳背負的煩惱怎麼這麼多呢？有什麼事儘管和我說，雖然我沒辦法替妳做決定，不過至少還能聽妳訴苦，別跟我客氣。」

「謝謝妳。」我由衷道謝。

確定逸光成爲卡門的駐唱歌手後，所有社員馬上替他大肆慶祝，大家都爲吉他社出了個明日之星而開心不已。

「小子，跟你商量一件事。」康康學長將正在吃蛋糕的逸光拉到一邊，「等你進了卡門後，可不可以幫我跟暖暖要簽名？」

「康康，你到底愛小海還是暖暖？花心耶！」兔子學姊質問。

「誰說我只能愛一個了？奇怪。」康康學長理直氣壯地反駁，隨即遭到大家鄙視。而他這麼一提，其他人也紛紛搶著要逸光幫忙討簽名，嚇得逸光躲到了社長背後。

這天午後，外頭下起了雷陣雨。

逸光本來在速食店打工，但爲了在正式進入卡門前的一個月裡專心磨練歌藝跟吉他技巧，所以他決定下課後就去辭職。而我也終於告訴他有事想說，要他回家後打給我，他二話不說答應。

我待在房裡，窗外大雨傾盆。

我不斷思考著該怎麼說，才不會令逸光太過失望。

要怎樣才能讓他明白跟諒解，我爲何無法和他一起進入卡門？除此之外，我也必須向他坦承那段不堪回首的過往。

到了晚上八點半，逸光仍沒有打來，我按捺不住，主動撥電話過去，卻發現他關機了。

是手機沒電了？難道他人還在外面？但只是辭個工作，需要這麼久嗎？

這是我第一次遲遲等不到逸光的消息，他從不會失聯這麼久，因此我擔心起來。

過了半小時，我無法再被動地等待，於是決定去他打工的地方看看，這時手機響了。

來電者是社長，我歉然道：「社長，不好意思，我現在有事，晚點再回電話給你。我要去找逸光，他好像還在打工的——」

「他不在那裡。小莫，妳趕快來醫院。」社長打斷我的話，「逸光他出事了。」

聽到「醫院」跟「出事」這兩個詞，我呼吸一窒，手機從手中摔落至地面。

雨遲遲未停，強烈的豪雨使得地面都在作響。

抵達醫院時，社長就站在大門口等我。

「社長，逸光呢？他出了什麼事？」我焦急地問。

社長雙眼泛紅凝視著我，沒有回應，只是默默帶我到大廳的座位區。

吉他社的學長姊們都在，個個面如死灰。兔子學姊震驚地盯著我跟社長，渾身發抖，「Summer，你幹麼叫莫子來？你怎麼可以這時候叫她來？」

「兔子，妳冷靜點，小莫本來就該盡早知道。」波波學長拉住她，眼淚掉下。

我愣愣看著他們的反應，腦中一片混亂。

「逸光他人呢？我要見他！」我對社長說。

社長搖搖頭，「見不到了。」

「什麼？」

「沒辦法見他了。」他話音微顫，「逸光的遺體在我們趕來前，就被送走了。」

我呆滯地注視他。

他在說什麼？什麼遺體？

「社長，你別亂開這種玩笑。」我抓著他的手臂搖晃，「我今天下午才見過他，他那時明明還好好的！」

「對，下午的時候他還好好的，我們都有看到。」社長牢牢握住我的手，「但是他在回家的路上出了車禍……對方撞上逸光後直接逃逸。當時附近的人車不多，加上下大雨視線不佳，根本沒人注意到，所以等逸光被發現時已經太遲了……」

他嚥了嚥唾液，強壓情緒，「醫院先通知他的家人，接著才通知校方，我們接獲消息趕來時，已經來不及了。逸光的爸爸見完他最後一面，他就被送入了太平間。」社長繼續說，「據說逸光被發現時已經沒有生命跡象，他的傷勢太重，警察表示他應該是當場……」

「你騙人！」我激動地大吼，「一定是搞錯了，不可能是逸光，一定是哪裡搞錯了！」

學長姊們都沒有說話，我拉拉阿晉學長的衣袖，再扯了扯康康學長的手，心急如焚，「一定是搞錯了對不對？不是逸光對不對？是警察和醫生弄錯了，對不對？」

他們靜靜流淚，我的淚水跟著潰堤，「不可以，不可以是逸光，一個月後他就是卡門的歌手了，他就要站上卡門的舞臺了，他的夢想就要實現了啊！他怎麼可能會死？不可能是他，我絕對不會相信！」

社長同樣再也克制不住淚水，他拿出一個透明塑膠袋，裡面裝著一只手錶。

沾染血跡的錶面破裂，指針不再轉動，我一眼就認出那是逸光的手錶。

「怎麼可以……」我幾近崩潰，「怎麼可能會是逸光？爲什麼是他？爲什麼……」

兔子學姊走過來抱住我，我仍失神地不斷喃喃問著：「爲什麼是逸光？不應該是逸光的。學姊，拜託妳告訴我，不是逸光，對不對？」

學姊沒有回答，只是將我擁得更緊，哭到渾身顫抖不止。

「我不要……逸光，逸光……」眼前一黑，我軟倒在學姊懷裡。

儘管耳邊聽得見他們在叫我，我卻睜不開眼睛，隨即失去了意識。

「莫莫！」

不知道沉入了黑暗中多久，我忽然聽見逸光在叫我。

是他在叫我。

「莫莫！」

逸光，你在哪裡？

「莫莫，快點醒來嘍。」

我睜開雙眼，逸光就站在我的面前。

他揚起招牌的陽光笑容，我先是呆愣幾秒，然後立刻撲上前抱住他，宛如溺水的人看見浮木，緊緊抓著不肯鬆手。

「莫莫，我快喘不過氣了啦！」逸光邊笑邊掙扎。

我這才放開他，將他從頭到腳打量一遍，並伸手撫摸他的臉龐，掌心傳來的溫度很暖。

「你沒死對不對？逸光，你沒死對不對？」

「妳在說什麼？我死了的話，還會出現在妳眼前嗎？」他笑出聲。

「我就知道，我就知道，不可能是你！不可能是你的！」我欣喜若狂地尖叫，再度用力抱緊他。

「妳好奇怪。」他摸摸我的頭，「好啦，我回來了，妳說有事情要跟我說，是什麼事？」

「那個……」徹底放心後，我的身子也跟著放鬆下來，「對不起，我無法成爲卡門的歌手了，小白學長其實並沒有答應讓我進卡門。」

逸光安靜地注視我。

「逸光，我不是故意要瞞你這麼久的，雖然我也想跟你一起去，可是……」我微微哽咽，「我有很多事沒告訴你，我害怕你會因此討厭我，甚至離開我，才一直逃避到現在。但我不會再瞞著你了，我什麼都會告訴你，我——」

「妳知道嗎？」逸光驀地開口，眼裡含笑，「對我來說，世上最美的聲音，就是莫莫的聲音了。」

我怔然。

逸光牽起我的手，深深看著我。

「乖，唱歌，好嗎？」

我說，好。

於是我開始唱，不停地唱，可是不知爲何，眼淚也不停地掉。

明明逸光就在我身邊。

「逸光，你可以原諒我嗎?你不會生我的氣，不會離開我的，對吧？」

他沒有回答，不，應該是我聽不見他回答了什麼。他的嘴巴在動，然而沒有聲音。

「逸光？」我伸出手，卻只觸碰到空氣。

逸光的身影變得昏暗模糊，眼看就要被黑暗呑噬，我急著想去拉他，但身體怎樣也動不了。

逸光！

在夢裡大聲喊他的同時，我醒了過來。

學長們跟學姊圍繞著我，全都顯得憂心忡忡。

「小莫，妳還好嗎？」阿晉學長開口。

我愣了愣，「逸光呢？」

「莫子……」學姊出聲，我拉住她的手，急切地說：「學姊，我看到逸光了，我剛剛眞的看到他了！他跟我說話，他沒有死，他還對我笑，我看到他了，他——」

聞言，學姊又哭了，而社長走到我身前，將我擁進懷裡。

「他是特地去見妳的。」社長的聲音哽咽，「小莫，他去見妳了。」

社長懷中的溫度，和方才逸光碰觸我時傳來的溫度不一樣。

那只是夢嗎？逸光眞的死了嗎？

逸光眞的永遠離開我了嗎？

他的笑臉分明還如此鮮明地留在我的腦海。

「莫莫，快點醒來嘍。」

爲什麼偏偏是逸光？

到底爲什麼偏偏是他？

凌晨三點，我坐在房間裡，一動也不動地凝望下著大雨的窗外。

我很希望能再次入睡，這樣說不定就可以再見逸光一面，可是怎樣也睡不著。

敲門聲響起，接著是開門聲，琪琪走了進來。

她坐到我身旁，溫柔地將我攬過去，讓我的頭靠在她的肩頭，靜靜陪伴著我。

無論我如何請求老天倒回時光，回到什麼都還沒發生的時候，時間仍舊無情地繼續前進，不會為誰停留，也不會為誰倒流。

沒有逸光的日子，我該怎麼過？怎麼笑？又要怎麼快樂？

我該怎樣走下去？

✦

逸光的告別式在逸光媽媽的親戚家舉行，參加的人數之多，完全可以想見他生前的好人緣，大部分都是他的同學跟朋友。

靈堂中，遺照裡的逸光抱著吉他，在素雅花束的包圍下笑得十分開心。

在場每個人都神情恍惚，彷彿仍難以相信逸光真的已經不在這世上。

兔子學姊始終握著我的手不停哭泣，而我也始終凝視著逸光的遺照，過了一會兒才看見他的父母。逸光的媽媽牽著一名看起來像是混血兒的小女孩，不時擦拭眼淚，而他的爸爸則是滿臉凝重向前來弔唁的人一一致意。

其實最讓大家無法釋懷的，是車禍肇事者的態度。

警方在事發後兩天內就逮捕了那名酒駕肇逃的汽車駕駛，對方被找到時正在網咖裡打遊戲。那個人並不是第一次酒駕撞人，見警方找上門，居然還態度極差地大聲叫囂，絲毫沒有因為逸光的死而感到半點愧疚。

這等惡劣的人，就這麼輕易毀掉了逸光的未來。

大家此刻流的淚，不光是因為悲痛，更是因為不甘，不甘心逸光的寶貴生命斷送在這種人手裡。

在告別式進行的過程中，有個人突然現身，引起現場不小的騷動——小白學長也來送逸光最後一程。

穿著低調的他，還是深深吸引著眾人的目光。

他站在前方望著逸光遺照的背影，使得吉他社的學長姊們又潸然淚下。小白學長一直是逸光的偶像，也是追逐的目標，因此他特別來送逸光更令人心如刀割。

倘若這只是一場夢，那該有多好？

告別式告一段落後，我獨自待在會場一隅，不久有人走了過來。

小白學長來到我身邊，平靜地望著場內的人群，「沒想到會在這樣的場合再次遇見妳。」好不容易稍稍平復的情緒，因爲他的這句話輕易潰堤。我開始掉淚，不一會兒便哭得上氣不接下氣。

「……學長。」

「嗯？」

「請你讓我進卡門。」

小白學長投來視線，我哭到全身都在發抖，「學長，拜託你讓我進卡門吧，求求你讓我進卡門……」

面對我的要求，小白學長沒有回應，只是伸手按了按我的肩，安靜離去。

我忍不住蹲下身，緊緊抱住自己。

我不曉得自己爲何會突然對學長說這種話，也不曉得這麼做的意義何在，我根本不知道自己是怎麼了。

到現在，我仍想不通事情爲什麼會變成這樣。

「不過我很好奇，害別人失去幸福的人，究竟可以幸福到什麼時候？我相信不是沒有報應，只是時候未到。」

腦中冷不防浮現這句話，我打了個冷顫，再也無法繼續思考。

某日深夜，琪琪進到我房裡，見她幫我買的便當原封不動，於是嘆了一口氣。

「妳又不吃飯？」她走近我，「妳不去上課，也不出門，天天關在房間裡，讓關心妳的人更擔心妳，這樣好嗎？」

我將臉埋在雙膝之間，毫無反應，琪琪似乎不高興了，用力抬起我的臉逼我面向她。

「是我害的。」我失神地開口。

「妳說什麼？」她眉頭一皺。

「逸光是因爲我才會死。」我的嗓音乾啞，「因爲我深深傷害過別人，害別人失去幸福，所以現在換我了，我得到報應了，逸光會死都是我害的……」

她嚇了一跳，「妳在說什麼？這兩件事有什麼關係，爲什麼要混爲一談？」

「都是因爲我，逸光才會死，不然爲什麼偏偏是他？」我失控大吼，「這是爲了懲罰我，當年我奪走別人的幸福，所以如今換我的幸福被奪走，她說的沒錯，不是不報，只是時候未到。是我的錯，一切全是因爲我的關係，是我——」

琪琪忽然賞了我一個耳光，面帶慍色。

「妳怎麼會有這種無聊的想法？蠢蛋！」她大罵，「我不管妳以前傷害過誰，也不管妳對那個人有多愧疚，但怎麼可以把逸光的死當成是妳得到的報應？這樣逸光算什麼，憑什麼他必須是妳的報應下的犧牲者？憑什麼他必須因妳而死？他明明可以有美好的未來，爲何要因爲妳而遭遇這種事？難道妳不會替他不甘心嗎？」

我愕然。

「妳不會覺得不甘心嗎？」

我拚命點頭，渾身顫抖，淚水模糊了眼前，「可是我眞的不知道該怎麼辦。」

琪琪抱住我，語氣溫和許多，「我知道妳很痛苦，可是妳不能再繼續自我封閉。妳應該想想自己可以爲逸光做什麼，有什麼是今後妳能爲他做的？如果眞的不甘心，就該正視他的願望。他希望妳能爲他做什麼？我相信妳的心裡早已有答案，只是要不要去面對而已。」

我思考著她的話。

逸光的願望，他希望我能爲他做的事……

「乖，唱歌，好嗎？」

那就是他最後的願望嗎？他出現在夢裡，就是爲了跟我說這句話？

我眞的只是因爲太過思念他，才作了這樣的夢嗎？

「如果忘不了過去，那就別忘，讓過去成爲妳的一部分。」琪琪語重心長，「可是妳要記住，過去的就是過去了，如果無法擺脫，也不能讓它阻礙妳的未來。妳還有很長的路要走，若是不停回頭看，怎麼知道前方有什麼在等著妳？逸光爲了夢想如此努力不懈，我相信直到死去的前一刻，他都不曾感到後悔。那妳呢？還是只能站在原地嗎？要是這樣，那我眞的替逸光的死感到不值。」

琪琪的話宛如當頭棒喝，我一時啞口無言。

「我明白在這種情況下，要妳馬上振作起來非常殘酷，但如果妳拚命責怪自己，深陷在已經無法挽回的悲劇中，我也不能認同。假如妳願意爲逸光做些什麼，選擇其實有很多，只要妳開口，我相信很多人都會幫助妳。」

我呆愣許久，最後在琪琪懷裡再度哭得無法自已。

我知道，這是她最後一次任憑我盡情哭泣。明天開始，我就得堅強起來，就算沒法立刻振作，至少也不可以再原地踏步。

就算不是爲了自己，我也得爲了逸光這麼做。

隔天，我主動敲了琪琪的房門。

我告訴她想找份打工，問她有沒有什麼地方可以介紹。

她對我露出微笑，隨即打了通電話。待通話結束，她要我去捷運站附近的一間連鎖蛋糕專賣店，她曾經在那裡打工，覺得工作環境還不錯，且店家正好在徵人，店長也同意我前去面試。

對於接下來該怎麼走，我還沒有頭緒，唯一想到的就只有不讓自己閒著而已。

只要不再把自己關在房裡哭泣，應該就是好的開始，這是我唯一能用來說服自己的理由。

梳洗完畢，我背起包包去上課，卻在公寓門口遇見阿晉學長。

他笑著跟我打招呼，「小莫，早。」

「學長，你怎麼會在這裡？」我有些意外。

「因爲妳有陣子沒來社辦，聽說也沒到學校，所以我很擔心。」他凝視我，「妳還好吧？」

「嗯，抱歉讓你們擔心了。」不知爲何，他的深深注視使我下意識別開了眼，「我今天會去上課。」

「那就好。」他放心地說，將手上拎著的那袋熱騰騰的早餐遞過來，「妳應該還沒吃早餐吧？給妳。」

我一愣，「這是特地買來給我的？」

「嗯，我不確定妳這陣子有沒有好好吃飯，所以來的路上順道去買了。其實我今天下午才有課，不過上午可以待在社辦打發時間。」

「謝謝你。」我抿抿唇，「我會照顧好自己的，不用麻煩學長再幫我買早餐。」

「我知道，可是我並不覺得麻煩。」他唇角一揚，「看到妳沒事，我就安心了，記得來社辦走走，兔子她很想妳。」

學長離開後，我看著手上的早餐，心情忽然有些沉重。

下課後，我依舊沒去社團，而是直接去打工。

事實上，我很害怕再次踏進吉他社。

那裡有太多美好的回憶，要是看見大家，我怕自己會控制不住情緒，好不容易撐起來的堅強也會再次瓦解。雖然對學長姊們深感愧疚，但我只能暫時消失在那個充滿吉他聲的世界。

接下來的日子裡，我讓自己保持忙碌，累得幾乎沒辦法思考，卻還是會在每晚睡前想起逸光來找我的那個夢。

這一晚，我又想起了他。

「妳不會覺得不甘心嗎？」

我沒有繼續嘗試入睡，而是下床打開筆電，搜尋到卡門的官方網站，點進駐唱歌手的介紹頁面。

如果逸光還活著，他的名字就會在上面。

明明他已經是卡門的一分子了。

明明他已經是明日之星了。

明明……

我忍住鼻酸，返回網站首頁，看著照片裡那美麗的紅色招牌，視線久久沒再移開。

彷彿有股力量驅使著我，我慢慢拿起手機，按下通訊錄中的某個號碼。聽著另一頭的來電答鈴，我的心跳頻率有些不穩。

電話接通，我啞著聲音開口，目光仍停留在螢幕裡卡門的招牌上：「社長，我是小莫。抱歉，這麼晚還打給你，我有件重要的事想請你幫忙。」

我深呼吸，握緊了手機，「如果可以，請告訴我小白學長的手機號碼。」

✦

週末早上，客廳一如既往傳來鋼琴聲。

琪琪修長的手指在琴鍵上從容舞動，無論是琴音或是姿態，都優美得令人著迷。

我走到她身旁聽她彈奏，隨後跟著琴聲哼起歌。她有點意外，但還是繼續將曲子彈完。

演奏結束後，她問我：「這麼早就起來，要去打工嗎？」

「嗯，妳呢？」

「我難得沒事，打算再彈一首就去睡回籠覺。」

「那妳晚上有空嗎？」

「怎麼了？」

「我想邀請妳去卡門。上次妳請我，這次換我回請，可以嗎？」

她看了看我，乾脆地答應，「沒問題，我等妳回來。」

昨晚打給社長後，我仍無法將自己的想法理出一個頭緒。

社長向來是個謹慎的人，即便對象是我，他也沒有輕易給我小白學長的手機號碼，不過他願意幫我詢問學長是否方便直接聯繫。

他問我為何想聯絡小白學長，但我沒有多說，因為其實我也不曉得該怎麼回答。

只是心裡有個聲音在告訴我，無論如何都必須再見小白學長一面。

還有，一定要再去一次卡門。

結束打工，晚上我跟琪琪再度造訪卡門。

今天的駐唱歌手是一對兄弟，聽著他們演唱Boyz II Men的抒情歌〈Doin' Just Fine〉，我沉醉之餘，忍不住問：「如果把自己徹底丟進音樂裡，什麼都不顧、什麼也不想，是不是真的會比較幸福？」

琪琪啜了口酒，笑了笑，「對我而言是這樣沒錯。」她接著說：「逸光真心愛著音樂，所以我相信他也很幸福。」

「好羨慕。」我由衷地喃喃說，「要是我能站上那個舞臺，也可以變得幸福嗎？」

「那要看對妳而言幸福是什麼，如果妳的幸福是逸光，那麼試著站在離他最近的位置也不錯。」琪琪又喝了一口酒，「雖然我不確定這麼做妳是不是就會變得幸福，但我確定，有人會因爲妳的歌聲而幸福。」

「咦？」

「早上妳在我身邊唱歌時，我心裡忍不住想，要是可以常聽到這麼美妙的歌聲，那該有多好？所以如果有一天能看到妳在這個舞臺上唱歌，至少我會覺得很幸福。」

琪琪毫不保留的讚美讓我感動不已，久久無法平復情緒。

我相信這裡是離逸光最近的地方，只要我想找尋他，他就一定會在這裡。

回家後，我收到了社長的簡訊。小白學長允許我打電話給他，甚至告訴我他今天的行程，等他工作結束後我便可以跟他聯絡。

我不敢置信，學長竟然願意和我通話。不管是出於什麼理由，即使是同情，我仍然感激不已。

時間差不多的時候，我緊張地撥出電話。

小白學長的來電答鈴是一首陌生的純吉他演奏曲，旋律優美，十分好聽。

我情不自禁沉浸在音樂裡，正聽得入迷時，突然被一道男聲打斷，嚇得我的心猛地一跳。

「哪位？」是小白學長。

我有些慌亂，結結巴巴地說：「學、學長，你好。我是李莫……」

「喔，小莫。」他的聲音流露出笑意，「好久不見。」

「好久不見。請問你還在工作嗎？會不會打擾到你？」

「不會，我的工作結束了，現在正在回家路上。Summer說妳有事找我？」

「對。」我嚥嚥口水，「我知道說這種話……你可能會覺得我很厚臉皮，但我還是希望學長能再給我一次機會。」

「什麼機會？」

「進入卡門的機會。」

小白學長沉默了一會。

「我以爲妳之前是一時衝動才會那麼說。」他淡淡問：「爲什麼突然有這個念頭？」

我握緊手機，「學長，你說過在我的歌聲裡聽不到熱情，也感覺不到我對唱歌的喜愛。其實，你說的沒錯，過去我曾經發生一些事，讓我再也無法像最開始那樣開心地唱歌，更不敢再有更多追求。我因爲唱歌而傷害了不少人，所以想要贖罪，我以爲只要從此封口不再唱，就可以獲得原諒。」

說著，我不禁眼眶泛淚，「可是自從逸光死後，我才發現自己的想法很懦弱，每當想起他，我就會覺得自己非常可笑，這樣的我根本沒資格跟逸光一起加入卡門。學長，你說我必須先找回唱歌之於自己的意義，但過去那個意義對現在的我來說，只會令我卻步。如今，逸光就是我唱歌的意義，我想完成他的夢想。因爲有他，我才希望能再給自己一次機會，就算有人會認爲我無恥……」

「小莫，妳覺得讓自己快樂是一種罪惡嗎？」

我愣了愣。

「也許妳覺得在獲得原諒之前，自己沒資格擁有快樂，可若眞是如此，沒有人能夠活得下去，因爲這世上沒有誰不是懷抱著傷口跟遺憾。只要妳願意正視自己心裡的傷，即使無法得到某些人的寬恕，至少未來也不會爲自己跨出這一步而後悔，這一點，我跟逸光都是相信妳的。」他的語氣溫柔，「我很高興妳願意試著走出來，所以決定再給妳一次機會。」

我以爲自己聽錯了，「眞的嗎？」

「嗯，我會再通知妳時間，下次見面前記得把嗓子養好，別像現在這樣把聲音弄啞了。」

我欣喜若狂地向小白學長道謝，掛斷電話後便急忙衝出房間。正在客廳看電視的琪琪被我嚇了一跳，我拉住她，激動地喊：「琪琪，學長他給我機會了！他願意再給我一次機會！」

「等等，妳講清楚，什麼給妳機會？」

我將事情的前因後果告訴她，見我喜極而泣，琪琪也揚起欣喜的笑容，伸手摸摸我的臉，「我就知道妳沒問題，妳做得很好。」

雖然並不是就此確定可以進入卡門，但我總算爲自己和逸光踏出了第一步，而小白學長的話也給了我許多力量。

兩週後的某天傍晚，我結束打工準備回家時，忽然收到了小白學長的簡訊，短短一行字在我的心中掀起不小的波瀾。

「明晚七點，卡門門口見。」

✦

隔天晚上準備出門前，我發現房門上貼著一張紙條，琪琪留了「加油」兩個字給我。

我將紙條摺好收進口袋，當作護身符。

因爲是星期六，卡門的生意特別好。我站在店門口旁邊看著客人一個接著一個進入，有點擔心。小白學長約在這個地方，難道不怕引起騷動？

不久，車子的喇叭聲冷不防傳來，一輛黑色轎車正朝我這裡閃著燈。我定睛打量，但車窗經過特殊處理，無法看清楚駕駛是誰。

那輛車的車主又按了喇叭，我遲疑地走過去，副駕駛座的車窗緩緩降下。

「上車吧。」小白學長就坐在車裡。

我嚇了一跳，連忙環顧周遭，確定沒人注意才迅速上車。

「學長，這樣沒關係嗎？」我沒想到他會大刺刺地出現。

「什麼沒關係？」他反問，隨即笑了，「喔，妳害怕自己一個人上我的車？」

「不是，我只是擔心萬一狗仔發現有女孩子搭你的車，不就糟了？」

「無所謂，反正又不是第一次被拍，妳不用多想。我只是覺得約在卡門會合比較方便而已。」他氣定神閒，毫不在乎。

一路上，小白學長都沒說話，只是偶爾跟著車內播放的歌曲哼唱，似乎很享受這樣的時刻，因此我也不敢隨便出聲打擾。

眼看沿途的景色越來越荒涼，光線也越來越幽暗，我才忍不住開口：「學長，請問我們要去哪裡？」

「快到了。」他沒多解釋，神態依舊悠然自得。

車子持續往山上開，我無法不忐忑地警戒起學長的意圖。十分鐘後，他將車停在一處空曠的平地。

四周杳無人煙，也沒有其他來車，偏僻的環境令我畏怯，但這份心情很快就因爲山下的景色而消散一大半。

原來在這裡可以俯瞰臺北的部分夜景，黑夜中閃耀著無數璀璨燈火，宛如一片鑲上鑽石的幽深湖泊。

我望得出神，學長走到我身邊，「這幾天都沒時間喘口氣，所以突然想來看看夜景，抱歉把妳一起帶來了。」

「我才該說抱歉，學長那麼忙碌，我還麻煩你這種事。」我搖搖頭。

「一點也不麻煩，所謂的這種事對妳來說很重要，不是嗎？」他微笑，靠向木製護欄。

我還在猜測學長打算用什麼方式進行考核，他就開口說：「小莫，我現在要跟妳說一個故事，仔細聽了。」

我頓了頓，「好。」

他專注地凝望夜景，「有個男人，他深愛著一個女人，但他們兩人分手後就沒再見過面。多年來，男人始終忘不了她，常常想著女人現在過得如何？又身在何處？雖然他嘗試過去愛別人，卻還是無法將她從心底抹滅。由於見不到女人，所以除了緬懷以外，他什麼也不能做，只能獨自承受這份寂寞。」

語畢，他稍微側過臉，「如果那個男人現在就在妳面前，希望妳能爲他唱一首歌，妳會選擇唱什麼歌？妳可以把我當成那個男人，把心中想到的那首歌唱出來。」

雖然有些納悶，我還是回想著小白學長剛才說的那個故事，腦中很快浮現一段歌詞。

緩緩吸口氣，我注視著學長的背影，開始唱歌。

妳　在那裡　這些年來如意不如意

還快樂　還單純　還美麗　時光如何對妳

我　在這裡　人海中一座島嶼

很平靜　風平浪靜
只除了深夜裡　回憶會瘋狂來襲

我很想妳　妳知道嗎
如果可以　就讓我再見妳
美好微笑　清澈眼睛
好確定那場分離只毀了我一個而已

我很想妳　聽見了嗎
這是唯一　我無解的困境

那些過去　不肯過去
不管我後來遇見多少人
只能嘆息　都不是妳

（〈很想妳〉詞：施人誠　曲：余哲函）

唱著這首歌時，逸光的模樣在腦海中出現了無數次。
明明是為另一個人的故事而唱，我卻不斷想起逸光的一切。
逸光，我很想你，真的很想你。

當我恍然回神時，歌也唱完了，我隨即懊惱不已。

由於沉浸於對逸光的思念，我一時難以控制情緒，整首歌被我唱得零零落落。

明明打算盡全力唱到最好，我到底在做什麼？

好不容易讓小白學長再給我一次機會，我居然就這樣毀了它。

怎麼辦？我該怎麼辦？

我急得如熱鍋上的螞蟻，而小白學長轉身走回停車處，從車內拿出兩罐咖啡。

他將其中一罐遞給我，接著舉起自己手中那罐，作勢乾杯。

「我不會對妳說恭喜這兩個字。」

我徹底心涼。

「我只會說歡迎，歡迎妳加入卡門。」他微微一笑，「妳通過考驗了，小莫。」

「我……通過了？」我不敢置信，「我成為卡門的歌手了？我可以在卡門駐唱了？」

「嗯。」小白學長點頭，沒有半點開玩笑的樣子。

我熱淚盈眶，「為什麼？我剛剛唱得並不好……」

「我想聽的並不是妳的歌唱技巧，而是感情。即使背對著妳，我仍然可以感受到妳的情緒，妳的情感確實感染了我，我被深深打動了。」他的眼神流露出讚賞，「妳是站在那個男人的立場唱這首歌，一旦妳的演唱與聽眾的心情產生共鳴，就能使聆聽者找到抒發的出口，這是身為歌手很重要的能力，妳做得比我想像中還要好。」

學長再度微笑，「謝謝妳讓我聽到這麼美好的歌聲，小莫。」

我分不清此刻的心情究竟是開心還是感動，總之，小白學長的話讓我再也控制不住眼淚。

在回程的路上，學長告訴我，明天他就要前往新加坡進行宣傳，短時間內無法再跟我碰面，因此後續事宜他會交給他弟弟處理。

「學長明天搭幾點的飛機？」

「早上七點多。」

「那等等送我到捷運站就好了，送我回家的話不順路，會耽誤你休息的。」我深感過意不去。

「沒關係，我還要去找一個人，必須見到她我才能休息。」他唇角一勾，「這次有段時間不能回臺灣，但只要太長時間沒見到她，我就會渾身不對勁，所以沒辦法。」

小白學長說得雲淡風輕，我聽在耳裡卻感覺不單純。強烈的好奇心驅使我鼓起勇氣探問：「是學長喜歡的人嗎？」

他似乎並不覺得被冒犯，反而揚起更明顯的笑意。

即便身為人氣歌手，小白學長似乎也無意低調行事，因此經常被狗仔盯上，關於他的八卦緋聞總是傳不完。一開始我不了解學長，還以為他真的是個花心的人，此刻卻發現好像不是那麼回事。他的笑容隱含深意，可惜我根本分不出他的哪句話是真話，哪句話又只是單純開玩笑。

「她對我而言很重要，一向天不怕地不怕的我，卻會害怕被她討厭。」小白學長淡淡說：「這大概是個很糟糕的情況，不過如果是她的話，那就無所謂了。」

雖然我猜不透學長的心，但是他眼裡不經意流露出的溫柔騙不了人。

我的臉頰不自覺微微一熱，心跳莫名加速，原來親耳聽見別人這般深情告白，也會不禁有所觸動。

只是無論如何，我都不敢再開口問學長，他口中所說的「她」，是否就是指小海學妹？

正式成爲卡門的駐唱歌手一事，除了琪琪，我還沒有讓其他人知道。

逸光死後至今，我始終沒再踏入吉他社，他們肯定覺得我十分無情。

但其實我一直在尋找告訴他們好消息的時機，希望當他們再次看見我時，已經不再需要爲我操心，而是能爲我感到驕傲。

✦

週六下午，我正在打工，手機突然響起，我走到櫃檯角落接聽。

一名陌生男子的聲音傳來：「請問是李莫嗎？」

「我是，請問你是哪位？」

「我叫白聖佐，是卡門老闆的弟弟。」

我心頭一跳，「白先生，你好。」

「哈哈，叫我佐哥就可以了。」他的笑聲和小白學長有點像，「我想跟妳談談在卡門駐唱的事，不知道妳什麼時候有空？今晚方便嗎？」

我看向牆上的鐘，馬上回答：「好，今天五點過後我就有空了。」

於是，我們約定六點在某間茶館見面。

我準時赴約，佐哥就站在茶館門口等我，那張與小白學長神似的面孔，讓我一眼便認出他。

我來到他面前，原本在看手機的他抬起目光，笑容可掬，「妳是李莫？」

「是。」我客氣地說。

「太好了，我們進去吧，大家都在等妳。」

大家？難道不是只有他一個人？

我一頭霧水跟著他進入茶館內的一間小包廂，赫然發現有五個人坐在裡面。

「來了，是超級大正妹耶，呀呼！」坐在包廂最裡邊的白髮男子雀躍大喊，把我嚇了一跳。

「哇哈哈，我贏了，臭小子快把錢拿出來！」白髮男的對面是我上次來卡門時看過的兄弟檔歌手，只見哥哥對身旁的弟弟攤開掌心，興高采烈地說。

弟弟掏出一張千元大鈔，忿忿地抱怨：「該死，就知道不能相信死老頭的話！」

「願賭服輸啊，J。」白髮男旁邊的酷酷女孩托腮輕笑。

「Shit！」被稱呼爲J的男人又罵了一句，怒瞪笑翻的另外兩個男人一眼。

「嘿，你們嚇到人家了。」另一名綁著公主頭的清秀女子出聲，親切地示意我在她對面坐下，笑吟吟解釋：「他們在賭這次新進的歌手是男生還是女生，因爲阿佐不肯透露，光憑妳的名字也很難猜出性別。希望妳別介意他們這樣鬧，他們都是好人。」

我連忙點點頭，心裡既緊張又忐忑。能夠跟卡門的歌手們坐在一起，簡直就像在作夢一樣。

「雖然妳應該認得我們，但還是再替妳介紹一下。」佐哥指著白髮男子，「他叫老爺，很愛做一些老人家才會做的事，還故意把頭髮染白，一看就知道這人怪怪的，妳盡量別太靠近他。」

「臭小子，居然亂講話！」老爺瞪大眼睛，又笑嘻嘻地對我揮手。

「再來是MJ兄弟檔，哥哥M，弟弟J。也要提防他們，最好不要給手機號碼，不然有可能天天被騷擾。」

「對啦對啦，就你最正人君子，我們都是變態。」M一臉不屑，J則大聲抗議：「心機最重的明明就是你！白聖佐我鄙視你，看清你這個人了！」

「至於這位小姐呢……」佐哥沒理他們，接著介紹那位酷酷的女孩，「她是小西，對男客人特別冷淡，至今爲止不曉得傷了多少男人的心。」

「你廢話很多耶。」小西瞪他。

「最後這位是如太陽般溫暖，靠著歌聲跟笑容征服無數宅男的暖暖小姐！」佐哥提高聲音，對剛才向我搭話的女子說：「即使已經二十八歲，她的外表依舊跟大學生一樣。」

「喂，幹麼刻意公布我的年紀？」暖暖笑罵。

「就是，竟敢欺負我們的暖暖姊，不可原諒！」MJ兄弟也嚷嚷。

「暖暖姊別這樣嘛，妳知道我不是那個意思，我很愛妳的。」無視其他人作勢嘔吐，佐哥繼續說：「然後是我，阿佐。以後有什麼問題都可以找我，OK嗎？」

我點點頭，而後M率先舉手提問：「妳現在還是學生吧？幾歲？」

「二十歲，目前大二。」

聞言，MJ兄弟及老爺佯裝中彈的樣子，齊齊「呃啊」一聲。

「二十，二十！老爺您快聽聽，多麼美妙的年紀！」

「好青澀，太青澀了，啊啊啊……」

「你們三個變態噁不噁心啊？」小西忍不住罵了句，認真叮囑我：「佐哥說的是對的，離他們遠一點。」

「暖暖姊，我們沒有在暗諷妳的年紀喔，絕對沒有！」J說。

「來不及了，我的心已經傷痕累累，而且你特地解釋只是越描越黑。」

整個包廂中笑鬧聲不斷，歡樂的氣氛讓我不知不覺放鬆了心情，不再那麼緊張。

兩個小時後，大家先後離去，只剩我跟佐哥。

他拿出一份合約書給我，「看看吧，有什麼問題儘管問，只要簽下這份合約，妳就正式成爲卡門的歌手了。」

我仔細讀過合約內容，大概抓住了幾個重點：一旦成爲卡門的歌手，三年內就不能與任何唱片公司簽約發片，也不能在學校、餐廳、夜店、其他酒吧等公共場所公開表演，更不得做出傷害卡門名譽之行爲。違者除了必須離開卡門，還得付出高額違約金。

詳閱幾次，並確認一些細節後，我便在合約上簽名，交還佐哥。

佐哥收起合約書，愼重地向我伸出手，「那麼下個禮拜三就是妳首次登臺，我再次替我哥哥，也就是卡門的老闆對妳說聲歡迎，歡迎妳加入我們。」

「謝謝，這是我的榮幸。」我和他握手。

「藝名想好了嗎？」

我一頓，「還沒……」

「盡量在這兩天告訴我，負責管理官網的人需要放上新進歌手的資料，駐唱班表也得重新調整。」

「好，我知道了。」

接著，他忽然定睛看我。

「妳……就是逸光的女朋友，對不對？」

我怔了怔，默默點頭。

「我見過他一次，他是個很有才華也很可愛的男生。他來卡門接受最後審核的那天，是我送他回家的，那時他跟我聊到妳，說妳也希望能和他一起成爲卡門的歌手，可是我哥沒有找妳過來。後來我問了我哥，才知道其實妳原本沒有通過審核。」

我抿起唇。

「我們怎樣也沒想到逸光會出事，卡門痛失一位如此優秀的歌手，我跟我哥都相當難過。」他的聲音變得低沉，「但依我哥的個性，不可能會因爲同情妳，就答應讓妳進卡門，一定是妳後來的努力得到了他的肯定。這段日子妳想必過得非常煎熬，不過妳還是辦到了。」

他注視我的目光帶著讚賞，「妳讓我打從心底深深敬佩。」

佐哥的眞摯眼神讓我不敢直視他，害怕眼淚會因此不小心掉下來。我只能低著頭，輕聲對他說謝謝。

離開茶館時，天色已經完全暗了，我來到學校操場，一個人坐在場邊的石椅上。

「我眞的覺得我是這世上最幸福的人了！」

我輕撫逸光當時所坐的位置。

他就是在這裡告訴我，他的夢想實現了。

「對了，妳覺得我要取什麼名字才好？」

「名字？」

「我在卡門用的藝名。我現在腦子裡一片混亂，什麼也想不到，妳給我一點意見吧，我也會幫妳想的！」

逸光，我做到了，我眞的可以進卡門了。

要是你在該有多好？如果這個時候你能在就好了。

如果你回來，那就好了。

✦

我用筆電瀏覽著卡門的官方網站，視線停留在歌手介紹的頁面。

我的照片即將被更新上去，然而我還是一點眞實感也沒有。

昨天和其他歌手的會面很開心，他們給人的感覺也挺好相處，只是我有辦法跟上他們的腳步嗎？我能夠有好的表現嗎？

我拍了拍臉頰，讓自己暫時拋開這些不安。現在最重要的是，得快點把藝名告訴佐哥，但是半天過去了，我仍想不出一個滿意的名字。

就在這時，琪琪來敲我的房門，我便請她一起幫忙想。也許透過別人看待自己的角度來發想，會得到不一樣的靈感。

因此，我問起自己在她眼中的形象，琪琪很乾脆地回答：「虛無縹緲，甚至有點夢幻，好像不食人間煙火、不知人心險惡。可是熟悉之後才發現，妳明明還很年輕，卻似乎已經經歷了不少事情，有時成熟到不太符合妳的年紀。」

我聽得一愣一愣，更弄不清楚取名的方向了。

「別急啦，可以考慮到明天呀。妳什麼時候開始駐唱？」

「下禮拜三。」

「哇，那我得趕快去訂位，絕對要把那天空出來聽妳唱歌。」

「眞的？」

「當然，那是最值得紀念的一天，不是嗎？」她微笑。

琪琪離開後，我將視線轉回電腦桌面，桌布是我和逸光的合照。

我終於走到了這裡。

「是要中文名好呢？還是英文名好？我本來想取個酷一點，又帶點神祕感的名字，可是康康學長他們說不適合我，還笑我超土。」

「什麼名字？」

「Sky。」

直今我仍不明白爲何逸光會選擇這個名字。

隔天下課，我站在吉他社的社辦門前，深呼吸後邁步踏入。一進去，每個人都面露驚訝向我投來目光。

兔子學姊立刻跑過來給我一個大大的擁抱，激動地說：「臭莫子，妳眞過分，一直不跟我們聯絡，我還以爲妳永遠不會再出現了！」

學長們也都露出欣慰的笑容，社長拍拍學姊的肩膀，「小莫來了不是該高興嗎？幹麼哭？」

「對不起，讓你們擔心了。」我一陣鼻酸。

「沒關係，妳還願意來我們就很高興了。」

「你們過得好嗎？」

「就算不怎麼好，看到小莫也全都好了。」波波學長開玩笑地說，康康學長附和：「對啊，妳消失這麼久，學長們都快得相思病了！」

阿晉學長站在另一邊，同樣用溫柔的微笑表達歡迎。

學長姊們紛紛關心我的近況，卻絕口不提逸光，或許是怕觸景傷情，又或許是擔心我會受刺激。

「妳現在有在打工吧？不要太勉強，妳瘦了好多。」學姊緊握著我的手，滿臉憂心。

「我會照顧好自己的。」我望著大家，「我今天來，是想拿一樣東西給你們。」

學長們聞言都好奇地湊近，我從包包裡取出一張卡片交給社長。

見到卡片上的字樣，他們的神色明顯一僵，彷彿不知如何是好。

「這是卡門的VIP卡，我想請你們空出這週三晚上的時間去卡門坐坐，只要出示這張卡片，就會被安排至最好的位子，點飲品也會有優惠。」

所有人都滿臉複雜沉默著，只有社長淡定地接過卡片，對我眨眨眼，「既然小莫特地邀請，不去就太不應該了。大家都聽到了吧？那天有約的統統給我推掉，一定要準時到場！」

我露出感激的笑，而後跟兔子學姊隨意閒聊起來，卻驀地聽到熟悉的旋律。我愣愣聽著，學姊疑惑地問：「怎麼了？」

我沒有回答，只是轉頭望向音樂的來源，是康康學長正在自彈自唱。

學姊很快明白了原因，臉色霎時有些怪異，不久康康學長終於發現我在看他。

他頓了頓，才像是猛然想起了什麼，緊張地澄清：「對不起，小莫，我不是故意……」

不等他說完，我衝到他面前，「沒關係，請學長繼續唱下去，拜託！」

學長一時不敢動作，在我再三請託下才硬著頭皮把歌唱完，見我露出笑容，他更是一副嚇得快腿軟的樣子。

「康康學長，謝謝你。」我迅速背起包包，「對不起，我還有事得先走了，星期三晚上你們一定要來，我會在卡門等你們！」

我跑出社辦，並拿出手機撥打佐哥的電話。

卡門每晚都會有三位歌手駐唱，時段爲七點半至十二點，所以每人的表演時間約莫一個半小時到兩個小時。

首次登臺那天，駐唱的歌手是我跟暖暖姊，還有佐哥。我提早一個小時抵達卡門，待在歌手專屬的休息室進行準備。

格局爲正方形的休息室空間不大也不小，左右兩邊的牆面皆有一整片長方形的鏡子。

我走到其中一面牆前方，牆上掛了一塊留言板，上頭有歌手們的親筆卡片，還有幾張照片。照片裡的人全是卡門歷來的歌手，我很快在其中發現小白學長。以前的他跟現在的感覺不太一樣，模樣卻幾乎沒變，歲月彷彿並未在他身上留下任何痕跡。

接著，我的視線落到學長旁邊那名綁著馬尾、臉上掛著淺淺笑容的女孩臉上，下意識多看了幾眼，只因覺得那張臉有些熟悉。

「妳來了呀？」

我回過頭，暖暖姊站在門口。

「暖暖姊，妳怎麼這麼早就到了？」

「我習慣提前一個小時來，因爲喜歡趁這時候先開開嗓。」她微微一笑，鄰家大姊姊的溫柔氣質很容易讓人卸下心防，「而且今天是妳第一次駐唱，如果能有個人陪妳聊天，應該比較不會緊張？」

「謝謝妳。」我不好意思地說。

在鏡子前整理儀容時，暖暖姊打量了鏡子裡的我一會兒，感嘆地說：「這樣仔細看著妳，才發覺妳眞的非常漂亮。想必妳在學校一定很受歡迎，也有不少人追求吧？」

「其實……並沒有。」

「怎麼會呢？」

「這張臉，讓女生都不想跟我當朋友。從以前到現在，外表帶給我的痛苦遠比快樂來得多。」我的語氣毫無起伏，「所以我很討厭自己的臉，尤其是面對那些只因爲這張臉就輕易說喜歡我的人時……我是個怎樣的人，他們似乎一點也不在乎，就連曾經要好的朋友，最後也都因此討厭我，選擇離開。」

聽完，暖暖姊無奈一笑，「看樣子妳吃了不少苦。」她拍拍我的背，「不過，在卡門妳會碰到各式各樣的人，妳不只要面對他們，還必須對他們敞開心胸，若是因爲害怕而與人群保持距離，就很難全心把歌聲傳遞給大家了。我相信妳是已經有了覺悟，才決定來卡門的吧？」

她又笑了笑，「我保證來到這邊以後，妳會發現不是所有人都會令妳失望。單純因爲妳的歌聲而來的人，絕對將比妳想像中的還要多。」

我沒有答腔。

營業時間一到，店內轉眼間便客滿了。佐哥說每次有新歌手登臺，客人都會比平常多。上臺前，吉他社的大家不斷打電話跟傳簡訊給我，他們都已經抵達卡門了。因爲遲遲聯絡不上我，所以他們相當擔心。

「放輕鬆好好唱，沒問題的，加油。」準備登臺時，佐哥輕聲鼓勵我。

我望著彷彿在閃閃發亮的舞臺，深吸一口氣，準備穿過簾幕，暖暖姊卻突然拉住我。

「要不要先站在這裡唱？」她提議。

「爲什麼？」我訝異。在這裡唱的話，臺下的觀眾根本看不到我。

「在這裡唱，就沒有人會先看見妳的長相，只會聽見妳的聲音。」她嫣然一笑，「妳要記住，在這個舞臺上，只有歌聲才是一切。」

眼看歌手始終沒現身，客人們已經開始鼓譟。

我站在簾幕後方，壓抑住忐忑不安的情緒，將麥克風拿近嘴邊，閉上眼睛清唱。

I used to think that I could not go wrong
我一直以爲自己不會犯錯
And life was nothing but that an awful song
人生不過是一首可怕的歌
But now I know the meaning of true love
如今，我懂得了眞愛的意義
I'm leaning on the everlasting arms
我倚靠著永恆的臂膀

唱到這裡時，臺下不再傳來騷動，臺上的樂隊也開始爲我伴奏。

If I can see it, then I can do it
只要我明白，我就會去做

If I just believe it, there's nothing to it
只要我相信，什麼都不成問題

I believe I can fly
我相信我能飛
I believe I can touch the sky
我相信我能觸摸到天空
I think about it every night and day
我日思夜想
Spread my wings and fly away
想要展翅遠走高飛
I believe I can soar
我相信我能飛
I see me running through that open door
我看見自己穿過那扇敞開的門
I believe I can fly
我相信我能飛
I believe I can fly
我相信我能飛
Oh I believe I can fly……

噢，我相信我能飛……

進入間奏後，我踏出腳步，出現在眾人面前。
舞臺的燈光十分強烈，我幾乎看不清觀眾的臉，因此感覺整個世界彷彿只剩下自己。

See I was on the verge of breaking down
我曾瀕臨崩潰邊緣
Sometimes inside us, it can seem so long
有時候在你我心裡，它蘊藏許久
There are miracles in life I must achieve
生命中有我必須完成的奇蹟
But first I know it starts inside of me
但首先我得從心裡開始做起

Could I believe in it?
我該相信它嗎？
If I can see it, then I can be it
只要我明白，我就做得到
If I just believe it, there's nothing to it
只要我相信，什麼都不成問題

（〈I Believe I can Fly〉詞／曲：Robert Kelly）

爲什麼我現在才發現？

這首歌是逸光最愛的歌曲，一直以來都支持著他。是那天聽到康康學長彈唱，我才想起。我怎麼能忘了？他所追尋的天空就在這裡。

卡門就是能讓他盡情翱翔的天空，所以他才選擇了那個名字。

這個舞臺、這首歌，就是他的夢想，他一直都在這裡。

當演唱結束，我的眼睛也終於適應了燈光，臺下的一張張面孔映入眼簾。

熱烈的掌聲跟歡呼聲響起，我拿著麥克風，聲音因感動而顫抖，「謝謝大家的鼓勵，我很高興能有機會站在卡門的舞臺上，爲大家唱歌。」

此時我看見了吉他社的學長們，他們激動地望著我，兔子學姊則是哭了。

「希望大家喜歡我的演唱，如果我的歌聲可以帶給大家幸福，那麼這就是我最大的幸福。」我微笑，熱淚盈眶，「我是卡門的歌手，天空。感謝大家今晚來欣賞我的表演，今後我會一直唱下去，謝謝你們。」

所有人再度報以掌聲，學長們全都站起身，含淚奮力拍手。

「加油！」康康學長雙手圈在嘴邊，朝我大喊，我清楚聽見了他話音中的哽咽。

「我們永遠支持妳！」波波學長也喊。

而琪琪坐在另一桌，她滿臉笑意爲我鼓掌，眼裡同樣閃著淚光。

我深深一鞠躬，淚水在俯身的那一刻滴落在舞臺上。

逸光，你就在這裡，對不對？

我相信你沒有離開，因爲站在這裡時，我可以感覺到你。

我會完成你未竟的心願，即使可能遭遇無數阻礙，我也會不惜一切爲你達成，所以你要在我身邊看著、聽著。

你的名字會一直在這裡。

這裡是你的天空，而我會守護你所憧憬的天空。只要站上這個舞臺，我們擁有的就是同一片藍天。

一起唱下去。

第二章

「李莫，有客人要我把這個拿給妳。」某位同事將一封信遞給我。

我朝櫃檯看去，一群年輕男生先後從店裡離開，其中有個男孩頻頻回頭看我，他身旁的友人都笑著鬧他。

三位女同事眼尖發現我把信收進口袋，立刻湊過來，「又是情書？」

我笑而不答。

「這個月應該有十幾次了吧，不是想跟妳說話，就是塞紙條給妳。小莫，妳眞的很厲害！」名叫一惠的女同事摟著我，我都喊她惠姊。她的個性隨和熱情，就是八卦了點。

「自從妳來上班後，男客人就變得好多。」另一位叫苳苳的同事說，「剛剛那個男生長得還不錯，斯斯文文的，妳覺得怎樣？」

「他信裡面寫什麼？」剩下那位叫小樂的同事跟著問。

「不知道，我還沒看。」

見我不爲所動，惠姊直搖頭，忍不住感慨，「這個八成也沒望了。」

「小莫妳眞殘忍，都不肯給那些人半點機會。但就算妳對他們那麼冷漠，還是有一堆人喜歡。」苳苳滿臉欽羨。

「那個男生是我的菜，如果小莫妳不要，不如把他讓給我吧。」小樂嘿嘿笑。

「別說了，有客人來啦。」我指向櫃檯，阻止她們連珠炮似的追問。

下班後換下制服，我把那封信拿出來打開一看，對方果然是想跟我認識。

我大略讀過，收好信便拎著包包返家。

成爲卡門的歌手後，沒有安排駐唱的晚上，我還是會去蛋糕店打工，並未因此放棄這份工作。

初登臺的那一晚，演唱結束後，吉他社的學長姊全都在店門口等我。兔子學姊抱著我哭得稀里嘩啦，學長們也滿臉感動，喜悅之情溢於言表。

得知演出順利，小白學長特地傳簡訊來恭喜我，還說希望能早日回國看我演唱。

我的生活變得忙碌起來，即使難得有空閒，也是待在家裡聽歌和練唱，幾乎沒有其他的休閒娛樂。現在的我只想珍惜這得來不易的一切，把自己完完全全丟進歌唱的世界，我必須連同逸光的份一起努力。

我不能再停留在原地哭泣。

「小空呀，今天唱完後要不要跟爺爺一起喝一杯？」結束駐唱的老爺回到休息室，對我眨了眨眼。他不叫我「天空」，而是叫「小空」，於是其他歌手也都跟著這麼喚我。

「唱完就快回家，別在這騷擾小妹妹。」小西揮手趕人。

「小西妳眞可愛，別因爲我沒邀請妳就吃醋嘛。」老爺笑呵呵，「對了，小空，我有個東西想給妳看看。」

聞言，我走到他身邊，他拿出手機開啟某個影片，然後遞給我。

影片裡有個穿著粉紅色蓬蓬裙的小女孩，站在臺上拿著麥克風唱歌。影片錄製的年代顯然比較早期，因爲畫面有些泛黃模糊。

「這孩子是妳吧？」老爺問我。

同樣湊過來的小西十分意外，「咦？真的很像。原來小空妳以前就上過電視？」

我的表情微僵，怔怔注視這多年前的畫面。

影片裡的小女孩神采奕奕地高歌，笑得無憂無慮、燦爛甜美，全心全意沉浸於音樂之中。

「你這影片上哪找的？Youtube嗎？」小西問。

「Youtube上沒有，是我神通廣大才能發現這段影片。看看我們小空多麼可愛，果然還是小蘿莉最棒了。」老爺一副陶醉的樣子。

小西露出看見變態般的嫌惡表情，「你果然是老頭子，連這麼久的影片都找得到。」

影片裡的我唱完歌，在節目主持人的指示下，朝鏡頭一鞠躬後離開舞臺。沒多久，一名綁著公主頭、身著粉白色無袖洋裝的小女孩出場。

我的心驀地一揪，還來不及看清小女孩的面孔，影片就結束了。

「那個時候小空好像小有名氣，這雖然是十幾年前的節目，但也不算太久遠，說不定已經有客人認出妳了。」老爺收起手機，瞧著呆滯的我，「怎麼了？」

「沒什麼。老爺，可以把這段影片傳給我嗎？」我的嗓音乾啞。

「當然可以。」

稍晚，小西在表演完後，背著吉他來到我身邊。

「小空，妳那位大學學長是妳的男朋友嗎？還是他正在追妳？」

「妳說哪位學長？」我一時弄不清楚她是指誰。

「就是這幾天都有來看妳的學長，特別斯文的那個。我在唱最後一首歌時，發現他又來了。」

我愣然不語。

成爲卡門的駐唱歌手後，吉他社的學長姊偶爾會來捧我的場，但阿晉學長是幾乎每一次都會來，我總是可以在臺上察覺到他的目光。有時我午夜十二點才下班，他因爲擔心我的安危，還會留到最後，親自送我回家。

自從逸光離開後，阿晉學長便比從前更加關心我。

先前那段每晚關在房中哭泣的日子裡，我天天都會接到他打來電話關心。

雖然想將這些視爲學長對學妹的關懷，但其實我心知肚明，阿晉學長對我的體貼早已遠遠超出合理的範疇，儘管他在其他人面前從不曾表露。

他是認識逸光最久的朋友，也是逸光最信任的哥哥，而我高中時就與阿晉學長相識，和他的關係自然也比跟其他學長來得深。

因爲是弟弟的女友，又是學妹，所以他才特別照顧我——過去我是這麼想的。

如今逸光不在了，我漸漸感受到學長的態度出現了變化。他的視線並未就此移開，反而更加聚焦在我身上。

我裝作沒有察覺，然而學長眼裡日漸不假掩飾的情感，終究讓我無法繼續佯裝若無其事。

我開始害怕面對他那灼灼目光。

✦

「小莫，妳考不考慮向蛋糕店提離職？」琪琪問，她正在我的床上靠著牆面抬腿。

「爲什麼？」坐在書桌前的我回頭。

「這還用說？妳現在是卡門的駐唱歌手了，會有越來越多人認識妳，要是被粉絲發現妳在蛋糕店打工，鐵定會一窩蜂衝過去找妳。」

「應該不會這麼誇張吧？」我沒想到這點。

「妳呀，以爲自己是在普通的Pub駐唱嗎？而且網路的傳播力量很可怕，搞不好已經有人注意到了，到時妳就會知道我說的是不是眞的。」

不久，琪琪返回自己的房間，我發呆了半晌，拿起手機。

點開跟老爺要來的影片，我又看了一次小時候參加比賽的畫面，但我不是在看自己的表現，而是在看之後出場的那個小女孩。

即使只有短短兩秒，我仍反覆重播。小女孩的面孔模糊不清，當年的往事卻在腦海裡逐漸鮮明起來。

這晚，我懷著沉重的心情進入夢鄉。

隔天去打工時，遠遠望見店門口有好幾個客人聚集在那裡鼓譟，我頓時嚇了一跳。

在店內工作的這幾個小時，不斷有客人來問我是不是在卡門駐唱的新人天空，還拿著手機企圖拍我，或是爭相想跟我合照。

沒想到眞如琪琪所說，隨著網路的推波助瀾，越來越多人得知我打工的地點，負責外場的同事因此不堪其擾，連店長都特地把我叫去詢問是怎麼回事。

某個沒駐唱的夜晚，打工時又有幾位男客人來找我，想盡辦法要和我說話，大家直到九點多才終於能喘口氣。

「這幾天根本就像在打仗一樣。」苳苳揉揉痠痛的肩膀。

「對啊，說這個月營業額破百萬我都相信。」小樂滿臉疲憊。

「喂，有客人，負責櫃檯的呢？」某位男員工喊。

「不行了，我好累。」惠姊有氣無力地瞟我一眼，「小莫，妳幫我替客人點餐吧？我眞的沒力氣了，剛剛一直叫那群想看妳的傢伙別在門口擋路，喉嚨都喊啞了。」

「好，我來。」滿懷愧疚的我二話不說來到櫃檯，一邊按著點餐用的螢幕，一邊問客人：「您好，請問要點什麼？」

「一塊草莓蛋糕。」

對方的嗓音低沉，我不自覺看過去，下一秒便整個人呆住了。

眼前的熟悉面孔讓我一時無法移開目光，內心滿是驚愕。

是逸光的爸爸。

他身穿灰色西裝，手裡提著公事包，臉上沒有任何表情。

低著頭的他像是在看櫃檯桌面的菜單，又像是在沉思，如此近的距離，令我發現他比逸光還要高，也比逸光瘦上許多。

見我遲遲沒再出聲，他抬眸看了我一眼，我的心倏地一跳，趕緊伸手去按螢幕，結結巴巴地說：「好、好的，一塊草莓蛋糕。請問還需要其他商品嗎？」

「不用。」

「這樣是三十五元。」

他抽出一張千元大鈔，我找了錢並把蛋糕包裝好交給他，他接過後俐落地轉身離去。

自從告別式過後，我就沒有再見過逸光的父親。

還未從這場偶遇中回神，原本在休息的惠姊忽然衝過來問我：「小莫，剛剛那個男人是不是點一塊草莓蛋糕？」

「對。」我被她嚇了一跳。

「可惡，我又錯過了！」

隨後跑來的芝芝跟小樂也扼腕不已，我不明所以，「那位先生怎麼了嗎？」

「之前小莫妳都在裡面忙，所以不知道，從兩個禮拜前開始，那位大叔每天都會來買一塊草莓蛋糕。一個看起來這麼酷的男人天天來買這麼少女的甜點，妳不覺得很反差萌嗎？」芝芝邊說邊笑。

「真的？每天都來？」我大感意外。

「是啊，所以我們都叫他草莓大叔。」

「哎呀，買草莓蛋糕什麼的根本不是重點。」惠姊伸手攬住我，「小莫，妳不覺得那位大叔很有型嗎？明明是個中年男人，卻沒有禿頭，光憑這點就夠讓人感動了吧？而且他五官深邃、身材高瘦，尤其是那既憂鬱又帶點冷漠的眼神……以我多年來看男人的眼光判斷，他是極品，要是再多留點鬍子一定更有味道。最重要的是，他的聲音充滿磁性，妳不覺得超性感的嗎？」

「小莫那麼年輕，怎麼可能會對大叔有興趣！」其他兩人大笑。

「妳們不懂，像他這種嚴肅的男人，笑起來絕對迷死人不償命。只可惜我到現在都沒見他笑過，我一直試著想讓他露出一點牙齒也好，卻怎樣都沒辦法，他根本不說話。」她略顯喪氣。

「搞不好大叔一笑，妳就會發現他鑲了一堆金牙跟銀牙。」芝芝和小樂又笑，惠姊氣得忍不住大叫，跑過去勒她們的脖子。

看著她們三人打鬧，我忍不住望向大叔離去的方向。

「聽說妳目前在一間Pub駐唱?」電話裡，媽劈頭就問。

我沒問她怎麼得知的，僅是淡淡應了一聲。

她並未怪罪我爲何沒提，只是用一貫的從容語氣說：「我同事的小孩給我看了妳在那間酒吧表演的照片，我本來還有點懷疑，原來是眞的。不過，妳怎麼會突然跑去那種地方唱歌?缺錢嗎?還是現在才後悔自己過去放棄了舞臺?」

我不打算追究她這番話是不是挖苦，「都不是。」

媽嘆了一聲，彷彿沒聽見我的回答，自顧自地繼續說：「如果妳小時候爭氣些，現在搞不好就不用去那種地方唱歌了。放棄了大好機會，現在想重新開始可不容易，大家也未必記得妳……」

聽到這裡，我忍不住反問：「妳眞的不知道當年我爲什麼不唱了?」

媽停頓了下，再度開口時，話裡的笑意像在嘲笑我是個不知世事的天眞孩子：「妳年紀也不小了，應該明白很多時候不是光靠努力就可以成功，要是處處爲別人著想，到頭來倒楣的可是妳自己。如果妳不是因爲認清了這一點，那如今突然決定回頭去唱歌，爲的又是什麼?」

聞言，我已經可以確定無法再和她溝通，「先不談這個了。如果妳見到爸，順便幫我跟他說一下。」

「沒必要，你爸那種人，跟不跟他講都沒差，而且我和他很久沒見面了。如果妳眞的想讓他知道駐唱的事，就自己跟他說。」語畢，媽掛斷電話。

聽著代表通話結束的嘟嘟聲，我心想下次再和媽說話，大概又是很久以後的事了。

收起手機，我踏進吉他社的社辦，波波學長首先看見我，「小莫，妳來啦。」

「嗯，抱歉最近都沒時間來，這是要請大家喝的。」我將一袋飲料放在桌上。

「小莫太貼心了，學長我現在正好口超渴！」康康學長開心地衝過來，阿晉學長則走到我身邊，朝袋子裡探了探。

「妳買了什麼？」

阿晉學長的忽然湊近使我渾身一凜，而後他拿出一罐雪碧對我微笑，「謝謝妳，我正好想喝汽水。」

「不客氣。」我原本想向他打聽逸光父親的事，卻在接觸到他的目光後遲疑了。

大家邊喝飲料邊聊天，阿晉學長問我晚上去卡門前打算做什麼，我順口回答想去逛唱片行，結果他眼睛一亮，表示要跟我一起去。

阿晉學長的行爲，讓希望一切維持現狀的我覺得茫然，又不曉得可以找誰商量這種事。面對疼愛逸光的學長姊們，我無論如何都無法將這個煩惱說出口。

「怎麼會想逛唱片行？我還以爲妳會說要去書店。」望著牆上整排的CD，學長問我。

「只是忽然想來看看而已。」我漫不經心地回。

「有特別喜歡哪張專輯可以告訴我，只要是妳想聽的，我都能找出來。」

我手裡拿著某張CD，緩緩吸一口氣，「學長，你跟逸光從小就認識，對吧？」

阿晉學長微微一愣，隨即點頭，「是呀，怎麼了？」

「那你知道草莓大……不對，你知道他爸爸的情況嗎？」

「他爸爸？」他有些驚訝，「我最近一次見到他是在逸光的告別式，後來怎麼樣我就不清楚了。」

「那關於他爸爸的事，你大概了解多少？」

「嗯……在我的印象中，林叔叔是個很嚴肅的人，不僅對逸光嚴格，連面對身為鄰居的我也不苟言笑，以前每次去逸光家玩，我都有點膽戰心驚。」他笑了笑，「逸光的父母離婚後，逸光的媽媽去了美國，逸光則跟著爸爸生活，後來他們搬家，我就沒有再見過他們了。直到大學，我才又遇到逸光，因為新生入學第一天，逸光就跑來吉他社說要入社。這些他跟妳說過嗎？」

「說過。」我點頭。

阿晉學長接著說：「逸光跟爸爸的感情不好，他自己搬到外頭住很久了，幾乎都沒有回家，所以我也不曉得林叔叔目前住在哪裡。」

我陷入思緒，「所以……他爸爸一直都是一個人？」

「不知道，說不定這幾年有再婚，或者交了女朋友。」他聳聳肩，「但我覺得這個可能性很低，林叔叔是工作狂，我從沒看過他卸下西裝的樣子，忙成那樣，應該沒時間認識其他女人。不過那是以前，現在就不確定了。」

我想起昨晚偶遇大叔的那一幕。

那張沒有笑容的臉龐毫無生氣，黑眸裡埋藏著深不見底的疲倦。身為唯一一個見到逸光最後一面的人，他是抱著怎樣的心情送逸光離開，並且獨自走到現在？

他是怎麼度過失去逸光的日子？

「在想什麼？這麼專心。」阿晉學長打斷我的沉思。

「沒什麼。」我淡然回應，「學長，時間差不多了，我該走了。」

「我送妳去。」他說。

「不用麻煩了，你繼續逛，我等等還要跟暖暖姊見面。下次見。」我扯了個謊，匆匆離去。

那天晚上，我打了電話給惠姊。

聽我問起大叔今晚是不是又去店裡買草莓蛋糕，她頓時大笑，「妳是特地打來問這個的？原來妳也對草莓大叔有興趣！」

「不是的，我只是……」我有些尷尬。

她笑得更加大聲，「他今天確實又出現了，可惜妳不在。我先聲明，草莓大叔是我的，不可以跟我搶唷！」

我打工的這間蛋糕店是二十四小時營業，平日負責值夜班的惠姊另外提供了情報給我：大叔每天都會光顧，時間往往很晚，最早九點，最晚將近十二點，假日也不例外。

翌日晚上九點，準備下班的我突然被芝芝拉到外場，因爲大叔來了。

他的身上依舊是那套西裝，表情不變，神情裡的倦意也沒有稍減。

惠姊一臉心疼，「妳們覺不覺得他好像越來越累了？到底是在忙什麼？」

「對啊，我剛才眞的差點開口問他沒事吧。」小樂點頭。

大叔的情況令我略感擔憂，不過其實我也自顧不暇了。

由於這陣子實在太多粉絲來找我，造成不少客人跟同事的困擾，幾個同事都抱怨連連，因此店長不得已又叫我去談了一次。

我這才明白琪琪說的沒錯，我眞的太低估在卡門駐唱帶來的影響了。

「所以妳打算怎麼辦？」琪琪問。

「只能辭職了。」我輕嘆，「不然再這樣下去，大家都會很頭痛。」

她莞爾，「這樣對妳才好，否則我也擔心妳會累倒。不是用忙碌塡滿生活就沒事了，還是必須留點時間跟空間給自己，妳又不是鐵打的。」

於是，我終於決定離職。

當我獨自坐在學校操場旁的石椅上時，腦海中又浮現逸光的身影，以及在這裡說過的話。

「等我成爲卡門的歌手，我希望能變得更優秀，打破一些人對玩音樂的刻板印象。我想讓某個人知道，音樂絕不是沒志氣的人在玩的東西，這條路更不是沒有前途。我想證明給那個人看，告訴他我的選擇是正確的。」

「我不希望再這樣下去，我希望讓我爸接受我的選擇，讓他看到我實現夢想的那一刻。我想邀他來卡門聽我唱一次歌，藉此向他表明，這就是我要的，而且我已經做到了。我想告訴他，即使這條路不好走，我也永遠不會後悔。」

晚風徐徐吹拂我的髮絲，就和那天晚上的風一樣溫柔。

我彷彿聽見逸光在我耳邊說話。

✦

週六，我去蛋糕店處理離職相關事宜，並和惠姊她們道別。

「妳就在卡門好好唱歌吧，待在這裡賣蛋糕太可惜了。」小樂說。

「抱歉，這陣子害妳們那麼辛苦。」我愧疚地說。

「妳才知道，還不快把薪水拿出來補償我們？」苳苳開玩笑地說，「有空我們會去聽妳唱歌的，如果哪天蛋糕店生意不好，再抓妳回來招攬客人！」

「對了，妳離開前留張簽名照吧，可以貼在店裡牆上當宣傳。」惠姊說著，就要拿手機幫我拍照。

我看著她，「那個……惠姊。」

「怎麼了？」

我正想請她幫忙持續留意大叔的動向，苳苳卻突然猛拍她的肩膀。

「惠姊，草莓大叔來了！」

「什麼？」惠姊的視線轉向櫃檯，發現大叔真的出現了，她立刻跑去熱情接待。

「現在不是才五點嗎？真難得。」小樂吃驚。

「就是，這是他第一次這麼早來吧？」苳苳眉頭一皺，「不過他的氣色好像越來越糟了，完全看不出血色。」

見到大叔，我不由得有些激動。

就在他接過蛋糕離開之際，我的心一跳，隨即追出去，惠姊見狀趕緊說：「小莫，妳怎麼跑了？照片都還沒拍呢！」

「對不起，我會再回來找妳的。謝謝妳們這段時間的照顧，要保重喔！」回頭喊完，我加快腳步。

「妳覺得這個願望有可能實現嗎？」

「你是指邀請你爸爸去卡門聽你唱歌？」

「嗯。」

穿過無數人群跟一條又一條馬路，我的目光始終不敢從大叔身上移開，深怕跟丟了。

他的走路速度快得驚人，我幾乎要用小跑步的方式才能追上，還得保持適當距離，以免被他發現。

我隨著他進入捷運站，和他搭上同一班列車，站在他附近。我不時悄悄注意他，他凝視著黑壓壓的窗外，黯淡的臉上依舊不見任何表情。

我曾在卡門的舞臺上向逸光發誓，要替他完成所有來不及實現的夢想。如今他的爸爸近在咫尺，我卻不知道該怎麼做，只能先跟著。

下了捷運，我繼續尾隨大叔，走了將近二十分鐘的路。

最後，他在小巷裡的某棟房子前停下腳步。

我躲在對面的一道牆後，四周只有車輛偶爾駛過的聲音，是相當安靜的住宅區。

見大叔拿出鑰匙開門，我才意識到自己的行爲有點誇張，居然就這樣衝動地跟來。

即使知道大叔住在這裡又如何？此刻我根本想不到自己可以做什麼。

正煩惱時，一聲巨響驀地傳來，我抬起視線，發現大叔家的門半敞著，大叔人卻不見了。

我納悶著剛才的聲音是怎麼回事，又想確認大叔的情況，於是走了過去，屏息往門後悄悄一探，卻發現有道一動也不動的身影。

大叔倒臥在玄關處。

「草莓大叔！」我驚叫出聲，跑到他身邊想將他喚醒，然而他已經陷入昏迷，無論我怎麼拍他的臉，他都沒有半點反應。

我心急如焚地拿出手機叫救護車。

「長期睡眠不足，壓力過大造成內分泌嚴重失調，還有疲勞過度……」醫生在病歷上飛快書寫，「以及營養不良。」

聽完醫生的診斷，我不禁望向躺在病床上打點滴的大叔。自從送來醫院到現在，他始終沒有清醒。

「妳是他的女兒嗎？」

「我……」

「他應該是工作太累了，積勞成疾，如果再不休息，身體眞的會垮掉的。」醫生愼重勸告，「叫妳爸爸別太拚，要懂得適時休息，以他目前的情況，最好住院一陣子，等體力恢復再回家。」

醫生離開後，我輕手輕腳拿了張椅子坐在病床旁。

想不到情況這麼嚴重。

但更讓我詫異的是，即便逸光不在了，大叔仍過著如此辛勞的生活，連一點點喘息的時間都不留給自己。

究竟是爲了什麼？

「回去找我爸的那天，我也會帶妳一起去。」

「我想親口告訴我爸，妳是我非常重要的人。」

我終於見到他爸爸了。

可是當初說要帶我來的人不在了，說好的承諾都無法兌現了。

我凝視病床上熟睡的大叔，難掩心酸。

「你好，草莓大叔。」我啞著聲音開口，「我叫李莫。」

他毫無反應，而我就這麼看著大叔的臉，直到注意力逐漸渙散。

我揉揉眼睛，想打起精神，卻還是敵不過越來越強烈的睡意。眼看大叔遲遲不醒，我的意志力也所剩無幾，最後終於趴在床邊迷迷糊糊睡去。

逸光，接下來我該怎麼做？我要怎麼將你的心意傳達給大叔，讓他知道你其實很愛很愛他？

你可不可以告訴我怎麼做？

「小姐，小姐。」

一股力量搖醒了我，我恍惚抬頭，對上一雙深邃的眼睛。

清醒過來的大叔坐在床上盯著我。

「妳是誰？」他眉宇深鎖，眼裡滿是疑惑，「我怎麼會在這裡？」

「那、那個，大叔你在家門口昏倒了，我碰巧經過發現，所以……」我緊張地編理由想蒙混過去，卻說得結結巴巴。

「是妳送我來醫院的？」我點點頭，他茫然了一陣，不帶表情地說：「很抱歉，耽誤妳的時間了，還麻煩妳跟著過來。」

「不會的……」見他掀開被子，拔掉點滴，我嚇得連忙制止，「等等，醫生說你太過操勞，需要休息一陣子，還不可以下床！」

「我沒事了。」他拎起放在一旁的西裝外套和公事包，「我有事要辦，得先離開。」

「難道你還要去上班？」

「對，我原本只是回家拿東西而已。眞的很抱歉，謝謝妳的幫忙。」

我阻止不了他，只能眼睜睜看他離開醫院。

一個星期後的某個夜晚，我在卡門的休息室裡盯著手機發呆。

不知道大叔現在怎麼樣了？

要是那天我沒有跟蹤他回去，後果恐怕不堪設想。再這樣下去，說不定下次他會直接昏倒在路上。

親眼見識了他拚命的程度後，光是想到這幾天他有可能又出了事，卻無人發現，我便惶惶不安。

帶著忐忑的心情，週六上午我決定前往大叔家。

現在我已經知道即使是假日，大叔還是會去上班，此時他在家的機率應該不高，然而我不曉得他工作的地點，因此還是只能來這裡。

就賭賭看吧。

我深呼吸，走近大門鼓起勇氣摁了門鈴，等了一會兒，沒有回應。

看來他眞的去上班了。

我一時不知該鬆口氣還是該失望，卻在轉身的那刻聽見門把轉動的聲音。

大門被打開，一道高䠷身影出現在門後，我呼吸一窒，瞬間繃緊神經。

大叔身著寬鬆的灰色T恤以及黑色休閒褲，模樣十分居家。他靜靜瞧了我一會兒，眉頭微擰，「妳是哪位？」

他不記得我了。

「那個，不好意思這時候打擾你，我……」

「抱歉，我不接受推銷。」他冷淡地打斷我的話，就要關門，我趕緊抓住門把脫口喊：「草莓大叔，等等！」

他頓了下，滿臉困惑，「妳叫我什麼？」

「呃，我是說……」我雙頰一熱，尷尬不已，「我是上個禮拜送你去醫院的人，你還記得嗎？」

聞言，他又盯著我片刻，點點頭，「我想起來了，那時候給妳添了不少麻煩。」

「不會的，你的身體狀況有好一些嗎？」

「我很好，謝謝。」他回得簡潔，眼神依舊疑惑，像是不明白爲何我會爲了問這件事特地跑來。

「眞的很抱歉，讓妳替我擔心，我沒事了。」他恢復面無表情，「還有什麼事嗎？」

我手足無措，正考慮著該怎麼向他開口，而他再度發話：「如果沒事的話，那就先這樣，我有事情要忙，不好意思。」

見大門即將被關上，我使勁握著門把，慌張地說：「等一下！逸光他……我是逸光的朋友！」

大叔停住了動作，定定地凝視我。

「妳認識逸光？」

「對，我是他的……大學同學。」

我說得籠統，畢竟大叔並不曉得我的存在，要是突然表明我是逸光的女友，也許會讓場面變得尷尬。

大叔沉默了半晌，儘管表情未變，眼底卻已不像方才那樣帶著明顯的排拒與質疑。

「進來吧。」他說。

✦

我侷促地坐在沙發上。

趁著大叔去廚房，我稍微環顧屋內，橙色燈光令客廳顯得不那麼明亮，家具擺設跟裝潢都很簡潔，沒什麼雜物。

桌子底下的垃圾桶裡有個空的便當盒，是超商的便當，不難猜到這就是他的午餐。

客廳旁邊有道鑲了一整片方格狀玻璃的白牆，牆後似乎是書房，透過玻璃可以看見桌上擺放著筆電，還有大量文件。

而沙發的一側有張小茶几，桌面立著一個作工精緻的相框，相框裡的照片主角正是逸光。

我忍不住湊近仔細端詳，照片裡的他模樣青澀，大約是國中的年紀；緊接著吸引住我的目光的，是相框旁的那塊草莓蛋糕，我一眼就認出那是在我之前打工的店裡買的。

爲什麼大叔要把蛋糕放在這裡？

聽見大叔走過來的腳步聲，我立即正襟危坐，他將一杯白開水放到我面前。

「家裡沒什麼東西，只能招待妳這個，不好意思。」

「沒關係，是我冒昧打擾，不用招待我什麼的。」我擺擺手。

他坐在沙發另一頭，低聲詢問：「妳跟逸光很要好嗎？」

我點點頭。

「他在學校的表現怎麼樣？」

「他很活潑，也很熱心，各方面的表現都十分活躍。他的人緣非常好，無論是老師、同學，還是學長姊，每個人都很喜歡他。另外，他還是吉他社的成員。」

大叔的目光微微一斂，彷彿在沉思。

「我滿久沒有跟逸光聯絡，所以不知道他平時都在做什麼。」他的表情平靜無波，「原來真的還在玩音樂。」

我這才想起，玩音樂這件事一直是逸光跟大叔之間的芥蒂。

我擔心大叔不高興，於是迅速轉移話題，打破凝滯的氣氛，「可以請問大叔一件事嗎？」

「什麼事？」

我指著茶几上的草莓蛋糕，「蛋糕放在那裡很容易引來螞蟻，放進冰箱裡會比較好。那是大叔你要吃的吧？」

說完，我頓時想咬掉自己的舌頭。我怎麼會問這種無意義的廢話？

「不是，我不吃甜食。」他卻乾脆地否認。

「咦？那……」

「那是給逸光的。」大叔的視線落向蛋糕旁的照片，「他從小就喜歡吃草莓跟蛋糕，所以在他去世一個月後，我就開始放草莓蛋糕在那裡。」

這個答案出乎我的預料。所以，他才會每天無論忙到多晚都要去店裡買蛋糕？

「跟你們在一起的那段時間，他過得開心嗎？」

一絲絲酸楚湧上，我怔了幾秒才頷首，「嗯，他每天都笑容滿面，背著吉他充滿活力地到處跑來跑去，我相信他一直都很開心……」

不知是否察覺到我聲音裡的微顫，大叔的視線停留在我的臉上片刻，接著站起身。

「妳過來一下。」

我隨著他走到一扇咖啡色的門前，踏入一間臥室。

窗前的書桌整潔無比，櫃子裡放了各式專輯和單曲，角落那張鋪著天藍色床單的單人床似乎最近才整理過。

牆上貼滿了逸光喜歡的歌手的海報，桌墊下壓著小白學長從前在卡門演出時的照片，這裡的每個角落都留有他夢想的痕跡，我甚至可以想像從前逸光待在房裡的身影。

「這是逸光的房間，不過他很久沒有回來住了。」大叔從書架上抽出一本相簿，「他去世之後，我幫他打掃了一下。」

我注視著他交給我的相簿，「我可以看嗎？」

「看吧，他小時候的照片挺多，國中以後的就比較少了。他媽媽以前很喜歡幫他拍照，妳可以在這裡隨意翻閱。」

我點點頭，翻開相簿的第一頁，逸光嬰兒時期的照片映入眼簾。

每一張照片都代表著一段他的童年時光，全是我不曾看過的模樣，我登時難掩激動，一下子就墜入那思念已久的燦爛笑容裡。

相簿裡記錄著所有我來不及參與的過去，光是看一眼便足以令我寂寞得想哭泣。

如果能早點遇見逸光就好了。

一滴眼淚滑了下來，我慌忙伸手抹去，卻發現大叔早已不在身旁。

我將相簿放回書架，離開房間，在玻璃牆後閃動的光影中找到他。

大叔埋首於工作中，一隻手敲著筆電鍵盤，一隻手翻看著文件。

見他如此忙碌，我自覺不該再打擾下去，於是上前隔著牆輕喚：「大叔。」

他投來視線，我接著說：「謝謝你讓我看逸光以前的照片，我……」

我本想迅速道別完就告辭，他卻起身走出書房，「都看完了？」

「還沒，不過……」

「妳可以慢慢看完的。」

「不用了，你願意讓我這個陌生人進屋，我已經非常感激，打擾到你工作眞的很不好意思。」

大叔看著我，淡漠的神情出現了些微變化，我不確定那是不是笑容，卻還是受到觸動。

「如果妳還想看逸光的照片，之後可以再來。」

「眞的嗎？」我吃了一驚。

「嗯，不過我平常都在公司，假日也是，所以妳可能得碰碰運氣。」

我感動得久久無法言語。

大叔送到我到大門口，我掙扎了一會，終究還是決定把某件事說出來。

「大叔，我有件事想跟你說，希望你聽了別不高興。」我抿抿唇，「逸光他……其實不怎麼喜歡吃草莓。他曾經告訴我，因爲小時候天天吃，所以長大後反而不想再碰了。」

大叔不動聲色，半晌後回應：「是嗎？」

「嗯，他比較愛吃巧克力，每個禮拜會吃好幾次黑森林蛋糕，也很喜歡吃提拉米蘇。下次我們就買這兩款甜點給他，好嗎？」

他又停頓一會兒，「嗯。」

「那……我走了。今天眞的很謝謝大叔，請好好保重身體，不要太勞累了。」

「妳叫什麼名字？」大叔突然問。

我這才想起之前忘了自我介紹，「我叫李莫，逸光都叫我莫莫，大叔也可以這麼叫我。」

大叔的目光落在我的臉上，「嗯，莫莫。」

那低沉的嗓音讓我的心微微一震，難以言喻的情緒在胸口縈繞。

返家的途中，我的眼眶始終濕潤。

「如果妳還想看逸光的照片，之後可以再來。」

大叔這麼說，表示他信任我吧？

我難掩笑意，也忍不住想哭的衝動。

逸光，我做到了。

我終於有機會將你的心意傳達給你所愛的人了。

✦

「小莫，最近發生了什麼好事嗎?從剛才就看妳在笑。」和學長姊聚餐時，社長好奇地問。

「有嗎?」我摸摸臉頰，暗自尷尬，沒想到自己會不小心把情緒表露出來。

「我也注意到了，果然是有什麼好事吧？」阿晉學長也看我。

「沒有啦。」

由於大叔的事太令我開心，即使三天過去了，我仍掩藏不了好心情。

「我知道，一定是碰到帥哥了。小莫有喜歡的男生了對不對？」康康學長信心滿滿地說。

其他人聞言都滿臉錯愕，氣氛瞬間變得詭異。

「白痴康康，你說話前可不可以先經過腦子？逸光才走了多久，你以爲莫子有那麼隨便？」兔子學姊氣得猛敲康康學長一記。

「就是，當心逸光生氣喔。」波波學長也幽幽說。

這才發現說錯話的康康學長忙不迭澄清：「喂，我不是那個意思啦。小莫，我只是開個玩笑，眞的只是開玩笑而已！」

「我知道。」我莞爾。

「這次是莫子好心原諒你，下次再亂講話我就掐死你。你難道沒注意到，莫子的班上已經有幾個小子偷偷在打她的主意了？虧逸光跟他們那麼要好，他們居然還敢動歪腦筋。我會保護好莫子，絕不讓那些輕浮的臭小子接近她！」學姊仍氣呼呼的。

「其實康康也沒錯，小莫身邊總有一天會出現其他人，用不著這樣子罵他。」社長氣定神閒表示，「不可能要小莫爲逸光單身一輩子吧？我們本來就沒有權利阻止其他人接近小莫，不是嗎？」

兔子學姊啞口無言，她似乎不能接受社長的看法，微微紅了眼眶，其他人也登時沒再出聲。

我沒想到氣氛會一下子變糟，立即鄭重聲明立場：「大家別爲我的事擔心，我現在一心一意只想爲逸光唱歌，根本沒有心思考慮談戀愛的事。而且……」

我刻意避開某個人的注視，語氣篤定：「就算有天我眞的喜歡上誰，那個人也不會跟逸光有關係。我不可能愛上跟逸光有關聯的人。」

學長姊們看著我，都沒有接口。

這個話題就此打住，雖然尷尬的狀況是康康學長惹出來的，不過後來他也極力挽救，很快就將場面重新炒熱。

然而，我還是注意到阿晉學長變得異常沉默。

即使如此，我依舊沒有主動和他說話，連看他一眼也沒有。

週六，我再度來到大叔的住處，摁下門鈴。

發現他不在家，我低頭瞧瞧特地買來的黑森林蛋糕，想了一下，決定寫張紙條貼在門上。

就算大叔說我可以再來，但每個禮拜都跑來打擾還是不太妥當。爲了一己私欲而造成大叔的困擾，這並不是我希望的。

我留下手機號碼，請他方便的時候聯繫我，我再去拜訪，以免造成他的負擔。

一個星期後，我接到大叔的電話。

當時我在卡門，正準備上臺演唱，接到他的來電時心裡又驚又喜，卻發現他的聲音沙啞無比，說話時不停在咳嗽。

「大叔，你還好嗎？」我不禁擔憂。

「我沒事。如果妳有空，就這禮拜六過來吧，那天我在家。」

他回得輕描淡寫，我卻還是沒能放心。

我看著手機螢幕半晌，待機桌布也是我跟逸光的合照。而後，我做了個決定。

我整理出逸光這兩年的照片，並統統洗出來，將照片全數收進特別新買的相簿裡。

因爲我一直待在房裡忙碌，於是琪琪特地來關心。發現滿桌都是逸光的照片，她呆愣了會兒，納悶地問：「妳在幹麼？」

「沒什麼，只是在把這些照片放進相簿。」

「爲什麼突然這麼做？」

「我想把這本相簿送給別人。」

「誰？」

我遲疑幾秒，老實回答：「逸光的爸爸。」

將偶然在蛋糕店遇見大叔、跟蹤大叔回家發現他昏倒，以及他主動表示我可以再去他家的事如實告訴琪琪後，她明瞭地點點頭，又問：「那妳送這些照片給大叔的用意是什麼？」

「上次在大叔家看相簿時，我發現逸光的照片只有到國中時期，因爲逸光上高中後就自己搬出去住了，多年來幾乎都沒跟大叔聯絡。所以，我才想給他看逸光大學時期的照片，讓他了解逸光這兩年來的生活。」

「原來如此，但妳也太認眞了，還在每張照片下面附上說明。大叔跟逸光長得像嗎？」

「那天我有看到他們全家的合照，逸光比較像他媽媽，而且他們父子給人的感覺完全不一樣。逸光和認識他很久的學長都告訴過我，大叔是個非常嚴肅、嚴格的人，不好親近。」

「那妳還敢接近他？」琪琪笑起來。

「剛開始我也很不安，但實際接觸後，倒不覺得有他們說的那麼誇張。大叔確實不苟言笑，可是性格相當冷靜沉穩，一點也不像是脾氣火爆的人。」

「那是因爲你們還不熟，所以對妳比較客氣吧，妳可別熱情過頭嚇到人家。」

「我知道。」我和她相視一笑。

週六當天，我帶著放滿逸光照片的相簿，滿心雀躍來到大叔家。

大門打開，門扉後冒出的那張蒼白臉龐卻嚇了我一跳。大叔神情憔悴，沒有半點生氣。

「你怎麼了？身體不舒服嗎？」我忙不迭問。

「沒事，小感冒。」他一邊咳嗽一邊領我進屋，接著逕自走向另一扇門，「逸光的房門沒鎖，妳直接進去沒關係。」

「你的情況看起來很嚴重，有去看醫生嗎？」

「小病而已，不用特地去看。我吃過藥，睡一下就沒事了。」

「那大叔有按時吃飯嗎？」

「我沒食慾。」他頭也不回地擺擺手，不再多說，「沒事，妳去看照片吧。」

大叔消失在那扇門後，我呆站在原地一會兒，才打量起周遭環境。

上次過來時還很乾淨，今天卻顯得有些淩亂。幾件多半未洗的衣物散落在沙發上，垃圾桶裡的垃圾滿了出來，茶几上放著一杯沒喝完的水和一盒感冒藥，杯子底下都是水漬。

門後響起咳嗽聲，看樣子大叔是從上禮拜病到現在，根本就不是普通的小感冒。

我實在無法放著他不管，自顧自地去看照片，於是暫且擱下手裡的相簿，過去敲了敲房門。大叔沒應聲，但是門沒鎖，因此我悄悄打開，只見他躺在床上。

趁他看似熟睡，我走到床邊小心地觸摸他的額頭，手心傳來的高溫令人心驚。

我旋身踏進浴室，架上掛著一條乾毛巾，我便用毛巾沾了些冷水敷在大叔的額頭上。很快，大叔緊蹙的眉頭緩緩鬆開來。

返回客廳，我把茶几上的物品整理過，再將沙發上的衣物一件件摺好，隨後思考著是否該煮些營養的東西給大叔吃，卻在打開冰箱時呆住了。

近乎空蕩蕩的冰箱令我心揪，大叔平時果然疏於照顧自己。即使生病了，他也只能獨自撐著，沒人可以幫助他。

是不是不該讓他繼續這樣下去？

一個小時後，大叔走出房間，我也正好離開逸光的房間。

「大叔，你好一點了嗎？」

「嗯。」他手裡拿著我替他敷上的毛巾，環顧恢復整潔的客廳。

我上前輕聲對大叔說不好意思，接著踮起腳，將手心貼在他的額頭，他愣了愣。

「太好了，燒好像退了一點。」我放心地笑，「大叔，請你到餐桌前坐下。」

大叔不明所以，不過還是依言動作，我從廚房裡端出一碗熱騰騰的稀飯，擺在他面前。

「抱歉，沒經過大叔同意就擅自動你家裡的東西，但你生病了，空腹還是不好，所以我煮了稀飯。」我認真地說：「冰箱裡只有一顆蛋跟罐頭食品，我弄了水煮蛋，再配上一點脆瓜，這樣比較下飯。如果可以，我希望大叔能吃一些，病才好得快，但你如果真的完全吃不下，就晚點再吃，只要加熱幾分鐘就行了。」

大叔的沉默讓我不由得一陣緊張，直到他拿起湯匙舀了些稀飯送入口中。

「很好吃，謝謝妳。」他說，語氣聽不出起伏，「給妳添麻煩了。」

「不會，是我自己想這麼做的。看你稍微恢復精神，我就放心了。」我笑了笑。

他注視著我，一時半刻沒出聲，繼續默默地吃。而我看準時機，拿出特地爲他準備的相簿。

「大叔，我今天來，是想把這個給你。」

大叔放下湯匙，翻開相簿。一看到逸光的照片，他原本毫無波瀾的表情出現細微的鬆動，像是僵住了。

「上次大叔給我看了逸光小時候的照片，我也想讓你看看他這兩年的照片。」我認眞地說，「這是我送給大叔的謝禮。」

大叔審視著每一張照片，仔細地看完一頁又一頁，我不時爲他說明：「這張是大一暑假時，逸光去墾丁玩的時候拍的。這張則是他跟社團的學長姊去登山時拍的，當時他第一個攻上山頂，還開心地大聲唱歌，好多遊客都在看。」

在我解說時，大叔的目光專注，彷彿完全投入到逸光的笑容裡。照片裡的逸光笑得越是燦爛，大叔的神情就越是深沉。

「我已經很久沒看過他這樣笑了。」

我停頓。

「在我面前，他幾乎從沒有這樣笑過。」大叔語氣淡然，「就算有，我也不記得是什麼時候的事了。」

他闔上相簿，對我說：「謝謝妳。」

「咦？」

「謝謝妳陪在逸光身邊。」他定定凝視我，「身爲他的父親，我眞的很感謝妳。」

大叔的嘴角揚起笑意，我的內心也隨之掀起波瀾。

眼前蒙上一片霧氣，眼淚冷不防掉了下來，我既尷尬又難爲情地迅速擦乾，想要告訴他我才是該道謝的人，卻遲遲發不出聲音，只能傻傻地跟著笑。

這一刻，我感覺到有什麼不同了。

大叔的這一笑，和我的這一哭，都是由於卸下心防。

因爲逸光而締結的緣分，在此刻眞正展開。

✦

沒有課的午後，我在家裡又把逸光的照片整理了一遍。

想起之前不小心在大叔面前落淚，我仍覺得不好意思，但是大叔對我說的那句話，以及那溫暖的笑容，使我怎樣也無法控制自己的情緒。

「謝謝妳陪在逸光身邊。」

眼眶又發熱的同時，我的視線不經意飄向一旁牆上的月曆。

下個禮拜五那天做了記號，是康康學長跟阿晉學長的生日。

「我不可能愛上跟逸光有關聯的人。」

不知道阿晉學長聽到我說這句話時，心裡是怎麼想的。

雖然很殘忍，我依舊只能用這種方式向他表明，我無論如何都無法回應他的心意。

逸光生前跟他有多親近，這份感情對我而言就有多沉重。

兩位學長生日的前兩天，大家聚在社辦討論慶生地點。

「就去百貨公司旁邊的KTV吧。」康康學長說。

「爲什麼要大老遠去那裡唱？學校旁邊不是就有一家？」波波學長不解。

「因爲離我家比較近啊。」康康學長一副理所當然的樣子。

「阿晉覺得呢？」社長問。

「我沒意見，大家方便就好。」阿晉學長微笑。

「你看阿晉多替我們著想，哪像你只顧自己。」學姊給了康康學長一記白眼，「同年同月同日同日生，怎麼個性會差這麼多？」

「沒關係啦，壽星最大，就照康康的意思吧。」社長轉頭看我，「但我記得小莫那天要駐唱？」

「對，不過我是排第一個上臺，九點多就會結束，唱完我再去找你們。」

「太好了，小莫會來，學長果然沒有白疼妳！」康康學長開心大喊：「我一定會等到妳來的，妳不來學長就不走！」

「妳這樣會不會太累？」阿晉學長看著我的目光帶著深切的關懷。

「不會的。」

他放心一笑，「那就好，謝謝妳。」

大家離開社辦後，社長忽然叫住我。

「今晚沒駐唱，好好休息吧，妳的聲音有點啞。」

「嗯，謝謝關心。」

他凝視我片刻，之後臉上揚起的淺淡笑意，看起來竟有些無奈跟悵然。

「難為妳了，小莫。」

他的眼神讓我頓時語塞，社長像是知道我正在煩惱顧忌著什麼。

他拍拍我的肩，「順著自己的心意去做吧，不用擔心會傷害誰，有些事本來就不能勉強。」

我十分詫異。

莫非社長真的知道些什麼？他也發現阿晉學長對我的態度不太一樣？

我沒有問他，也問不出口。

事已至此，我依舊只能將一切苦惱藏在心底。

週五晚上，我在駐唱結束後趕往KTV。

康康學長已經喝醉了，他大剌剌地站在沙發上唱歌，整個人瘋瘋癲癲的。

「親愛的小莫，妳終於來了，學長一直在等妳！」康康學長歡呼，身子搖搖晃晃。

我笑著拿出一張簽名板，「抱歉晚到了，這是我送給康康學長的生日禮物，祝你生日快樂。」

他接過簽名板，下一秒欣喜若狂地摔下沙發。

「暖暖的簽名，是暖暖的簽名！」他高舉簽名板大肆炫耀，「看到沒有？上面還寫了『TO康康』，哇哈哈哈！」

「哇塞，這待遇也太好了吧？」波波學長又妒又恨。

我拿出另一份禮物遞給阿晉學長，「學長，這是送你的禮物，是你之前很想要的那張絕版唱片，剛好老爺他……卡門的某位歌手手上有這張，我就請他賣給我了。」

阿晉學長一臉意外，笑得非常開心，「謝謝妳，小莫。」

「小莫！來聽學長的生日願望！」康康學長嚷嚷。

「咦？學長還沒許願？」

「他說要等妳來，阿晉也同意。」學姊笑道。

「那我要說嘍，第一個願望！」康康學長抓著麥克風激動大喊：「林逸光，你這個臭小子，下輩子不准給我這麼早死，一定要好好活著唱歌，唱到不能唱爲止。你要是敢不聽學長的話，我就每天把你抓去阿魯巴！」

此話一出，眾人頓時無語，連最愛吐槽他的兔子學姊也只是訝異得瞪大眼睛。

「第二個願望，就是小莫要幸福！」學長用幾乎快扯破喉嚨的音量喊：「我要小莫幸福，一定要幸福！」

「這傢伙眞的有病。」學姊眼眶微紅，忍俊不禁。

我也忍不住鼻酸，笑著回喊：「謝謝學長，我會幸福的！」

康康學長哭了，語無倫次起來，最後倒在沙發上不省人事。

大家並沒有唱得太晚，過了十二點，除了我跟社長還清醒著，阿晉學長不算太醉以外，其餘的人都東倒西歪躺在沙發上。

「這些傢伙還眞會喝。」社長失笑，「差不多了，我們走吧。」

「要怎麼帶他們回家？」我問。

「我已經叫計程車了，我怕他們三個會在車上發酒瘋，爲了顧及司機的安危，我還是跟著比較好。阿晉，你也一起。」

「不用了，我是自己騎車來的。」學長說，「計程車不能載五個人吧？乾脆由我送小莫回去。」

社長跟我都愣了愣，社長狐疑地問：「你確定？你不是也喝了不少？」

「放心，小莫來了之後，我就幾乎沒再喝了，現在意識很清楚。」阿晉學長神情從容，還站起來隨意走了幾步，證明自己所言不虛。

社長看向我，用眼神徵詢我的意見，我猶豫了一會，點點頭。

在阿晉學長去牽機車，社長也將波波學長等人帶上計程車後，社長過來對我低聲說：「自己小心點，有什麼事就打給我。」

「嗯。」我聽懂了社長的暗示。

計程車駛離，剩下我跟阿晉學長留在原處。

「我聽見雷聲，可能快下雨了。」他望了天空一眼，卻接著說：「小莫，妳能陪我在附近走走嗎？KTV的包廂太悶了，我想呼吸點新鮮空氣。」

我再度遲疑，但學長的態度毫無異樣，我也不好拒絕。

我們並肩走在街上，他打破沉默，「小莫，妳記得妳高一入學的那天，發生了什麼事嗎？」

我不明白他爲何突然提起這麼久以前的事。

「不記得。」

「我記得，妳在學校裡造成很大的騷動，我們班上的男生都在賭誰會先拿到妳的手機號碼，還跑去妳的班級偷看妳，結果被老師跟教官罵到臭頭。」

我不太想跟著陷入回憶裡，因此沒有答話。

「有件事我從來沒和妳說，其實在那之前，我就已經見過妳了。」

「什麼？」我一怔。

「在妳升高一的那個暑假，我去宜蘭的親戚家玩，搭火車回臺北時，車廂裡除了我以外還有一個人，那人就是妳。」他轉頭對我笑，「我坐在妳附近，妳戴著帽子聽音樂，抱著膝蓋一動也不動，一直盯著窗外看，好像有什麼心事。我不禁悄悄注意妳，甚至拿手機偷拍妳。」

我半信半疑地看他找出手機裡的照片，畫面裡是一個女孩往車窗外眺望的側臉。夕陽餘暉染了女孩一身金黃，也點亮她沒有表情的臉龐，她彷彿完全沉浸在自己的世界，散發出不容他人打擾的疏離氣息。

我一眼便認出那女孩正是自己。

「當時，我無法鼓起勇氣跟她說話，只能保存著這張照片，沒想到，一個月後這個女孩子成爲了我的學妹。」

阿晉學長深深凝視著照片，如同看著無比珍愛的事物，「若要問我是什麼時候被她吸引的，大概就是在火車上遇見她時。比任何人都要早，當然也比逸光更早。」

我發不出聲音。

「妳知道，至今我最後悔的事是什麼嗎？那就是只敢在一旁默默看著妳，始終不敢接近妳。妳和逸光在一起後，我常會想，如果我當初勇敢一點，好好把握住機會，那麼在妳身邊的人有沒有可能會是我？這幾年以來，我沒有一天不恨過去的自己。」

一滴冰冷雨水落至我的鼻尖，阿晉學長的目光移到我的身上，表情淒然得像在哭泣。

「我愛妳，小莫。」他啞著嗓音表白，每一個字都是我所無法負荷的沉重，「我愛妳，我愛了妳五年。」

我還沒反應過來，他已經冷不防張開雙臂擁住我，彷彿怕我掙脫，他的力量大到令我幾乎動彈不得。

「阿晉學長，請你放開我。」我只能盡量保持冷靜，小心地開口。

「我不要。妳知不知道這些年來我是怎麼過的？」他壓抑不住情緒，越說越激動，「一個是從小玩在一起的弟弟，一個是我最深愛的女孩……我真的很痛苦、很嫉妒。我太嫉妒逸光可以擁有妳，甚至好幾次都希望逸光消失，我無法阻止自己這麼想！」

我驚愕不已，頓時渾身發抖，「放手。」

「不要，我再也不會放手了。我不會再錯過妳，更不會讓自己繼續後悔下去。無論今後會怎麼樣，我都不在乎了，即使要我放棄一切也無所謂！」

他抬起我的臉，強吻住我，我用盡全身力氣推開他，踉蹌地連退幾步，拉開與他之間的距離。

他朝我伸手，苦苦哀求：「小莫，拜託妳給我一次機會，讓我帶給妳幸福，求求妳接受我，好不好？」

我顫抖不已，極度的憤怒令我咬牙切齒：「你太過分了，怎麼能說出希望逸光消失這種話？你是他最信任的哥哥，也是最依賴的哥哥，你真的知道自己在做什麼嗎？」

「我知道，正是因為知道，所以我不會再退讓。逸光還在時，我並沒有想過阻撓你們，可是現在他離開了，我不想再壓抑自己的心情。只要能夠擁有妳，我就是這世上最幸福的人，別人要怎樣鄙視我，我都不在乎，就算必須背叛逸光也無所謂，我就是不要再失去妳！」

他又想抱住我，企圖再次吻我，我死命抵抗，內心充滿無盡的悲憤。

「我不要，你放開我，快點放開我！」我聲嘶力竭地尖叫。

「小莫，我愛妳，我真的很愛妳，很愛妳……」對於我的拒絕，學長置若罔聞，自顧自地哭了起來。趁著他一時沒站穩跌坐在地，我拔腿就跑。

我在雨中一路狂奔，直到鞋子進了太多水導致差點滑倒，才筋疲力竭地停下腳步。

我使勁用手背抹去學長在我唇上留下的觸感跟溫度，眼淚跟著掉了下來，此刻我的內心只有恐懼。

現在的時間是十二點半，我佇立在冷清的街上，卻沒有回家的念頭。

我害怕看到琪琪的臉，害怕回到只有自己一個人的房間，害怕任何會使我崩潰的事物。

逸光，我該怎麼辦？你爲什麼要離開我？爲什麼要讓我獨自面對這些？

我哭著在心裡質問，由於太過恐懼，我連社長的電話都不敢打。

阿晉學長完全變了一個人，再也不是我所熟悉的那個溫柔的學長。

「我愛妳，我愛了妳五年。」

明明已經從阿晉學長身邊逃離，我彷彿還是不斷聽見他的聲音。

我茫然無措地走在大街上，不曉得走了多久，等到發覺自己似乎走了很長一段路，我才稍稍回神，而眼前的巷弄似曾相識。

我下意識踏進寧靜的小巷，呆呆站在一棟屋子的大門前。

我不知道自己爲什麼要來這裡，逸光早就不在這個地方了，爲什麼我的心還會萌生出微妙的渴望？

我想弄清楚自己究竟在期待什麼，腦袋卻一片空白，只能木然盯著門鈴。

快點離開吧。

即使來到這裡，也見不到逸光，我得離開，快點離開……

「莫莫？」

身後傳來一聲低喚，我的心臟猛地一縮。

一名男子站在我的後方，一隻手撐著傘，一隻手提著超商的購物袋。他上下打量渾身濕透的我，眉頭深深擰起。

「妳在做什麼？」

我驚愕得無法反應，大叔旋即把我拉進屋內。

「妳怎麼這麼晚還來這裡？一個女孩子這樣多危險！」

草莓大叔的神情嚴肅，語氣嚴厲，我恍惚地看他拿來一條白色浴巾給我，要我把滴著水的頭髮擦乾。

「爲什麼來？」過了一會，他又問。

他的態度仍令人緊張，但我感覺不到其中帶有怒意，只是因爲他的注視而心生慌亂。

「沒、沒什麼，我剛好有事路過，然後突然想到逸光……」我結結巴巴。

他滿臉疑惑，「在這種時候？」

「對，然後我就……不知不覺來這裡了。我也不知道自己是怎麼回事……」

我近乎語無倫次，雖然努力地想冷靜應對，笑容還是難掩僵硬，聲音也抖得厲害。

「我太嫉妒逸光可以擁有妳，甚至好幾次都希望逸光消失。」

「就算必須背叛逸光也無所謂，我就是不要再失去妳！」

最後，我終究壓抑不住情緒，在大叔面前失控地抽噎起來。

面對我突如其來的崩潰，大叔不再追問，而是默默等我冷靜下來，然後借我使用浴室，還提供逸光以前留下的衣服給我。

從浴室出來時，只見大叔正在餐桌前用筆電。聽見我的腳步聲，他轉頭望了過來。

「外面雨下得很大，可能暫時不會停了，這個時間讓妳自己回家我也不放心。」大叔淡淡表示，「妳如果不介意，今晚就睡在逸光的房間吧。記得打個電話給家人，以免他們擔心。」

我頓了一會兒，搖搖頭，「沒關係，我現在是一個人住，平常也很少跟家人聯絡。」

大叔盯著我，沒有再多問，僅是低聲說：「逸光的床很乾淨，早點休息吧。」

準備進逸光的房間前，我悄悄望了眼大叔。

深深的尷尬跟困窘讓我難以吐出「謝謝」跟「對不起」這兩個詞。

大雨始終沒有稍緩的跡象，心情混亂的我在逸光的床上翻來覆去，毫無睡意。於是，我索性下床翻看書架上的相簿，但是一看到逸光的笑容，阿晉學長的臉也浮現在腦海。

我發現自己今晚無法面對逸光那雙清澈的眼睛，又躺回床鋪發呆，沒多久卻聽見房外傳來一陣悶咳。

我輕輕打開房門，客廳的燈仍是亮的。此時已經一點半，大叔還埋首在工作中。

似乎是聽見開門的聲響，大叔朝我看來，我緊張地倒抽一口氣。

「怎麼還沒睡？」

「我……睡不太著。」我吶吶地回答，「大叔怎麼還不休息？」

「我還要再忙一下。」他依舊面無表情，聲音裡卻有著令人安心的沉著。

「好。那麼……晚安。」

退回房裡時，我用眼角餘光瞥見大叔的視線並未移開，雙頰頓時湧上一股熱度。我像個做錯事的小孩，不敢再偷覷他。

關上門的前一刻，大叔驀地喚了我一聲，我馬上探出頭。

「要不要喝點東西？」他問。

一分鐘後，我有些緊繃地坐在餐桌前。

待飲水機的水加熱完畢，大叔拿了杯子裝水，並拆開一包沖泡式麥片。他的每個動作都十分謹慎仔細，不像工作時那麼乾脆俐落，而明明只是簡單的幾個步驟，我還是看得出神。

甜甜的乳香飄了過來，大叔將那杯熱騰騰的麥片端給我，低聲提醒：「有點燙，喝的時候小心點。」

我小心翼翼地捧起杯子啜飲，流經胸口的暖意讓我的身心放鬆下來，不自覺吁了一口氣。

「很好喝，謝謝大叔。」

「只是在超商買的麥片，沒什麼好謝的。」他嘴角微勾。

「大叔，眞的很對不起，突然來打擾你。」到了這時，我才終於能好好道歉。

大叔的眼裡沒有太多波動，看我的表情像是在觀察什麼。

「發生什麼事了嗎？」

我隱隱打了個顫，他終究還是問了。

見我沒回答，大叔低嘆一聲，愼重叮囑：「不管發生什麼事，以後都別再半夜跑來，或者至少要先跟我說一聲。妳不是有我的電話嗎？下次不能再這樣了，知道嗎？」

我感覺自己的耳根都發燙了，頭不禁垂得更低，「我知道了，對不起。」

「嗯。喝完麥片後，杯子直接放在洗碗槽就好，早點睡。」說完，他拿過筆電起身。

「大叔。」

「怎麼了？」

我沉默半晌，再度低下頭，「沒有，沒什麼事，不好意思。」

他靜靜看我，我原以爲他會回房，沒想到他又坐了下來，重新打開筆電繼續工作。

投入工作的他微微蹙起眉頭，左手稍稍抵著下唇，而我莫名無法將目光移開。

這樣的近距離讓我捕捉到他眼底的疲憊，即使如此，他眼神中的那份專注依舊沒有絲毫減少。

不知怎地，我想就這樣一直看著他。

面對不苟言笑的大叔，我的心裡沒有半點畏懼，反而無比平靜，甚至連他敲打鍵盤的聲音都令我感到安心。

當大叔再次用手指抵住下唇時，我也再喝了一口麥片，眼眶不知不覺濕潤起來。

只有一盞燈光的餐桌邊，我和大叔面對面坐著，直到外頭的雨聲逐漸停歇。

✦

清晨，我跟大叔一同出門。

有一陣子沒看到他穿西裝的模樣，此刻乍見，感覺他又變回了初識時工作狂的形象。

擁擠的捷運車廂裡，我們兩人站在一起的身影映在車窗上，看著看著，我回想起跟蹤他回家的那天。

如今我還是有種不可思議的感覺，想不到可以像現在這樣站在大叔身邊。

我們在同一站下車，臨別前，大叔遞給我一張名片。

「上面的號碼是公務用的，但妳還是可以打這支電話給我，以防萬一。記住，別再像昨晚那樣大半夜跑來了。」

「好，我保證不會了。」

「回去吧。」

「嗯，大叔再見。」

他轉身就走，而我沒有馬上離開。

大叔走了幾步，突然又回到我面前，從口袋裡掏出一把鑰匙，放進我的手心。

「這是我家的備份鑰匙，之後幾天我可能會在公司待得更晚，假日也不會在家，如果妳想看逸光的東西，就直接進屋子，不必像昨晚那樣在外頭等我。」

我詫異地張大嘴巴，「可是……」

「我怕我不在的話，妳又會站在外面淋雨。爲了妳的安全，我才決定把鑰匙給妳。」他注視著我，「我知道妳是因爲想念逸光，但昨晚妳的行爲眞的很危險。大叔沒什麼時間陪妳，只想得到這個方法，給妳鑰匙，就是希望妳能別讓我擔心。」

我有些無措，心中的情緒難以言喻，「可是，你直接把家裡的鑰匙給我，不也很危險嗎？」

聞言，大叔難得笑出聲，不再只是似笑非笑。

這一刻，我想起惠姊說過的話——像大叔這種嚴肅的人，要是笑起來肯定很迷人。

他的眼角因笑意而浮現淺淺細紋，眼裡也帶著淡淡光彩，一掃平時的冷峻跟漠然。

我不禁呆愣住。

惠姊說的沒錯，大叔笑起來眞的很好看。

「是不怎麼安全，不過我相信妳。」他眸光溫和，「既然妳也知道這麼做很危險，那我可以相信妳吧？」

我用力點頭。

大叔莞爾一笑，再次和我道別後便離去，我則站在原地盯著手裡的鑰匙。我的心跳紊亂，呼吸也有些急促，滿滿的感動充斥在胸臆間。我實在沒料到大叔會給我鑰匙，允許我自由進出他的家。

他竟然願意這樣信任我。

欣喜不已的我紅了眼眶，緊緊握著鑰匙，宛如抓著好不容易看見的浮木，昨晚盤踞在心中的恐懼與不安一下子煙消雲散。

只要大叔願意接納我，只要我還有一個溫暖的避風港，無論接下來又發生什麼事，我都能夠撐過，即便面對再艱困的難關，我都有信心可以克服。

我如此深信。

「妳真是的，沒回來睡就算了，連手機都不開，是想嚇死我嗎？」一回到家，我就被琪琪訓了一頓。

我連忙道歉：「對不起，我也是早上醒來才發現手機沒電了。」

她抓抓頭髮，無奈地嘆口氣，「總之沒事就好。要不是妳學長昨晚跑來找人，我也不知道妳失蹤，害我擔心得要命。」

「哪個學長？」我一怔。

「我不知道他的名字，他戴著眼鏡，看起來斯斯文文的，三更半夜狂按門鈴，急著要找妳。是不是發生了什麼？」

見我沉默不語，她拍拍我的背，「算啦，之後再說，妳先回個電話給對方，他很擔心。」

回到房間，我將手機充電並開機查看，果真有許多通未接來電。除了阿晉學長，社長也打了好幾通，我第一個回撥給社長。

「小莫，妳人在哪？怎麼都沒有消息？」他焦急地問。

「我在家裡。抱歉讓你擔心了，我沒事。」

「那就好。阿晉說妳昨晚沒回家，簡直把我嚇死了。」社長鬆了一口氣，「妳跟阿晉聯絡了？」

「……還沒有。」

「他果然說了不該說的話吧？昨晚我逼問他，才大概知道他對妳做了什麼。抱歉，我不該讓阿晉送妳回去的。」社長沉聲嘆息，「雖然他很懊惱，但我看他似乎真的沒打算放手，他對妳是認真的。小莫，妳怎麼想的？」

我抿抿唇，坦白表示：「我接受不了阿晉學長的心意，對我而言，他永遠是學長，我沒辦法對他付出更多感情。我會好好跟他說清楚，畢竟認識了這麼久，我也不希望因此撕破臉。」

「嗯，阿晉也知道自己太衝動了，我相信他有在反省，妳再找機會跟他談談吧。」社長語重心長地說：「小莫，妳也別再讓我們擔心嘍。」

「好，對不起。」

結束通話，我坐在床邊半晌，然後拿出大叔交給我的鑰匙跟名片。

名片上印著大叔的名字，林克齊。

我凝視這個名字許久，從書桌的抽屜裡拿出用來收藏重要物品的小鐵盒，將鑰匙和名片放進去，慎重地地保存。

之後，我去了吉他社的社辦，一踏進去，兔子學姊便雙眼發亮，揮手朝我喊：「莫子，妳來得正巧，我剛練好一首曲子，彈給妳聽！」

坐在另一邊的阿晉學長跟著望過來，隨即不顧旁人直接衝過來抓住我，連聲追問：「小莫，妳昨晚到底去哪裡了？我找妳找得快瘋掉了！」

他雙眼紅腫、神情憔悴，似乎徹夜未眠。

阿晉學長激動的態度讓其他人都面露錯愕，兔子學姊疑惑地問：「阿晉，發生什麼事了？」

他對學姊的話充耳不聞，彷彿不打算理會除了我以外的人。

我淡淡地說：「我去朋友家了。我的手機沒電，才沒能聯絡你，抱歉讓你擔心了。」

阿晉學長緊盯著我，打算重提昨晚的事，像是豁出去了，「小莫，妳聽我說，我……」

「阿晉。」站在講臺上的社長及時開口，「現在還是練習時間，有什麼話晚點再說。」

阿晉學長這才鬆手，稍微冷靜下來。

練習時間結束後，只有我跟阿晉學長留下。

教室外不時有學生經過，我猜想這樣他應該會克制些，不再做出失控的舉動，只是當他熱切地想走近我時，我還是下意識退後幾步。

我的反應顯然令他有點受傷，他神情尷尬，紅著臉向我賠不是，「小莫，昨晚我不是故意的，很抱歉嚇到了妳，但請妳相信我，我不是有意要傷害妳，我對妳說的每個字都是眞心的，我……」

「我知道你不是故意的，所以我沒打算再生你的氣。不過我還是只能說抱歉，我沒辦法接受你的心意。」我二話不說，明確表態，「我不會喜歡上跟逸光有關聯的人，這不只是爲了我自己，也是爲了大家，所以請學長放棄對我的感情吧，也請你別讓其他人知道這件事，拜託了。」

阿晉學長怔了怔，「妳當初說出那番話，果然是針對我嗎？妳害怕大家的目光？還是對逸光感到愧疚？沒關係，我願意等妳，雖然對旁人來說，這確實難以被諒解，可是我相信時間一久，大家就會明白——」

「學長，你誤會了。我拒絕你的主要原因，是因爲我對你完全沒有那種感情，就這麼簡單。」我冷酷地打斷他，「我跟逸光一樣，一直以來都只把你當成哥哥。我無法用其他眼光看待你，不管是過去、現在，還是未來，我都不會爲你心動，我現在就可以向你保證。在我心中，你永遠是學長，不會是戀人。」

他再次呆愣，眼眶逐漸泛紅。

「原來小莫妳平常就是這樣拒絕別人的。」他笑得苦澀而淒然，「絲毫不留餘地，讓人無話可說。」

我呼吸一窒。

「小莫，我跟那些人不同。我甚至有信心，我絕對比逸光還要了解妳。這麼多年來，我始終看著妳，不會有人比我更懂妳。」他深深吸口氣，「我絕不會背叛妳，也不會因爲絕望而離開妳，請妳相信我好嗎？」

「因爲絕望而離開我……你在說什麼？」

他直勾勾盯著我，「跟逸光在一起的那些日子，妳跟他提過淨澤的事嗎？」

聽到這個名字的瞬間，我一時藏不住驚愕。

他緊咬不放，「果然沒有吧？高中時發生的事，妳都沒有告訴逸光對不對？妳害怕要是被他知道從前的事，他會用異樣的眼光看待妳，對吧？」

我咬著下唇，渾身發顫。

「這不干學長的事。」我強壓住慌亂，用冰冷的語氣回應，「就算你是認識我最久的朋友，也不能代表什麼，更不代表你能對我說這些話，我也不需要給你任何交代。希望你可以理解，我是絕對沒辦法跟你在一起的。」

或許是發現我的臉色眞的變了，阿晉學長沒再作聲，我繼續說：「請學長別再刻意提起從前的事，這樣只會讓我更想跟你保持距離。如果之後你又和今天一樣，不顧大家的心情也要說，那就別怪我狠心，決定不再跟你見面。」

我頭也不回走出社辦。悲憤的情緒在胸口翻騰，強烈的酸楚使我呼吸困難。

「我眞的好羨慕妳。」

「如果不是因爲妳，我不會變得這麼醜陋不堪。」

「我眞的很後悔遇見妳。」

腦海裡浮現一張又一張面孔。

他們看著我的眼神都帶著深刻的恨意，像是後悔讓我踏進他們的世界。

✦

我獨自待在卡門的休息室。

聽著暖暖姊的歌聲，原本趴在桌上的我慢慢撐起身子，抬頭看著鏡子裡的自己，然後從包包裡拿出一個小盒子。盒子裡裝著草莓大叔之前給我的鑰匙及名片，最近我習慣將它們帶在身邊。當心情沉重到無法思考的時候，這些東西能帶給我一點安慰及力量。

「小空。」M敲敲門，向我走來，「怎麼表情這麼凝重？在想什麼？」

「沒有呀。」我乾笑，並未馬上收起鑰匙跟名片，於是就被看見了。

M盯著名片，好奇地問：「小空，妳認識林克齊？」

我愣了兩秒才意識到他是指大叔，「嗯，他是我一個朋友的爸爸，偶然從他那裡拿到的。」

「這樣啊，我朋友的爸爸之前也在這間公司上班，沒想到妳認識這間公司的主任，我聽過他的一些事。」

「真的？」

「嗯，我朋友的爸爸以前是這位主任底下的員工，據說他已經做了二十幾年，不但工作能力強，也很懂得帶人，十分受下屬愛戴。」他摸摸下巴，一副深思的樣子，「不過要是我沒記錯，這間公司這幾年好像——」

「小空，該準備嘍。」暖暖姊回到休息室，同時一指M，調笑著說：「M在騷擾小空，被我抓到了。」

「NO NO NO，暖暖姊千萬別誤會，只有老爺才會幹這種事！」

我因為他們的對話而笑了起來。

除了草莓大叔的家，幸好還有一個可以讓我什麼也不必想，只需要專心唱歌的地方。

現在的我，只要持續唱歌就好。

週末，吉他社的大家相約在學校附近聚餐。

聊到興頭上時，餐點送來了，康康學長開心地拿起餐具，「上餐了，快吃快吃！」在他身旁的阿晉學長毫無反應，於是康康學長用手肘頂了頂，「阿晉，你怎麼又在發呆？餐來嘍。」

阿晉學長一揚嘴角，點了點頭，坐在我對面的他剛才幾乎沒說話，只是默默地喝飲料，也鮮少將目光放在我身上。

我以為他終於明白我心意已決，並且對我死了心，鬆口氣之餘，也深感歉疚。即使得知了他這麼多年以來的心情，我也無法表現出一丁點溫柔，因為我不想讓他誤以為自己還有機會，這反而更殘忍。

這是我唯一能為他做的事。

「Summer。」阿晉學長突然打破沉默，「我有事想跟你說。」

「什麼事？」

阿晉學長抬起頭來環顧大家，「我想退出吉他社。」

眾人登時嚇了一跳，兔子學姊瞪大眼睛，「為什麼？」

「對啊，好端端的，為什麼要退社？發生什麼事了？」波波學長也問。

「確定想清楚了嗎？」社長異常冷靜的態度，讓所有人更加錯愕。

「嗯，我想清楚了。」阿晉學長語氣篤定，「我還有一件事想告訴大家，就是我喜歡小莫。」

場面瞬間陷入死寂，康康學長手一鬆，手裡的餐具掉到了桌上。

「我一直都很喜歡小莫，從高中開始就喜歡她了。而前幾天，我向她告白了。」

阿晉學長說完，其他人震驚地望過來，我四肢冰冷，完全動彈不得。

「阿晉，你知道自己在說什麼嗎？」波波學長難以置信。

「我知道，我不是隨便說說的。」阿晉學長沉聲回答，也投來目光，「我知道你們應該很難接受這件事，但我不會因此說抱歉。我眞的很愛小莫，愛到已經無法再壓抑自己的感情，只要能跟她在一起，我什麼都願意做。爲了避免往後大家見了面心裡有疙瘩，我才決定退出社團。」

兔子學姊的臉色變得極爲難看，聲音發顫：「阿晉，你跟逸光這麼要好，怎麼可以這樣對他？逸光他——」

「逸光已經不在了！」阿晉學長硬生生打斷她的話，「如果可以，我也不希望如此，但我愛上小莫是早已無法改變的事實。我誠實面對自己，也從不認爲這份感情需要向誰負責，所以兔子妳也無權阻止小莫接受別人的感情，我們沒義務滿足妳的私欲！」

學姊被他的話所刺傷，一下子紅了眼眶，波波學長趕緊跳出來，「阿晉，你說得太過分了！」

「我只是就事論事罷了。」阿晉學長依舊壓低著聲音，語氣卻明顯多了幾分激動，「你們了解小莫嗎？知道她心裡想要的是什麼嗎？你們只是一頭熱地替她做決定，從沒問過她眞正的心情，而逸光同樣如此。你們眞以爲小莫想去卡門？其實都是因爲逸光跟你們的期望，她才勉強自己的，她根本不想唱歌，是你們不斷給她壓力，她才會逼自己站上舞臺，這些我都知道！」

大家再度沉默，學姊的眼淚掉個不停。

「逸光是我最重要的弟弟，這點無庸置疑，但他不會是說服我放棄小莫的理由。你們可以鄙視我，也可以恨我，我不在乎，從今以後我只想忠於自己的心。而且，我有把握可以給小莫幸福！」

氣氛十分緊繃，而後社長嚴肅地開口：「阿晉，我能明白你的心情，我們確實無權阻止你。

但問題是，這件事不是你單方面就能決定的，若因爲你的一意孤行而讓小莫受到傷害，這樣你也無所謂？如果小莫願意接受你，我們絕對會誠心祝福，可是你問過她的想法了嗎？你尊重她的意願了嗎？如果沒有，你又有什麼資格教訓兔子？爲了自己，你連小莫都不顧了？」

阿晉學長深深吸了口氣，凝視我的眼神充滿深情跟痛苦，「我知道這麼做不對，但我無論如何都想讓小莫明白我的決心，我相信只有我可以給小莫幸福。只要她願意給我機會，總有一天，她會發現我能給的比逸光能給的還要多，因爲只有我才知道小莫想要的是什麼，沒有人比我更了解她！」

下一秒，我抓起面前半滿的水杯，朝他臉上潑了過去。

我渾身發抖瞪著阿晉學長，在眾人驚愕的目光中快步離開餐廳。

阿晉學長立刻追了過來。

他抓住我的手，焦急地想將我攬入懷中，我死命抵抗，奮力咬了他的手一口，他痛得下意識放開我。

「對不起，小莫。」見我亟欲跟他保持距離，他神情沉痛，「我眞的很抱歉。」

「爲什麼要這樣？我明明說過，不要讓其他人知道這件事，爲什麼你還是執意說出來？」我咬牙切齒。

「妳相信我，我也不想這樣，但是我眞的沒辦法……」

「你只想到你自己！」我聲嘶力竭地吼，眼眶發熱，「你有沒有考慮過今後我該怎麼面對他們？你不只傷害了我，還傷害了大家！除了逸光，他們是少數願意眞心接納我的人，尤其是兔子學姊，她對我而言非常重要，可是現在你卻害我失去了她！」

他的眼角泛淚，不發一語。

「阿晉學長，你錯了，其實你一點都不了解我。你若是眞的了解我，就絕對不會這麼做。」

丟下這句話，我掉頭離去，這次他沒有再追上來。

回到家，我急切地想找琪琪，然而她不在。

她在我的房門上貼了張紙條，表示臨時有事回老家去了，這兩天都不會在。

我怔怔盯著紙條半晌，很快又離開了租屋處。

這時候我無法自己一個人，卻驚覺自己好像什麼都沒有。

我還有哪裡可去？我可以躲去哪裡？只要能暫時把自己藏起來……

「既然妳也知道這麼做很危險，那我可以相信妳吧？」

狗吠聲劃破了巷弄裡的寧靜。

站在草莓大叔家的門口，我摁下門鈴，無人應門，想來他應該還在公司。

拿出大叔給的備份鑰匙開門，我踏進屋子。不可思議的是，只是嗅到屋內的氣味，我就覺得安心不少。

我沒開燈，直接越過客廳進了書房。大叔的桌上放著筆電跟一大疊凌亂的文件，感覺似乎離開得有些匆忙。

環顧桌面，我在那些文件之中發現有樣東西特別不同，於是好奇地抽出來一看，發現是陶藝品買賣的傳單。

原以爲只是普通的廣告傳單，但我走到旁邊的書櫃前，又看見幾本關於陶藝的書籍。

難道大叔對陶藝有興趣？

我沒有在書房久待，也沒有進逸光的房間，而是返回客廳安靜坐著。

幽暗靜謐的環境令我心安，並逐漸感到睏倦。我的注意力越來越渙散，意識越飄越遠，最後側臥在沙發上，不知不覺沉沉睡去。

我作了一個夢。

有兩個人站在我面前，一個是穿著白色洋裝的小女孩，一個是穿著高中夏季制服的少女。

她們牽著我的手，開心地說喜歡我，說跟我在一起的時光是最美好的時光。

可是在夢境的最後，她們悲憤地哭泣，崩潰地說恨我，說我奪走了她們的一切。

爲什麼只是順從自己的心意邁出步伐，卻會因此傷了別人？

爲什麼那些曾經說喜歡我、愛我的人，最終都會離我而去？

爲什麼在普通人眼中那麼簡單的幸福，我卻連一點點也得不到？

我眞的無法擁有幸福嗎？

如果可以，我好想就這麼一直睡著，不必醒來面對一切。

我不想醒來。

一陣莫名的寒意襲上，令我睜開眼睛。

首先映入眼簾的是昏暗的客廳，再來是一雙厚實的大手，而我抓著那雙手。

發現身邊坐了一個人，我嚇得立刻起身，只見大叔身著白襯衫和黑西裝褲，解開了領帶，靠著沙發椅背熟睡著。

我難以置信地看著眼前這一幕，旋即望向牆上的時鐘，已經晚上六點了。沙發下有件西裝外套，似乎是因爲我的動作而滑落至地面，我很快猜出是大叔爲我披上的。

意識到自己還抓著大叔的衣袖，我連忙鬆開手，大叔也在這時醒來。

即使光線不足，我依舊可以明顯看出他眼底的倦意，他也瞧了眼時鐘，然後低頭伸手按摩眼周。

「什麼時候來的？」他沉聲問。

「大概……三點多。」我吞吞吐吐。

大叔吁了一口氣，繼續按摩，「我一回家，就看到妳縮在這裡睡覺，我怕妳著涼，所以幫妳蓋上外套，妳卻突然抓住我不放。我不想叫醒妳，只好跟著坐下，結果也睡著了。」

「對不起，大叔。」我雙頰發燙，簡直無地自容。

「沒事，這樣睡過之後，我也稍微有點精神了。」他並沒有不高興，反而顯得輕鬆不少。

我沒問他怎麼會這麼早回來，只擔心打擾他難得的休息時間，於是迅速撿起地上的西裝外套遞給他，「大叔，眞的很抱歉，沒先打電話給你就跑過來，還厚著臉皮睡在這。我先走了，你繼續休息吧。」

他靜靜看我，沒有順著我的話道別，反而問：「妳之後還有事？」

我搖頭。

大叔接過西裝外套，站起來重新穿上，「那去吃飯吧，妳肚子應該餓了吧？」

見我呆愣著，他又問：「妳不想跟我一起去吃飯？」

「沒這回事！」我慌忙否認。

他輕輕勾了勾唇角，「那就走吧。」

大叔的邀請讓我不由得緊張，因爲我壓根沒想到可以跟他一起吃晚飯。

我們來到一間日式料理店，在用餐的過程中，我不時偷覷默默喝了幾小杯酒的大叔。

「大叔還好嗎?」我忍不住試探著問。

「很好啊。怎麼了?」他抬眸。

「只是覺得大叔你今天特別安靜……氣色也不太好。」

「不是一直以來都如此嗎?」他揚起一抹自嘲般的笑,「我沒事,妳別擔心。」

儘管他這麼說,我還是感覺今天的他和以往不太一樣。

大叔不時無意識地嘆息,深邃的眼眸裡黯淡無光,不見一絲生氣。

「大叔。」我再度輕聲問,「你是不是不快樂?」

他盯著我看,與其說是我的問題太唐突,我總覺得他比較像是好奇我為何這麼問。

「什麼意思?」

「就……字面上的意思而已。對不起,我沒有惡意。」我趕緊說。

「嗯,其實妳突然這麼問,我還真不曉得該如何回答。」他扯扯嘴角,「這是第一次有人這麼問我。」

我們在店裡的嘈雜聲中陷入沉默,我有點坐立難安。過沒多久,大叔又開口。

「逸光跟妳在一起的時候很快樂吧?」

我愣了愣,沒有馬上反應過來。

「身為他的父親,我卻不曾支持那孩子的決定,反而一再逼迫他放棄做自己喜歡的事。我知道他熱愛唱歌,希望能當一個歌手,但我還是一心只想阻撓他,要求他照我的意思走。」他的語氣聽不出情緒,「我真的很蠻橫吧?」

大叔的唇角帶著若有似無的笑意,我頓時一陣心酸,「我相信你是因為擔心逸光的未來,才會堅決反對吧?」

他放下酒杯，「以父親的立場而言，是這樣沒錯。可是在他眼中，我應該就是個只在乎工作，從不關心家人的失職父親，甚至是讓他痛苦的存在。」

我想告訴他並非如此，話語卻哽在喉頭，於是只能繼續聽他說。

「雖然我始終抱持反對的態度，不過我知道逸光是眞心喜歡唱歌，也知道他很努力，更明白他不會因爲我的反對就放棄。所以從幾年前開始，我幫他存了一筆資金，等到他長大，能夠獨當一面了，我就會將那些錢交給他，讓他自由運用，看是要買喜歡的樂器，或試著出唱片都行。我不知道自己可以幫上什麼忙，能爲他做的就只有這個了。」

大叔的話令我驚訝不已。

原來他一直爲逸光的夢想付出著，默默支持著逸光。

「你沒有跟逸光說這件事嗎？」我的心裡湧現強烈的悲傷。

「我從以前就習慣扮黑臉，不僅個性固執，脾氣也拗，一旦決定的事就很難改變，面對孩子的時候更是難以拉下臉，所以怎樣也說不出口。」他的嘴角又一次揚起，「逸光最像我的地方正是這一點。」

大叔這句話裡的情緒與我相同，也是深深的悲傷。

用完餐，我們在附近散步，突然聽見了吉他聲。

人來人往的街頭，一名年輕男子站在路燈下自彈自唱，幾個聽眾圍繞著他欣賞表演。

發現大叔注視著那名男子，我問他要不要停下來聽一聽，他點頭，沒有一丁點的不情願。

清亮的歌聲與悠揚的吉他聲，和四周的喧囂形成對比，但並沒有半點不協調，宛如清新的微風，療癒了每個聽眾的心。

大叔專注地聆聽對方的歌聲，似乎徹底沉浸於其中。

「如果能好好聽一次那孩子說的話就好了。」

我望向大叔。

「明明是我的孩子，我依然忘記他也是一個有自己的想法、有自己的喜好、有自己的人生的獨立個體，總覺得他永遠需要父母的庇護。我太害怕他走錯路，太害怕他因為衝動做出錯誤的決定，擔心他有一天會為此後悔，所以極力想讓他走在安全的道路上，卻也從此失去他的笑容。如果當年我沒有逼得他決定離家，也許現在就不會再也見不到他了。」

我為大叔的話感到難過，同時也更為擔憂。大叔果然跟平常不太一樣，顯得特別脆弱。

「大叔，是不是發生什麼事了？」我再度探問。

他不動聲色地搖頭，「沒事，我只是忽然發現，這二十年來我似乎從沒替逸光好好做過一件事，甚至讓他一生都在恨我，我真的沒資格作他的父親。」

「沒有這回事！」我忍不住反駁，「事情不是你想的那樣，其實逸光知道你是為了他好，他早就已經原諒你了，更沒有恨你！」

對上大叔詫異的目光，我不自覺地顫抖，「他親口告訴過我，他一直都希望你能認同他，他會這麼努力，就是希望能得到你的肯定。他知道你多年來都在為家庭打拚，他懂你的辛苦，還擔心你是不是不曾為自己活過，甚至不曾快樂過……」

我不由得悲從中來，眼淚不小心滑落，而大叔一臉錯愕。

「逸光真的這麼說？」

我點頭。

大叔怔了半晌，最後緩緩俯身，將臉埋在手心。

他有好一段時間都維持著這個姿勢，等到男子演唱完畢，幾個聽眾給予掌聲跟開口鼓勵，他才抬起頭。

離去之前，大叔拿出一張千元鈔放在男子的吉他盒裡，對方面露驚訝，隨即欣喜地向大叔道謝。

我站在大叔身後，看不見他當時的表情。

相較於大叔，又掉了眼淚的我，顯得特別孩子氣。

在這種時候，我應該要比大叔更堅強才對。

「別在外頭待太晚，回家路上小心點。」他親自送我到捷運站。

「我知道，大叔你也是，難得提早回家，別再熬夜工作了。另外，謝謝你今天請我吃晚餐。」我下意識絞著手指，「那個……如果我今天這樣直接進你家，會讓你覺得困擾跟不方便的話，請一定要告訴我，鑰匙我會——」

「我不會跟妳要回鑰匙。」他淺淺一笑，「我說過我相信妳，也不覺得困擾。我反而要謝謝妳告訴我逸光的事，也很抱歉讓妳聽我發牢騷。」

大叔說完就對我揮揮手，轉身離去。

他的背影依舊挺拔，步伐卻沉重緩慢，不若以往那般健步如飛。

此時此刻，這道身影使我感到異常落寞惆悵，甚至心痛。

「大叔！」我情不自禁叫住他。

大叔回過頭，我跑到他面前，緊張地說：「如、如果，大叔你之後還想發牢騷的話，沒關係的！」

「什麼？」他一愣。

「我的意思是，如果大叔你心情不好，想找個人說說話的話，無論何時我都願意聽。」我堅定地強調，「我會聽你說的！」

大叔沉默下來。

周遭是那樣吵鬧，這一刻我卻只聽見自己紊亂的心跳聲。

我不曉得大叔聽了這番話有什麼感覺，因此忐忑地低頭避開他的目光，希望雙頰的熱度能快些退去。

一股重量壓在我的頭頂，當我抬起頭時，大叔已經將他的手移開。

「謝謝妳。」他動了動唇角，露出一抹不似笑容的笑。

我究竟還可以幫大叔什麼？

即便他不再對我態度疏離，也願意讓我進入他的生活，我仍覺得自己離他好遙遠。

發現自己在不知不覺間對他產生依賴後，這樣的感覺越發強烈。

對逸光的思念，以及對阿晉學長的逃避，令我一心只想尋找能夠接納我的避風港。除了卡門，有大叔在的那個家，同樣是我渴求的港灣。

我希望有一天大叔能對我敞開心房。

或許在他眼裡，我只是個孩子，無法替他分憂解勞，但是就算只有一點點，我也想爲他做些什麼，以回報他爲我做的那些。

現在的我，只想好好珍惜在他身邊的時光，並且期待有一天能看見大叔開心的笑容。

除此之外，我別無所求。

「小空，妳怎麼還在這？不是已經結束駐唱了嗎？」見我還留在休息室，佐哥好奇地問。

正想著該怎麼解釋，一旁的小西已經懶洋洋替我回答：「她在躲那個糾纏她的學長，打算等他離開後再回家。」

卡門的每個歌手都知道阿晉學長的存在，佐哥又問我：「我剛剛有看到他在大門口，要是他不肯走，難道妳要待到天亮？妳有明確拒絕過他嗎？」

小西也將矛頭指向我，「對呀，是不是妳的態度不夠強硬？面對這種煩人的傢伙，就該狠狠甩他幾個巴掌，告訴他『老娘對你沒興趣，給我閃遠一點』，妳要知道，有些人可是吃硬不吃軟。不過，像妳這種大美女，對這類情況應該早就見怪不怪，怎麼還會不知道該怎麼辦？」

「我……」面對小西犀利的質問，我答不出話，頓時有些沮喪。

「既然這樣，我開車送小空回去吧。小空，妳十分鐘後從後門出來，我把車開到那裡。」佐哥無奈地說。

我照佐哥的話做，順利坐上車。

車子經過大門口時，我看見阿晉學長還站在那裡。我拿出手機，發現學長傳來好幾封簡訊，還有許多通未接來電。

每則訊息的內容都是道歉，字裡行間都在訴說他有多麼在乎我，有多麼害怕失去我。

「爲什麼……」我不禁開口，「爲什麼非得做到這等地步？明明都知道不可能了，明明都說得很清楚了，爲什麼……」

佐哥語帶笑意，「不就是因爲太愛了嗎？」

我一凜。

「妳會困惑，是不是因爲第一次遇到這樣的人？事實上，一旦眞的陷入愛情裡，往往很難再保有理智。在逸光之前，也許妳碰到的都是被妳的外在吸引的人，也因此認爲所謂的愛情就是如此，既然可以來得輕易，那也沒有什麼難割捨的。妳可能覺得，只要把事情講清楚，即使拒絕了別人，對方也不會傷心太久。」

我沒回答。

「但妳的學長大概不是這種人。妳會想躲他，也許是因爲妳發現他是眞心的，妳沒料到有人會這麼愛妳，對不對？」

我的思緒一片混亂。

坦白說，當我知道阿晉學長這五年來的心情時，其實既心痛又感動，但更多的情緒是悲傷，確定自己無法回應他的那種悲傷。

阿晉學長曾經陪我度過一段連逸光都不知道的煎熬時期，因此對我來說，他的存在確實特別，但也僅止於此。我無論如何都無法對他產生更進一步的感情。

他的眼淚讓我十分難受，爲何唯獨阿晉學長會帶給我如此深沉的痛？

「我不明白，我跟逸光……」我的嘴唇顫抖。

「我並非質疑妳跟逸光之間的感情，我相信你們是眞心相愛，只是妳應該沒有愛得刻骨銘心的經驗，例如所愛的人不愛自己，妳明知不會有結果，卻還是無法割捨。這種感受大概只有單戀的人最清楚，不僅孤獨，也非常痛苦。」

我有些愣怔，頓時想起了過去的事。

當初我意識到自己對逸光有好感之後，沒多久他便向我表白了，於是我們順理成章地在一起，自然沒有什麼刻骨銘心的苦戀。

究竟得要多深的愛，才會令原本善解人意、溫柔體貼的阿晉學長不惜捨棄一切，只爲了跟我在一起？

佐哥說那是愛情，但我和逸光之間也是愛情，這兩種愛難道不同嗎？

「妳怎麼可能體會？」

耳邊彷彿響起某個存在於回憶裡的聲音，我打了個冷顫。

「佐哥，你說的那種單戀，是什麼感覺？」我問。

他偏頭思考了一下，「像是被針刺到一樣吧。」

「針？」

「嗯，妳可以想像成心臟被血液灌得漲滿，漲到令妳覺得疼，近乎無法呼吸的地步。而每看見那個人一次，漲得滿滿的心臟就如同被尖針扎一次，只是無論妳怎樣用力刺，卻都流不出一滴血來，大概就是那種感覺。」

我茫然聽著。

「這是我自己的詮釋，聽起來可能很抽象，不過，如果有一天，妳也遭遇了一段看不見結果的感情，就會明白這種心情不是三言兩語可以描述的，而且任何一種形容都不足以表達妳的痛。」

強烈的苦澀哽住我的喉頭，方才想起的那個人又在腦海中浮現。

那時候的她，想必是抱著跟阿晉學長一樣的心情說出那句話吧。

如果當時我能明白……

對向車道駛來的車輛開啟了遠光燈，強光刺入我的眼裡，我不自覺閉上眼睛。

視野陷入一片白燦的瞬間，身穿高中制服的她一下子宛如就在眼前。

◆

我在琪琪的琴聲中醒來。

一股寒意在掀開被子的同時襲上，室溫降低了幾度，外頭正在下雨。

我站在窗前，不知爲何突然想到大叔。

已經兩個禮拜沒見他了，不曉得他在做什麼，又有沒有好好照顧身體。

考慮了下，我決定傳簡訊問候，卻遲遲沒得到他的回應，我不由得一陣失落。

「怎麼這麼沒精神，沒睡飽？」一走出房間，坐在鋼琴前的琪琪便問我。

我勾勾唇，此時我的房裡傳來手機鈴聲。

原以爲是大叔打來的，但我很快透過鈴聲辨認出來電者的身分，於是打消了接聽的念頭。

琪琪了然地笑了笑，什麼也沒問，繼續彈琴。

即使知道阿晉學長因爲我而承受了許多痛苦，我依然無法原諒他爲了自己，不惜深深傷害其他學長姊的心，所以這段日子無論他如何拚命打電話給我，我都不願接聽。

我最喜歡的兔子學姊不再聯繫我了。

就算在社辦見到我，她也不會主動來跟我說話，而康康學長和波波學長雖然沒有不理睬我，對待我的態度也明顯變得拘謹且小心翼翼，不若以往那般熱情。

吉他社裡已經沒有我的容身之處了。

「小莫。」

某天下課返家，許久不見的阿晉學長出現在我家門口。他無精打采，眼神黯淡，整個人瘦了一圈。

「可以跟妳談談嗎？」

我不為所動。

他放軟聲音，「求妳了，小莫。」

最後我沒有拒絕，和他一同走回學校。

起先我們什麼話也沒說，只是繞著操場散步，但看見他低頭拭淚後，我停下腳步。

「抱歉。」他吸吸鼻子，將眼角的濕潤抹乾。

我覺得十分悲傷，卻無法給予他什麼，連開口安慰都做不到。

「阿晉學長，謝謝你。」

他顯得不解，「謝我什麼？」

「謝謝你喜歡我。」我注視著他，誠心誠意地說：「這五年來，謝謝你。」

學長呆愣半晌，紅著眼睛笑了起來。

「我想要的並不是妳的感謝。」他喃喃說，雙眸再度微泛淚光，「小莫，妳知道嗎？事實上我比妳更瞧不起這樣的自己。為了這份感情，我連尊嚴都捨棄了，我明白現在的我跟瘋子沒兩樣，可是無論我怎麼做，都沒辦法控制自己……」

學長忍不住低聲啜泣，低頭用手摀住雙眼。

我向他走近，張開雙臂抱住他。

學長先是一僵，接著激動地用力回擁，像是不願再將我放開。

「謝謝你愛我。」我在他懷中又說了一次，「但我能回報給學長的，就只有這麼多了。」

聞言，阿晉學長繼續低泣。

「老實說，自從學長你跟我表白後，我常在想，這是不是我受到的懲罰？我那麼愛逸光，他卻離我而去，而學長你那麼愛我，我卻連一點點的愛都給不了你。也許這證明了我不夠資格得到幸福。」

「為什麼這麼說？這怎麼會是妳——」

「學長，難道你忘了我曾經深深傷害某個人，甚至害她差點失去生命嗎？」

阿晉學長頓時噤聲。

「就算我想忘記，那個人也不會忘的，永遠會有人替我記得這件事。所以當逸光死後……當我知道他永遠不會知曉這個祕密的時候，其實我鬆了一口氣。」

此話一出，阿晉學長擁著我的力道鬆了一些，於是我順勢掙脫他的懷抱。

「我曾打算把過去的事告訴逸光，可是來不及。我不想對他有所隱瞞，卻又覺得他不知道比較好，因為，我真的很害怕他會為此離開我。」

我淡淡笑了笑，視線逐漸模糊，「直到現在，我仍是這麼想的。阿晉學長，你最疼愛的弟弟死了，我竟慶幸他永遠都不會知道那件事，甚至還感激你替我保密至今，這樣的我，不配得到逸光的愛。」

我深呼吸，「我不會再怪罪學長了，所以請學長放手吧，這麼做對你來說才是最好的。」

說完，我頭也不回離開操場。學長沒叫住我，我也沒聽見他追上來的腳步聲。

此刻，我才終於認清一件事——我仍舊被困在那個深淵裡。

即使代替逸光實現了夢想，即使在小白學長面前信誓旦旦地說要振作起來，再給自己一個機會，但我根本還是沒有原諒自己。

我仍害怕自己只能帶給他人絕望。

回到家，我趴在書桌上許久，想起了一件事，於是拿過手機，依然沒看見想看見的回覆。因此我直接撥了電話，另一頭響了好一陣，一道低沉嗓音傳來。

「我是林克齊，現在不在家，若有急事，請留下姓名跟聯絡方式，我會盡快跟您聯繫，謝謝。」

切斷電話，我又撥了一次，大叔錄製的語音再度響起。我就這麼反覆重撥，只爲了聽那個令人心安的聲音。

不知不覺間，我淚流滿面。

原以爲自己不會再因爲任何事而動搖，沒想到只是聽到大叔的聲音，所有武裝便瞬間瓦解。雖然總是輕而易舉就傷害了別人，我還是渴望能有個溫暖的地方可去，能有個人溫柔地接受這樣的我。

這一刻，我渴望能藉由這個人的聲音得到一點點救贖。

阿晉學長沒有再來找我，也沒有再打電話來。

我不知道他是否眞的放棄了，無論如何，我並不後悔向他坦露灰暗的一面，我不想讓他繼續對我抱持著美好想像。

✦

這天，我打開筆電，照例登入在卡門專用的電子信箱。常有客人會寫信給我，他們的鼓勵跟讚美有如麻藥一般，使我可以暫時忘記現實，更加全心投入歌唱。

但是，這次我收到一封匿名郵件，內容盡是謾罵，像是寫給不共戴天的仇人。

妳眞的很不要臉，無恥到了極點。

如果妳還有良心，就不會出現在卡門，甚至再上臺唱歌。

難道妳忘記自己做過什麼事了？妳根本沒有資格進卡門，妳只會玷汙那個舞臺。

哈，也許妳的良心早就沒了吧，不然怎麼可能對最好的朋友做出那種事？

換成是正常人，早就愧疚得想死了，妳居然還可以心安理得地唱歌，眞佩服妳怎麼能厚顏無恥到這種地步。

如果妳的歌迷得知了妳以前的事，還會想再聽妳唱歌嗎？還會支持妳嗎？

我眞的非常好奇。

我默默讀完這封信。

意外的是，我並未感到受傷，反而有種「終於來了」的感覺。

在我決定站上卡門的舞臺時，就想過遲早會有這一天。

我曾因為害怕失去，所以不敢重拾麥克風。但是仔細想想，現在的我又擁有什麼？過去我所重視的一切，如今有多少還留在身邊？

若是有一天，我連卡門都失去了，那個時候我又該何去何從？

「小莫，妳在嗎？」

琪琪一邊呼喚一邊急促地敲門，躺在床上聽音樂的我摘下耳機，下床開門。

她背著包包，應該是剛打完工回來，不知為何喘吁吁的。一見到我，她劈頭就問：「我問妳，草莓大叔他在哪間公司上班？」

我不明所以，「怎麼了嗎？」

「妳先回答我，快！」在她的催促下，我立即說出公司名稱，琪琪呆了呆，低喃：「我的天啊。」

我一頭霧水看著她打開電視，切換到新聞頻道，「妳看。」

映入眼簾的新聞標題及畫面，讓我的呼吸一窒，還沒從震驚中回過神，手機便響了，是M打來的。

「小空，妳知道妳朋友父親的事了嗎？」他語氣沉重。

「我、我剛剛才看到新聞，可是還不了解詳細情況。」我亂了方寸，「為什麼會宣布倒閉？大叔的公司到底發生了什麼事？」

他嘆了一口氣，「我之前聽我朋友說過，那間公司這幾年面臨很嚴重的財務危機，營運方面也出現問題，只是一直在苦撐，直到今天才正式宣布倒閉。上次妳說妳朋友的父親是公司的主任，我本來想問妳知不知道這件事，但是來不及開口。」

「我不知道，我從沒聽大叔提過……」我更加心慌。

「我朋友的爸爸，也就是以前在他底下工作的員工，今天有打電話給那位主任，不過據說一直聯絡不到，所以我想問問妳有沒有他的消息。」

「沒有……我最近也都聯繫不上他。」

「好吧，我知道了。」M又輕嘆，「我想他遭受的打擊應該很大，待了這麼久的公司落得如此結局，他心裡肯定很難熬。」

我再也發不出聲音。

結束通話，我沒有打電話給大叔，而是帶著鑰匙直奔他家。

我萬萬沒想到大叔居然遇到了這種事。

M說，大叔的公司出問題是這幾年的事，那不就等於他長期處在這樣的壓力下？甚至還必須承受失去逸光的痛。他到底是怎麼獨自撐過這些日子的？

「謝謝妳。」

上次見面時，大叔在離去前露出的淒然笑容浮現在腦海，我忽然間明白了什麼，胸口頓時一陣刺痛。

我一心只想快點見到大叔，所以直接搭了計程車趕至他家，卻在摁下門鈴前遲疑了。

假如大叔在家，他會願意見我嗎？要是他不高興的話，那該怎麼辦？

猶豫片刻，我還是按了下去，卻等不到他來應門。

時間一分一秒流逝，我越來越著急，最後拿出鑰匙開門。

就算大叔眞的生氣了也無妨，只要能知道他人是否平安就好。

屋裡一片陰暗，沒有人在。

客廳的茶几上放著幾個空酒罐跟藥物，我不安地走到大叔的房門前，抬手敲了敲。

「大叔，我是莫莫，你在嗎？」

依舊沒有回應。

我輕輕轉開門把，發現並未上鎖。

一踏進房裡，腳底就踩著一灘水，令我吃了一驚。不知爲何，地上有玻璃杯的碎片。

大叔就躺在床上。

我戰戰兢兢地靠近床邊，大叔似乎睡得相當沉。他面色蒼白，臉上的鬍子顯然有好一陣子沒刮了。見他沒發生什麼意外，我大大鬆了一口氣，瞬間鼻酸。

我很想聽聽大叔的聲音，又不忍心叫醒他，要是他眞的醒來，我也不曉得該怎麼安慰他。收拾好情緒，我準備出去拿抹布清理地板，卻聽見一聲低啞的呼喚：「莫莫？」

我身子一震，回頭看去，大叔已經醒了。

「妳要去哪裡？」他半睜著眼，彷彿隨時都會再睡著，聲音有氣無力。

「地上有玻璃碎片，我想要清乾淨。」我怯怯地探問：「大叔，你還好嗎？是不是哪裡不舒服？」

「沒事，只是昨晚失眠，吃了點安眠藥，結果就昏睡到現在。」他扯了扯唇角，勉力露出笑容。

我怔了怔，隨即說：「好，大叔你繼續休息，我去拿塊抹布，等等就回來。」

不久，我帶著抹布跟報紙返回房間，開始清理地上的玻璃碎片。

「不要用手撿，會割傷。」大叔阻止。

「沒關係，你別擔心。」

我背對著他專心收拾，一時間沒有再說話。

當我將地板上的水也擦拭乾淨後，大叔突然開口：「妳怎麼了？」

「嗯？我沒事呀，大叔爲什麼這麼問？」

「妳不是在哭嗎？」

聞言，我登時停住動作，一顆眼淚隨之滴落在地。

爲了不讓大叔發現，我刻意背對他，連稍微用力吸氣都不敢，想不到還是被他注意到了。

「是我讓妳哭的嗎？」他問。

「不是，和大叔沒有關係。」我話音一哽，「我是在氣我自己。」

「爲什麼？」

「我覺得自己很可笑。」我咬住下唇，「我根本就不了解大叔你，也不明白你的心情，明明什麼都不懂，也不曉得你所背負的一切有多沉重，卻還說出那種自以爲是的話，以爲自己可以聽你訴說煩惱，甚至幫助你重新快樂起來。事實上，我什麼忙也幫不上，除了害你爲我擔心，我什麼都做不到。」

「傻瓜。」大叔卻反駁，「沒這回事。」

我一怔。

「我一直都記得，妳說無論何時妳都願意聽我發牢騷。我從來不懂該怎麼講好聽話，但其實我真的很高興，妳是第一個對我這樣說的人。」

我的頭頂傳來一股溫柔的暖意，是來自他掌心的溫度。

「妳並不是什麼都做不到，妳現在出現在這裡，就證明了這一點。」他緩緩說，「看到妳，大叔覺得很安心。」

我回過頭，對上大叔帶著笑意的深邃眼眸，眼前再次變得模糊。

後來大叔告訴我，有關公司倒閉一事，他早已有心理準備，只是他直到最後一刻都沒有放棄希望。

這一年來，他幾乎天天都去公司報到，希望能盡力協助公司度過難關，可惜事與願違，他還是不得不離開那個他曾經付出無數心血的地方。

對於失業的心情，大叔沒有多說，也沒有一絲悲傷的樣子，僅用寥寥數語便帶過，然後下床梳洗。

看著床鋪，我發現他的枕頭底下似乎壓著什麼，於是忍不住偷偷地抽出來。

是逸光的照片。

這是我送給大叔的相簿裡的其中一張照片。

身後傳來腳步聲，我趕緊將照片塞回去。

大叔回到房間，對我說：「莫莫，謝謝妳特地來看我，今天妳先回去吧。」

我猶豫地問：「眞的？需不需要我再幫你做什麼？」

「不用了，我想再睡一會兒，睡飽後就會有精神了。」他淡淡一笑，「快回家吧，不必擔心我。」

大叔都這麼說了，縱使再憂心，我也只能順從。

走出房間，我沒有馬上離開，而是站在門邊輕輕嘆了口氣，卻在邁出腳步的那一刻，聽見門後有輕微的聲響。

好一會兒，我才聽出那是啜泣聲。

我頓時呆立在原地，呼吸也跟著停滯。

即使是在最脆弱的時候，大叔也不讓自己盡情大哭，而只是像這樣悶著聲音哭泣。

想起他壓在枕頭下的那張照片，我便明白，大叔的哭泣不僅僅是因爲失去事業，也是因爲失去逸光。

對大叔而言最重要的兩項事物，如今都不復存在，他卻選擇獨自承受這份痛苦。

我來到客廳，拿起擺在茶几上的相框。撫摸著在照片裡笑得燦爛的逸光，我不禁又潸然淚下。

「逸光，我該怎麼做？」我哽咽低喃，「我該怎麼做才能幫助大叔？」

抱持著想陪伴大叔走過悲傷的想法，隔天十一點我打了電話給大叔，並且順利聯絡上。

徵得他的同意後，我再度前往他家，來應門的大叔見我拎著兩個大袋子，顯得有些疑惑。

「大叔，午安，你還沒吃中餐吧？」我笑著問。

「還沒。」

「太好了，今天我可以借用你家的廚房嗎？我想幫大叔做頓飯，算是感謝你的照顧，還有允許我自由出入這裡。」

他眼中的困惑更深，「可是大叔並沒有照顧妳什麼。」

「沒這回事。」我認眞看著他，還用他昨天跟我說過的話來回應，大叔頓時無語了。

進了廚房，我熟練地開始處理食材，並將看似久未使用的器具清洗過一遍。

大叔在一旁看著，而後說：「我來幫妳吧？」

我想了想，莞爾一笑，「那就麻煩大叔幫我洗米，謝謝。」

他捲起衣袖，量好米倒進鍋裡，在我身旁開始淘洗。

我順勢問他：「你平常會自己煮飯嗎？」

他搖頭，「工作太忙了，沒時間，幾乎都是在外面解決。再加上我也不太懂料理，只會炒飯跟煮稀飯而已。」

「這樣已經不錯了，至少碰到颱風天出不了門的時候，不至於餓肚子。」我笑道。

「這也算是托逸光的福。」他勾起唇角，「在他讀小學時，他媽媽曾經因爲工作而整整一個月不在家，我不想讓他天天吃外食，才試著做簡單的炒飯給他吃，當他生病時就學煮稀飯，直到他媽媽回來爲止。」

我聽得專注，「後來你就沒再煮飯給他吃過了嗎？」

「沒有，畢竟他媽媽的廚藝還是比較好，而且天天吃炒飯，不膩也難。」他淡淡地說，「只是說也奇怪，那一個月雖然每天讓他吃炒飯，而且還是沒加其他食材的普通蛋炒飯，那孩子依然都會吃光光，從來沒有抱怨我做的炒飯單調不好吃。現在想想，也許他是怕我生氣，才不敢這麼說吧。」

我靜靜看著大叔將洗好的米放進電鍋。

半個小時後，我把熱騰騰的四菜一湯端上桌，宣布開飯。

「這頓飯是我想給大叔的回報，爲了你的健康，請不要偏食，盡量吃喔。」我告訴大叔。

他打量了眼前的菜餚好一會，神情裡帶著佩服，「妳學過做菜？」

我笑笑，「算是自學的，我以前是鑰匙兒童，爸媽工作忙碌，沒空照顧我，所以國中時我就會自己煮東西吃了。不過我已經很久沒煮得這麼豐盛，昨晚還特地翻食譜複習了一下，希望能合你的胃口。」

大叔舉筷夾了些青菜，送入嘴裡嚼幾口後，點點頭。

「很好吃。」

「眞的？」我開心地說。

「嗯，可以嫁人了。」

「那也得先找到對象才行。」

「可以的，只要眼光別太高就好。」

「大叔是暗指我的眼光太高嗎？」

他低低地笑起來，我衷心希望大叔可以永遠保持這個笑容。

昨天聽到他哭泣時，我明白了一件事。

如果我想讓大叔走出傷痛，自己就得先振作起來。

要是我繼續自我封閉，沉溺於痛苦之中，又怎麼能幫助大叔呢？

雖然仍不知道該怎麼做才能眞正幫上他，但至少我可以陪伴著他，不讓他獨自承受煎熬。

而且，我也想留在大叔身邊。

對現在的我而言，大叔的笑容就是力量，支持我跨越一切難關的力量。

「怎麼會有雞湯的味道?」剛返家的琪琪一聞到香味,馬上跑到廚房來。

「這是替大叔準備的,這陣子他的身體狀況不怎麼好,我想準備些營養的食物給他補充體力。」我回頭說:「我也有幫妳留一碗,等等端給妳。」

「哇,太棒了,謝啦!」她開心得從背後攬住我的腰,「我們家小莫眞賢慧,居然還會燉雞湯,不把妳娶回家太可惜了,快點嫁給我吧!」

「才不要呢,我會被妳的愛慕者怨恨。」

琪琪咯咯笑,又問:「草莓大叔現在還會難過嗎?」

「雖然他說對公司倒閉的事早有心理準備,但我知道他還是很難過的。」

「難怪有人說,中年失業的男人是最脆弱的生物,再加上他又失去了唯一的寶貝兒子,那種痛苦實在難以想像。」她一嘆,「妳什麼時候要去找大叔?」

「雞湯煮好後就過去,差不多了。」

「這陣子妳好好陪著他吧,順便轉換一下心情。我看妳前段時間也一副悶悶不樂的樣子,跟大叔在一起的話,也許就不會想太多了。」

「嗯。」我點點頭。

確實如琪琪所說,我一心只想陪伴大叔,所以沒有餘力煩惱別的事,甚至對於之前收到的謾罵信件,我都不再掛懷了。

我想專注做好此刻我能做的事。

某日，我再度來到大叔家。

他又在使用筆電，這陣子他開始上網找新工作了。

我將一杯熱茶端到桌邊，聽見他的嘆息聲，就知道情況不怎麼順利。

「爲什麼不先休息一陣子再找呢？」我不免擔心，覺得他應該多給自己一點時間休息。

「大叔工作慣了，一天沒事情做就渾身不對勁，這種感覺對我而言比勞累還恐怖。」他扯扯嘴角。

「可是其實你不需要這麼急，試著放個假，做些自己想做的事，不是很好嗎？」

「自己想做的事？」他語調微揚，彷彿認爲這是奇怪的話。

「是呀，就是大叔你感興趣的事。」

「我沒想過這些。」他的神情略顯疑惑，「二十幾年來，我幾乎都在家裡跟公司之間來回跑，從沒有什麼感興趣的事。」

我思索了半晌，好奇探問：「難道陶藝不是嗎？」

正在敲打鍵盤的大叔停下動作。

對上他詫異的目光，我不由得緊張起來，「老、老實說，我曾經在大叔你的書房裡看見幾本關於陶藝的書，你應該是因爲有興趣，才會買下那些書吧？」

「那只是看看而已。」

「可是，我還發現其中有幾本是介紹製陶方式的。大叔只是單純喜歡陶藝品嗎？還是想動手製作呢？」

聽了我的提問，他陷入沉思。

似乎是因為以前從未思考過這個問題，好一會兒他才回應：「那些書我只是看好玩的，其實我根本不懂怎麼製作陶器。」

「沒接觸過也沒關係，可以去學呀。」我提議。

「我沒那種天分，只是小時候喜歡拿泥巴黏土玩玩罷了。而且現在年紀大了，沒辦法像你們年輕人一樣學得又快又好。」

「才沒這回事呢。」

大叔淺淺笑了下，目光轉回筆電螢幕，似乎不打算再聊這個話題。

陪大叔吃完晚飯後我才回家，他送我到門口，不忘叮嚀：「路上小心，別在外頭逗留到太晚。」

「好，不過我等等還得去打工，所以不會這麼早回家。」

「到幾點？」

「十點左右。」今天我是第二個登臺，不必待到午夜。

但大叔還是擰起了眉頭，「這麼晚？妳在哪裡打工？」

「我是在……」我本想說出駐唱的事，一個念頭卻驀地閃過腦海，於是我打住話。

所幸大叔沒有追問，而是認真地說：「以後不必再特地送吃的東西來了，妳白天要上課，晚上還得打工，別因為我而耽誤了時間，大叔不想麻煩妳。」

「可是……我並不這麼覺得。」我愕然，內心莫名不安，「要是大叔你覺得麻煩——」

「好了，別讓我再說一次，我不覺得麻煩。」他微笑，「我只是擔心妳，我知道妳也很擔心我，但我不希望因為我是逸光的父親，就讓妳認為有責任跟義務關心我。妳只要好好為自己著想就行了，不必過於擔憂我的情況。」

大叔這番話讓我怔了怔，方才一閃而過的念頭再度浮現。

「大叔。」我開口，「後天晚上你有空嗎？」

「怎麼了？」

「我想帶你去一個地方，如果可以，請把那晚的時間留給我。」

他好奇地問：「什麼地方？」

「逸光在的地方。」

大叔頓時愣住。

「我會再告訴你地點，那天大叔你一定要來。」我認眞地說，「這不僅是我，也是逸光的願望。」

他什麼也沒再說，只是愣然望著我。

後天晚上八點，我在卡門的店門口等候。

看到大叔從計程車上下來時，我喜出望外，很高興他眞的來了。

而下車後，他盯著卡門的招牌看，滿臉訝異，「這裡是……酒吧？」

「對，請跟我來。」我二話不說將他拉進店裡，帶到我事先安排好的座位。

「大叔，這裡是卡門。」我向他說明，「你聽過這個地方嗎？」

他搖搖頭，依舊十分困惑，顯然不明白我爲何要他來這。

我繼續說：「逸光原本會在這間酒吧駐唱，要成爲卡門的駐唱歌手相當不容易，但這是他一直以來的夢想，而他也眞的做到了。如果他沒有離開，現在就會站在那個舞臺上唱歌。」

聞言，大叔望向打了燈光的舞臺，佐哥正在臺上自彈自唱。

「逸光說過，他有兩個心願，一個是成爲卡門的駐唱歌手，另一個就是邀請大叔你來到卡門，聽他唱一次歌。他希望你能認同站上這個舞臺的他，也希望能告訴你，他永遠不會後悔走上音樂這條路。」

我壓抑住悄悄湧上的鼻酸，「今天晚上，我想幫逸光實現這個願望。」

大叔呆了許久，目光從我身上移開，再度落到舞臺，遲遲沒有出聲。

當佐哥演唱結束，微笑和聽眾揮手道別時，我站起身，「大叔，我去一下洗手間。」

「好。」大叔點點頭，不疑有他。

我快步進入休息室，已經在裡頭的佐哥問我：「小空今天帶朋友來啦？」

「我也有看到，小空剛剛跟一個帥大叔坐在一起，那人是誰？」小西也很好奇。

我笑了笑，只說是朋友，沒有多作解釋。

下一位歌手登臺的時間到，我做了個深呼吸，踏上舞臺。

雖然燈光強烈導致視線不清，我依然很快找到大叔所在的位子，更隱約看出他發現我站在臺上時，神情裡流露出的驚訝。

今晚我要爲他而唱。

我要代替逸光將歌聲傳遞給他，讓他知道逸光一直以來對他的愛。

也許有一天　再見以後不再見
每次說晚安都像告別
可是我看見　愛能走到的永遠
每天醒來都再活一遍

我不怕風不怕浪　帶給我不完美
只要我還懂得怎樣去給
我迎著風迎著浪　穿越所有傷悲
只要能擦掉你眼中的淚

也許有一天　牽著的手會不見
每次我都會握緊一點
可是我聽見　愛讓呼吸都改變
每天都靠近幸福一點

讓我能擦掉你眼中的淚

（〈讓我擦掉你的淚〉詞／曲：梁文福）

我相信此刻是大叔和逸光最貼近彼此的時刻。

爲逸光實現所有夢想的這一剎那，我難掩內心的激動，聲音不小心顫抖起來。

在眼前被淚水模糊之際，我看見臺下的大叔對我露出溫柔的微笑，並彷彿聽見他對我說了「謝謝」。

我又收到了匿名郵件。

從最初的一星期一封，到後來變成幾乎每天都會收到。

每一封的內容都充滿惡意的謾罵，遣詞用字一天比一天不堪入目。

雖然大概能猜出對方是什麼人，但由於不想把事情鬧大，所以我默不作聲。

然而有一天，我意外從卡門的其他歌手口中得知，中傷我的那個人也開始寄信給他們。

「光是這禮拜就收到三封，我只看了第一封，之後的就直接刪了。」M說。

「小空，妳是不是惹到誰啦？我看對方對妳的事情好像挺清楚，會不會是妳認識的人？」老爺偏頭。

我不禁渾身緊繃，「那個人寫了什麼？」

「就妳高中時的事，說妳橫刀奪愛、背叛好友，差點害死一條人命之類的。」

「真的是吃飽沒事做。」J懶洋洋地看著手機。

他們一副意興闌珊的樣子，似乎對這些指控的真實性興趣缺缺，我除了驚訝，也覺得匪夷所思。

「你們看了信的內容……難道不會懷疑我嗎？不會想確認信裡所寫的事情是真是假嗎？」我忍不住說出心裡的疑問。

他們一聽，先是面面相覷，接著突然齊齊大笑，把我嚇了一跳。

「阿佐，你告訴小空，以前我們是怎麼被陰的。」老爺指指佐哥。

「好啊，那就先講你的好了。」佐哥清了清喉嚨，「曾經有人造謠，說老爺以前是個流浪漢，專門撿路邊垃圾桶裡的東西吃，甚至還拍到所謂他在臺北車站站內鋪報紙席地而睡的照片。重點是，照片裡的人還眞的挺像他的。」

MJ兄弟當場笑得東倒西歪，佐哥接著說：「至於M，他半年前被一個十八歲的女生指控搞大她的肚子，對方還在網路上散布謠言，結果其實是那個女生的前男友害她懷孕，卻不肯負責任，她才把M拖下水。她的前男友很欣賞M，以前常來看他表演。」

「當時光是辱罵我的郵件，一星期就收到近百封吧，幸好後來佐哥出面幫忙解決，不然我眞的要上數字週刊了。」M兩手一攤。

「但情況最嚴重的應該是小西。」佐哥一嘆，「她有段時間被別人說晚上在卡門唱歌，白天則在做援交，後來我們找到造謠者，對方居然是她大學時期的好朋友，似乎是因爲嫉妒小西可以在卡門駐唱，才蓄意中傷。」

原本保持沉默的小西冷冷一笑，「哼，那傢伙到處亂講我壞話的同時，還可以裝得一副跟我情同姊妹的樣子，替我打抱不平，不去當演員眞是太可惜了。」

「會不會是因爲小西妳的脾氣實在太差，才會被陷害啊？」J此話一出，立刻被小西狠踹好幾腳。

最後暖暖姊也告訴我：「小空，我們之所以說出這些事，就是想讓妳知道，其實我們每個人都被流言傷害過。在得到掌聲和讚美之餘，也往往無可避免被批評跟誣陷，所以若沒有一定的抗壓能力，是無法在這裡待下去的，只要妳還想在卡門駐唱，就不能輕易被惡意打倒。我們只有一個任務，就是爲了喜歡我們的客人們好好唱歌，妳只需要想著這件事，唱歌以外的事都跟我們沒有關係。」

「說得太好了，暖暖姊果然是我的女神！」M說，他跟老爺都拚命拍手。

暖暖姊的溫暖笑容跟話語讓我悸動不已，眼眶微微發熱。

我已經失去了吉他社的學長姊們，如果哪天連卡門都失去的話，那該怎麼辦？

雖然內心的恐懼並沒有完全消失，但我下定決心，無論未來將會如何，只要還能站在舞臺上，我就會認真唱到最後一刻。

這樣即使不得不離開的那天眞的來臨，我也不會後悔。

週末，我去了大叔家。

他依舊持續在網路上找尋工作機會，我端了杯茶給他，關心地問：「大叔，工作找得怎麼樣？」

他搖搖頭，眼底難掩疲倦，不難猜出他昨晚肯定又熬夜了。

「都沒有回應？」

「沒什麼好結果，大部分光是年齡這關就過不了，不過還是得試。」他笑得淡然。

我有些擔心他的身體狀況，於是趁他稍微伸懶腰的時候提議：「大叔這幾天應該都關在家裡盯著電腦吧？在找到工作之前，不如出去活動一下怎麼樣？」

「不必，沒關係。」

他毫不考慮地拒絕，令我想起他過去操勞到暈倒的事。

我忍不住語重心長地說：「大叔，如果我是老闆，知道來應徵職缺的人前份工作天天加班，把自己弄得疲憊不堪的話，絕對不敢錄用，因爲若哪天這位員工累倒了，外界一定會認爲我們是血汗公司，公司形象也將因此大受影響。」

大叔抬起目光，我繼續說：「既然你都要重新出發了，就該讓自己保持在最佳狀態。大叔的資歷贏過很多年輕人，要是輸在體力，不就太可惜了嗎？所以從現在起你必須好好鍛鍊身體，你說對不對？」

他定定看著我，突然伸手輕捏我的鼻頭，我下意識閉起眼睛。

「妳倒是挺會說服人的。」他唇角微揚，「那麼妳推薦一個地方吧，我們一起去走走。」

「沒問題！」我滿心喜悅，很快有了主意，「動物園怎麼樣？大叔去過嗎？」

他回憶了一下，點頭，「不過是十多年前的事了。」

「那就這麼決定，我們一起去看看動物園現在的樣子。馬上就出發好不好？」

大叔似乎感覺到我的雀躍，笑笑地闔起筆電。

這是我們第一次一同出門遊玩，天氣相當晴朗，人潮眾多。一踏進園區，大叔就默默地四下張望，看樣子確實眞的很久沒來這裡。

我們首先去了距離最近的無尾熊館，有隻無尾熊正在樹上睡覺，可愛的模樣立刻吸引了我的注意。

「妳喜歡什麼動物？」大叔問。

「我喜歡的動物很多，但最喜歡的是企鵝。我跟逸光一起來過，他也非常喜歡來動物園……」

我不自覺地說個不停，卻在注意到大叔靜默下來後噤了聲。

這時候提起逸光，是不是讓大叔難過了？

本來是希望大叔能放鬆心情，我才提議出來走走，結果居然又粗心地觸碰到他的傷口。

也許是我的情緒全寫在了臉上，大叔輕撫一下我的頭。

「那妳跟逸光有去看老虎嗎？」

我點點頭，不知道他這個問題是否有什麼含意，「有。」

他露出淺淺的笑容，「那就好。」

看完無尾熊，我們接著去了亞洲熱帶雨林區，大叔在看到大象時停下腳步。

「大叔喜歡大象？」

「嗯。」

「啊，有隻大象在看我們這邊！」我激動地喊。

「很稀奇嗎？」大叔顯得很疑惑。

「也不是，只是每次來動物園看大象，不知道爲什麼牠們都是屁股對著我，老是看不見正面。」我非常開心，「一定是因爲今天跟大叔來才有這種好運氣，以後如果想再來看大象，我就要跟大叔一起來！」

大叔笑出了聲音。

後來我們前往企鵝館，又觀賞過不少動物後，才到園區外的速食店用餐。

雖然走了不少路，但大叔的聲音明顯比以往清亮，整個人也有精神多了。

「大叔今天開心嗎？」我問。

「嗯，開心，偶爾出來走走也不錯。」

「對吧，所以別再把自己關在家裡了，只要大叔有想去的地方，不管哪裡我都奉陪！」

他凝視著我，接著湊過來伸出右手，用拇指在我的嘴角輕抹一下。

「麵包屑。」他眼裡含笑，「妳吃到臉上了。」

我頓時呆愣住。

溫暖的觸感殘留在嘴角，被大叔的手指碰到的瞬間，我像是觸電一般，沒來由地渾身輕顫。

「差不多該回去了吧？」

「好。」我回過神，將方才一閃即逝的異樣感覺拋在腦後。

結束了今天的行程，我們愉快地搭乘捷運返家。

快要抵達大叔家所在的那一站時，他忽然開口：「對了，莫莫，手伸出來一下。」

我不假思索伸出手，他從口袋裡拿出一樣東西放在我的手心，是企鵝造型的吊飾。

「謝謝妳今天陪我出來，這個送妳。」

我嚇了一跳，「這是在動物園買的嗎？」

「嗯，逛禮品店的時候順便買的。妳說妳喜歡企鵝，我就挑了這款。」

我又驚又喜，卻也慌了起來，「可是我什麼都沒幫你買，怎麼辦……」

「沒關係，這是我自己想買給妳的，妳喜歡我就很高興了。」

我感動得說不出話。

列車即將進站，我趕緊把企鵝吊飾掛在大叔給我的備份鑰匙上。

與大叔道別後，我仍無法壓抑喜悅的心情，看著吊飾不時微笑。

我踏著輕快的步伐回家，卻遠遠見到有個熟悉的人站在家門口，頓時收起上一秒的愉悅，慢慢走上前，對方也很快發現我。

「小莫，好久不見。」阿晉學長露出久違的溫柔笑容，「妳好嗎？」

「我很好。學長呢？」我端詳他的模樣，他不像上次分別時那麼落魄憔悴，精神恢復不少。

「我也很好，妳沒注意到我現在容光煥發，還胖回來了嗎？」他打趣地說，隨即正色，「我今天是來跟妳道歉的。」

「道歉？」

「嗯，之前由於我的衝動，造成妳那麼深的痛苦，甚至害妳無法回吉他社，我眞的覺得很對不起。」他語氣誠懇，「我深切反省過了，也跟兔子道歉了，都是因爲我的關係，才讓你們變成這樣。我希望妳能回來社團，千萬不要因爲我而放棄所有人，好嗎？」

我怔了怔。

見我遲疑，阿晉學長又認眞保證：「我不會再強逼妳什麼，就讓我們回到原來的關係吧。我知道妳的心裡還是有疙瘩，所以才親自來找妳，畢竟事情是因我而起。希望妳能再給我一次機會，讓一切重新開始，拜託妳了，小莫。」

面對阿晉學長的請求，我考慮了半晌，最後點頭，他如釋重負地笑了出來，「太好了，總算能給Summer一個交代了。」

「可是學長，你不是退出社團了嗎？」

「實不相瞞，我後悔了。當時眞的是出於衝動才會那麼決定，結果離開後又捨不得，所以我拜託他們讓我回去了。可是順利回到社團後，康康他們都不肯給我好臉色看，天天用眼神霸凌我，我不得已只好厚著臉皮來找妳，現在只有妳可以救我了。那麼下禮拜妳一定要來，好嗎？」

「好。」我再次點頭，同時揚起嘴角。

「謝謝妳還願意對我笑。」他顯得十分感激，「我會跟大家一起等妳回來的，下禮拜見。」

「下禮拜見。」我站在原地目送他揮手離去，一時之間百感交集。

隔天我比較晚才下課，所以沒有去社團，而是直接去了卡門。

駐唱完畢返回休息室，裡頭除了佐哥，還有一個我意想不到的人。

「小莫，好久不見。」Summer社長親切地向我打招呼。

「好久不見……今天只有社長來嗎？」我有些意外。

「是啊，我來和佐哥聊天，順便找妳。」他說明來意，「阿晉有跟妳聯絡嗎？」

「有，昨天他來找過我。」

「那妳原諒他了嗎？」見我點頭，他鬆了口氣，「那就好，那傢伙應該眞的有在反省，所以妳也別再躲著我們了。這陣子康康他們都不好過，兔子更是成天愁眉苦臉的。」

「學姊還在生我的氣嗎？」我十分忐忑。

「她從頭到尾都沒有生妳的氣，只是一時不知道該怎樣面對妳，也沒勇氣主動去找妳，但她很想妳，所以妳別再折磨她了，快點回來哄哄她，讓她重拾笑容吧。」

我抿抿唇，頓覺鼻酸。

跟佐哥及社長一同離開卡門時，社長問佐哥：「對了，小白學長最近還在忙嗎？」

「嗯，這陣子我打給他，他都很慢才回電話，能在一天內得到回覆就很難得了。」

「他只有對小海學姊不敢這樣吧？」

「沒錯，完全被她吃得死死的。」

我邊聽邊偷笑，說時遲那時快，我的頭突然被什麼東西猛地打中，霎時暈眩了幾秒，差點沒站穩。

社長連忙扶住我，佐哥也立刻擋在我身前，我吃痛地去摸被擊中的地方，摸到一股黏稠的透明液體，還帶著幾片白色碎殼，顯然是生雞蛋。

「在那裡！」

社長拔腿衝向前方的小巷，過沒多久，他押著兩個女生回到我面前。

我認出其中一人，就是之前校慶表演結束後，特地來指責我的那個女生。

「雞蛋是妳們砸的？爲什麼要攻擊她？」

面對質問，她們不悅地別過臉，於是佐哥嚴厲地說：「妳們不講，我就叫警察來問了。」

威嚇奏效，那個女生惡狠狠瞪視我，毫不客氣地指著我的鼻子痛罵：「因爲我看不慣這女人的所作所爲，她到底憑什麼成爲卡門的駐唱歌手？又有什麼資格再唱歌？你們知不知道她以前做過什麼事？這種將自己的快樂建築在別人的痛苦上的傢伙，就算再有才華，也不配得到任何掌聲！」

「再怎麼樣，妳都不能動手傷人。」社長神情嚴肅。

「眞可笑，別人不可以傷她，難道她就可以？」她冷笑，「這女人爲了得到掌聲，連自己的朋友都能陷害，她有個朋友就是因此差點被她害死。只要能站上舞臺，她連親手奪走朋友的夢想也無所謂，這女人還有良心嗎？」

聽到她的指控，社長似乎有些驚訝，佐哥倒是面不改色，「前陣子寄信給卡門所有歌手的人就是妳？」

她乾脆地承認，「不行嗎？我就是要讓你們看清她的眞面目。仗著自己有美貌、有才華就爲所欲爲，這女人應該要失去一切，得到報應！」

「什麼樣的報應？」佐哥反問：「讓她的過去被全世界的人知道？讓她被迫離開卡門，再也無法拿起麥克風，一輩子都活在愧疚裡，永遠得不到幸福快樂？是不是這樣？」

對方被問得語塞。

「不管妳是基於什麼理由，都沒資格替任何人發聲，因爲這是李莫跟妳所說的那個人之間的事。事實上，妳只是在遷怒，根本不是眞的爲了妳的朋友，以替朋友出氣的名義，把自己的惡劣行爲合理化，不過是自我滿足而已，這麼做不僅幼稚，也相當自以爲是。」

她咬緊下唇，臉色一陣青一陣白，再度冷冷盯著我，「眞好，李莫。妳什麼都不必做，只要躲在別人背後裝可憐，就會有人替妳說話，那些條件沒妳好的人只能認命被妳奪走一切。」

我的心狠狠一顫。

「妳眞以爲妳是靠實力才得到這些的？沒有這張臉，妳哪可能走到今天？妳一直以來都是既得利益者，在別人面前卻還假惺惺地裝模作樣，欺騙所有傻傻相信妳的人。跟妳在一起的人從不會有什麼好下場，包括妳死去的男朋友，我看妳根本就不是什麼天使，只是個瘟神！」

「夠了，妳還敢再說！」社長被激怒了。

「既然妳是這麼想的，那就沒得談了。」佐哥面色一沉，「我現在鄭重告訴妳，要是妳繼續傷害卡門的任何一位歌手、影響卡門的聲譽，我們將會正式對妳提出告訴，向妳索討賠償。相信我，那是妳絕對負擔不起的數字，所以妳最好就此收手。」

意識到佐哥是認眞的，和那個女生同行的女生想阻止她，然而她沒有馬上退卻，還強作鎭定咬牙反駁：「那也是你們自找的，誰叫你們要聘用這種人駐唱？這證明你們的眼光也不過如此。而且，你能證明那些信是我寄的嗎？」

佐哥從口袋裡掏出手機，將螢幕朝向她，「妳剛剛說的話我全都錄音了，需不需要播放出來給妳確認？」

這次她不敢再吭聲了，兩人不甘心地狼狽離去，臨走前還狠狠怒瞪我。

佐哥收回手機，社長問他：「你眞的錄音了？」

「沒有，嚇嚇她罷了。」佐哥聳聳肩。

「你威脅人的方式眞是跟小白學長一樣高明，光是口氣就先讓人怕了。」社長莞爾。

「不，我還差我哥一大截，如果是他的話，絕對一開始就會記得錄音，不會中途才想到這招。」說完，他轉頭關心我的狀況，「小空，沒事吧？」

「嗯，沒事。」我努力撐起一抹笑。

「還說沒事，被打到的地方都腫起來了，幸好沒傷到眼睛。」社長擔心地查看我的傷處。

「不要緊，這點小傷擦擦藥就行了。對不起，給你們添了麻煩……」

喉嚨哽住的這一霎，我發現自己無法繼續說下去了。

那個女生所說的每一個字，都令我心痛不已，我果然走不出過去的陰影。

這一天終究還是來臨了。

由於突如其來的攻擊事件，佐哥決定開車送我回家。

在我進屋前，他叮嚀：「如果有其他地方不舒服，一定要馬上去看醫生，知道嗎？」

「嗯。」我點頭，決定向他開口，「佐哥，關於剛才的事，我有話想跟你說。」

「什麼事？」

「要是……有關我的那些謠言，終究影響到了卡門的聲譽，那就照當初合約所規定的，將我辭退吧。」

佐哥不動聲色，「妳說眞的？」

我頷首，「無論如何，我都不願意讓卡門因爲我的事而受傷害。若眞的得這麼做，我會接受的。」

「所以，妳承認那個人說的是事實？」

我靜默了一會兒，低頭看著自己的腳。

「對，是事實。」我坦言，「我確實傷害過一個朋友，這也導致我曾經再也不敢唱歌，不敢正視自己的渴望。後來，我以替逸光實現遺願爲由，試圖原諒自己，因爲如果只是爲了我自己，我不可能有勇氣再拿起麥克風。我告訴自己，之所以決定再唱歌是爲了逸光，這樣我心裡的罪惡感或許就不會那麼深。」

佐哥靜靜聽著，然後問：「如果妳眞的這麼想，爲什麼不爲逸光繼續堅持？」

「我只是不想再看到有人因爲我而受到傷害，也不想再以這樣的心態爲逸光唱下去。要是我不能好好面對自己，也就無法好好面對逸光，更別說爲他而唱。我知道這個提議等於是辜負大家的期待，尤其是小白學長，但我已經決定不再逃避，即使保護不了自己，我也想保護卡門。」

「而離開卡門就是妳的選擇？」

我點點頭，「這是我唯一能想到的方法，不過爲了當初所有幫助我進入卡門的人，我不會主動辭職，只要小白學長沒打算辭退我，我就會唱下去，這是目前我唯一不允許自己放棄的事。」

聞言，佐哥露出笑容，「我很高興小空妳有這份想保護卡門的心，但如果可以，我希望妳也能試著相信卡門。無論是我哥還是我，都會盡力保護每一位歌手，所以只要妳是眞心不想放棄卡門，我們就不會輕易放棄妳。」

我的眼眶濕潤起來。

晚上，我將沾黏在頭髮上的蛋液洗掉後，呆坐在書桌前。

老爺傳給我的那個影片我已經看過無數次，此時手機裡的影片畫面停格在白衣小女孩身上，而我的腦中浮現另一名少女的臉。

一名不曾從我的回憶裡離去的少女。

我初次登臺唱歌，是在幼稚園的畢業典禮上。

長輩們很早就發現我有唱歌的天賦，因此畢業典禮時，老師特地讓我上臺演唱，而迴響十分熱烈。就在那年夏天，爸媽在親友的推薦下，替我報名了某個電視節目的試鏡，那個節目是當時頗受歡迎的兒童歌唱競賽節目，報名情形相當踴躍。

在螢光幕前初試啼聲的我，以全場最高分順利晉級，一舉成名。評審說我無論外貌還是歌聲都如天使般甜美，當場給了我「美聲小天使」這個稱號，從此無論走到哪裡，大家都這麼叫我。

經過一次又一次的淘汰賽，身爲年紀最小的參賽者，我的知名度水漲船高。認識我的人越來越多，走在路上總會有人喊住我，親友和老師無不爲我感到驕傲，爸媽更是走路有風，每天都笑容滿面。

爲了朝冠軍邁進，媽媽開始天天陪我練唱，我玩樂的時間不再像以往那麼多。但我沒有因此萌生排斥或不悅的情緒，畢竟我是眞心喜歡唱歌，也喜歡看到身邊的人因爲我的優異成績，而對我露出讚賞的笑容。

比賽期間，我認識了一個長我四歲的姊姊。

有次我們一同在後臺做準備，綁著公主頭、身穿白色洋裝的她主動向我攀談，我才知道原來她跟我讀同一所小學。

我們經常在一起，週末偶爾會到對方家裡玩。在學校時，她也常和同學來我的班上，將她去福利社買的糖果分享給我。

她對我非常好，我也非常喜歡她，由於我是獨生女，所以她的存在對我來說就像親姊姊。我們彼此鼓勵，一路過關斬將，這種攜手同行的安心感，是我從別人的掌聲裡得不到的。

節目進行一個月後，決賽的日子逐漸逼近，被淘汰者越來越多。

而姊姊也一天比一天沒精神，連笑的時候都顯得心事重重。我開口關心，她起先有些猶豫，而後才泫然欲泣地告訴我，其實她父母的感情一直很不好，兩人打算等她比賽結束就暫時分居，屆時她將必須跟著媽媽離開，轉學去別的地方。

姊姊不願與朋友們分離，也不希望自己的父母分開，於是苦苦哀求他們，最後她的媽媽允諾，只要她在比賽裡拿下冠軍，他們就會重新考慮分居的事，或是讓她與父親留在原本住的地方。

雖然有了留下來的機會，這個條件卻讓姊姊備感壓力。

她向我坦承，其實我就是她最大的勁敵，她沒有自信可以贏過我。

「我媽媽說，小莫妳是天才，就算只是隨便唱唱也可以過關。但我不是天才，只能比妳更加努力，我沒辦法像妳一樣輕鬆地唱，所以我不可能得到第一名的。」

姊姊當時的話讓我始終耿耿於懷。

倒數第二場淘汰賽，我和姊姊成了對手。

賽前她躲在廁所裡哭泣，因爲她前一晚練唱時練過了頭，把嗓子給唱啞了，可是如果她今天唱不好，就會遭到淘汰，於是才會急得哭出來。

儘管陷入空前危機，後來姊姊還是克服了難關，順利將歌唱完，並且得到相當好的評價。

接著上場的我面對現場觀眾期待的目光，腦中卻全是姊姊哭泣的模樣。

我開口演唱，唱到一半時，卻突然沒了聲音。

忘詞是我參賽以來從未有過的失誤，所有人都不敢置信，錯愕地盯著我。將近十秒的時間裡，舞臺上只有伴奏音樂迴盪，即使後來我再度唱下去，仍改變不了出錯的事實，我的失誤明擺著在那裡，無可挽回。

下臺之後，我不驚慌，亦不難過，反而充滿喜悅，因爲我知道這樣姊姊就會贏了。比起贏得比賽、拿到冠軍，能讓姊姊留下來更重要。所以爲了不失去她，我故意假裝忘詞，使姊姊得以晉級。

公布進入總決賽的選手時，我跟姊姊手牽手站在一起。

當時我天眞地悄悄告訴她：「姊姊，等今天比賽結束，我們再一起玩喔。」

她眼角噙淚點點頭，臉上泛著欣喜的笑意。

想不到，評審竟喊出我的名字。

我嚇了一大跳，呆呆聽著四周響起的掌聲跟歡呼聲。

原本緊牽著我的姊姊鬆開手，她的臉上毫無血色，怔怔地看了我一眼。

姊姊沒有再跟我說話。

直到跟著她媽媽落寞地步出攝影棚時，她都不曾回頭，連一句道別也沒有留給我。

我萬分不解，我明明出錯了，爲何能贏過從頭到尾毫無差錯的姊姊？

急得六神無主的我，趕緊向媽媽說了姊姊的家庭情況，拜託她去告訴評審，請他們讓姊姊過關，眞正該被淘汰的人是我才對。

但媽媽聽了相當憤怒，甚至第一次動手打我耳光。

「誰准妳做這種事？爸爸媽媽每天那麼辛苦地陪妳練唱，還請老師來指導妳，妳卻想讓這一切都白費！」

「如果姊姊沒有贏，她就會轉學了，我不要姊姊走！」我哭了出來。

「妳這個笨蛋，她是騙妳的，她是爲了贏得比賽才對妳說謊！」媽媽眼神輕蔑，語氣裡流露出對姊姊的深深不齒，「眞不像話，小小年紀就會這種投機取巧的手段，一定是她父母教她的。」

「可是姊姊眞的很努力，她也一樣每天都在練習唱歌，唱到聲音都啞了。她沒有表現得不好，爲什麼不能贏？」我依然不明白。

「那是因爲我們大人的眼睛是雪亮的，看得出來她想作弊。會亂說謊的小孩，評審叔叔阿姨當然不會讓她贏。」

我一把鼻涕一把眼淚，於是媽媽溫柔摟著我，軟聲對我說：「小莫，妳聽媽媽說，妳太單純，也太善良了，姊姊她其實是不想輸給妳，才會壞心地欺騙妳，妳不需要這麼爲她著想。妳看，有這麼多觀眾喜歡妳，希望妳能拿到第一名，妳怎麼忍心讓他們還有爸爸媽媽失望？妳相信媽媽，姊姊她不會轉學，她一定是騙妳的。以後妳也不要再跟她來往了，知道嗎？」

可是後來，我再也沒有見過姊姊。

我曾經去她的班級找人，卻發現姊姊已經離開這所學校。得知姊姊眞的轉學了，我難過得放聲大哭，一回家就對媽媽發脾氣。

「妳騙我，姊姊的同學跟老師都說她轉學了，姊姊說的是眞的，她根本沒有騙我！」

「就算她沒騙妳，她故意說出這種企圖要妳放水的話，本來就不對。」媽媽理直氣壯地反駁，還微笑告訴我：「好了，不要再管姊姊的事了，快點練習，只要贏了下星期的比賽，妳就是第一名嘍，到時候媽媽會買妳想要的禮物給妳。」

「我不要禮物，不要第一名，我只要姊姊！」

那晚媽媽又大發脾氣，我躲在被窩裡哭了好久，完全沒心思考慮比賽的事。

幾天後，先前錄的那集節目播出，我故意漏唱的那十幾秒鐘，在播出時徹底消失，不留一點痕跡。

還未能釐清這一切，有關我的流言已經傳開。

過去會跟姊姊一起來班上找我的學姊們，紛紛在學校裡散播謠言，說電視臺是爲了不讓不知道內情的觀眾發現評選結果不公平，才刻意將我失誤的畫面剪掉。

但爲什麼要這樣做？

「我哥哥說，有可能是因爲李莫的支持者最多，畢竟不少人都是爲了她才會收看那個節目，要是她眞的被淘汰，一定會引起很多觀眾的不滿，說不定還會打電話去電視臺抗議，害收視率變低，所以他們才讓她晉級，然後剪掉她忘詞的畫面。」

「可是這樣對其他參賽者很不公平，不管她唱得多好，忘詞就是忘詞了，怎麼可以晉級？」

「因爲李莫不但會唱歌，人也長得可愛呀，評審們也都最喜歡她，捨不得她被淘汰，所以就放水嘍。」

「既然如此，其他人幹麼還那麼努力唱？反正表現得再好，也贏不了李莫那張臉。」

「就是，我哥哥也這麼說。」

我在福利社裡聽見幾個高年級生這麼說，內心的所有疑問都藉由這段對話得到了解答，而且這也是最合理的解釋。

媽媽說，姊姊是作弊，是想誘使我把晉級機會讓給她。

可是眞正作弊的究竟是誰？眞正被犧牲的又是誰？

「小莫，有一天妳會懂，很多人本來就是無論再怎麼努力，都無法實現夢想的。」媽媽告訴我，「所以妳更應該珍惜上天給妳的一切，全世界有多少小孩想和妳一樣，都還沒有辦法呢。」

這番話對當時年僅七歲的我而言，是個不小的打擊，尤其媽媽還是帶著溫柔的笑意說，更顯得殘酷至極。

總決賽的那天早上，我告訴媽媽我不想去比賽，無論如何都不肯出門。

媽媽無視我的抗拒，仍然硬是將我帶去電視臺，結果我一路哭，哭到登臺前都還無法停下來。那是我第一次如此厭惡所謂的比賽，無論是觀眾或評審，還是媽媽，都讓我覺得好討厭、好不想面對。

我的狀態失控到令拍攝進度大幅延宕，沒有人知道我究竟是怎麼了。時間一分一秒過去，我依然不願配合，最後爸媽不得不決定放棄比賽。

我就這麼錯失那次機會，冠軍也因此拱手讓人。

觀眾們失望，親戚們也失望，媽媽更是灰心至極，她說我糟蹋了她的栽培，白白浪費上天給我的一切美好。

儘管沒有再上電視唱歌，但是以我的知名度，當時仍吸引了幾家廠商跟經紀公司來洽談合作，只是無論大人們怎麼哄誘我，我始終拒絕再度出現於螢光幕前。

曾經紅極一時的美聲小天使就這麼銷聲匿跡，漸漸被眾人所遺忘。

原本爲我付出無數心血的媽媽，此後再也不像過去那樣無微不至地照顧我，尤其在她和爸爸一樣全心投入工作後，便更少把注意力放在我身上，我只能自行打理生活起居。

即使卸下過去的光環，回到普通人的生活，我還是不時會夢見姊姊鬆開我的手的那一幕，當時的悲傷並未隨著時間而從記憶裡淡去。

而我沒料到的是，升上國中後，竟還是有同學對於我參加過比賽有印象，再加上許多男生都想認識我，導致一些女生看我不順眼，所以關於我的閒話從來就沒少過。

「聽說這禮拜又有三年級的學長跟李莫告白了，眞誇張。」

「哼，每次看她在男生面前擺出那副冷冰冰的踐樣，就覺得有夠討厭。以爲小時候上過電視了不起啊？還不是靠那張臉才能吸引男生，否則誰想理她？」

「對啊，連那些男老師也一樣，看她長得漂亮就偏心，說話時還特別溫柔，超級噁心的！」

我在廁間裡靜靜聽著她們對話，在外面邊洗手邊交談的那兩個女生，是平時和我交情不錯、常來找我聊天的同班同學。

這天下午，又有一名三年級的學長向我告白，希望我可以當他的女朋友。

我不認識對方，也沒見過他，原本打算當場拒絕。但我想起那兩個女同學說的話，因此反問對方一句。

「你爲什麼喜歡我？」

他似乎沒料到我會這麼問，頓時吞吞吐吐。

「因爲我覺得……妳很漂亮。」

「所以如果我不漂亮，你就不會喜歡我了嗎？」

學長被問得啞口無言。

這件事讓我對男生更加排斥，也不願再結交任何女生朋友。

上了高中，我依舊沒有朋友，不是她們拒絕我，而是我決定拒絕她們。我無法接受她們表面上和善地接近我，卻背地裡將我批得體無完膚。

我變得相當孤僻，而且過去的遭遇其實也影響了我，因爲隨著年紀增長，我逐漸明白了一些事。

姊姊會在宣布晉級人選的前一刻對我露出微笑，是因爲她本來已經百分之百確定，她打敗了我；而結果公布後，姊姊之所以放開我的手，多半是由於看透這場比賽的不公，才會對一切絕望，包括對我。

可是，我時常想起她當時的笑臉。

領教過一張又一張笑臉背後的不懷好意後，我偶爾會忍不住想，說不定姊姊也不是眞心對我好。或許就如媽媽所說的那樣，姊姊之所以告訴我家裡的事，是希望我能爲她做些什麼。

例如放棄比賽。

對姊姊的愧疚跟懷疑，以及對大人們的失望跟不信任，讓我不敢再輕易相信他人。我不願與任何人深入接觸，並將與人來往視爲一件痛苦的事。

有一天，我在午休時間去了趟圖書館，經過音樂教室時聽見鋼琴的彈奏聲。

但引起我注意的，其實是伴隨著琴聲的甜美歌聲，對方正在唱王菲的〈矜持〉。

歌聲很好聽，我不禁停下腳步朝音樂教室裡望去，有個短髮女孩坐在鋼琴前自彈自唱。

對方很快就發現我，驚得從琴椅上跳起來。

「嚇我一跳，我還以爲是教官。」她看看我，鬆了口氣，隨即友善地說：「妳要用鋼琴嗎？」

「沒有，我只是路過。」我原本打算離開，不過遲疑了一會，還是忍不住開口：「妳唱歌很好聽。」

她一愣，雙頰泛起紅暈，害羞地笑得十分開心，「謝謝妳！」

我扯扯嘴角，轉身要走，女孩卻突然衝過來，結果一樣東西從她身上掉下，落至我的腳邊，是某個男生的照片。

女孩大驚失色，迅速撿起照片藏到背後，但我已經認出照片裡的人，是三年級的吉他社副社長邱淨澤，他頗受女孩子歡迎。

「妳別誤會，我……我……」女孩結結巴巴，耳根都紅了。

「我沒看見。」我裝作不知情，給了她臺階下，再次抬步時卻被她叫住。

「我叫鄭欣亞，是十一班的。」

我有些困惑，她讀懂我的眼神，於是解釋：「抱歉，因爲我沒想到會被妳稱讚，一時太過開心，就忍不住……」

「因爲被我稱讚，所以妳很開心？」我依舊不解。

「是呀，妳不是也很會唱歌嗎？以前還上過電視比賽。能夠被妳肯定，感覺特別不一樣！」

她說得興奮，絲毫沒有注意到我臉色微變。

我想走了，然而她又緊接著說：「妳有加入社團嗎？」

「沒有。」

「那妳要不要加入歌唱社？我就是歌唱社的。如果妳有興趣，一起唱歌好不好？」

「我沒興趣。」

被我果斷拒絕，她難掩失落。我趁機離開，但她最後說的那句話一直在我耳邊縈繞。

「一起唱歌好不好？」

幾天後，我在走廊上再度巧遇鄭欣亞。

「李莫！」她熱情地向我打招呼，她身旁的友人紛紛朝我投以納悶的眼神，我也被她嚇了一跳。

她跑到我面前，靦腆地說：「能再見到妳眞是太好了，其實我本來想去妳的班上找妳，但我怕妳會不高興，所以才沒有去。」

「妳找我有什麼事？」

她臉頰微紅，有點手足無措，「關於上次我在音樂教室掉的東西，我想請妳幫我保密，別跟任何人說，可以嗎？」

我想了下，意會過來她是指邱淨澤的照片，便回：「我不是說我沒看到了嗎？」

「我知道，但我想妳是故意那麼說的……」

我微微一怔，隨即改口：「我不會說的。」

她欣喜地鬆了一口氣，「太好了，因爲我有幾個朋友也都暗戀邱學長，要是被她們發現，我擔心會當不成朋友。」

我凝視她片刻，「不用擔心，就算我不想保密，也不會有人知道。」

「爲什麼？」

「因爲我沒有可以說祕密的對象，我沒有朋友。」我輕描淡寫地表示。

這次換她定定凝視我，我想離開，她卻拉住了我的手。

「那個……我知道這樣問很厚臉皮，但妳願不願意跟我做朋友呢？」她的話音略飄，看起來有些緊張。

「我沒打算交朋友。」我毫不考慮地拒絕。

她又臉紅，趕緊改口：「對不起，我說錯了，我不是那個意思，應該是我希望妳能讓我當妳的朋友才對！」

這個說法乍聽之下和先前差異不大，所包含的誠意卻大為不同，至少我能感受到她並非出於同情或憐憫才這麼說。

雖然如此，我仍想回絕，然而不知怎地，她眼神裡的誠懇令我一時語塞。

上課鐘聲響起，見我沒回應，她匆忙地說：「不然這樣好了，我們約放學後見面，請妳來視聽教室，我會在那邊等妳的！」

說完，鄭欣亞就跑走了。

放學後，我本打算無視這個約定，直接回家。然而鄭欣亞懇切的眼神不斷在腦海裡浮現，我不禁陷入掙扎，因為她可能眞的會等到我出現為止。

結果，我還是去了視聽教室。

鄭欣亞獨自站在教室門口，看到我出現，她一副喜出望外的樣子。

「謝謝妳，妳眞的來了，我好開心！我本來以為妳不會理我呢！」

她激動的模樣讓我不好意思直視她，於是尷尬地瞥了眼視聽教室的大門，音樂聲隱隱從門內傳出，「為什麼要約我來這裡？」

「喔，這個……其實這是我情急之下想到的地點。因為當時上課鐘響了，我又剛好想到視聽教室，才會說約在這裡，不好意思讓妳跑這麼遠。」她再次紅了臉，「對了，既然都來了，妳要不要進來參觀一下？這就是歌唱社平常使用的教室，現在正好有人在唱歌。」

我還沒來得及表明自己是來回絕她的請求，她已經推開視聽教室的大門。

偌大的教室裡有十幾名學生，氛圍之熱鬧，就像身處大型KTV包廂。

其中幾個女生看到我時十分訝異，接著彼此交頭接耳，而正拿著麥克風唱歌的那個男生一看見我便眼睛一亮，走了過來。

「鄭欣亞，妳眞厲害，居然可以把李莫拉進我們社團！」

「不是啦，社長，我只是帶她來參觀。」鄭欣亞澄清。

「那更應該邀她進來啊！」

我才要開口說話，教室大門就被打開，一名長相俊秀的男生踏了進來，令在場的女同學們一陣騷動，是邱淨澤。

邱淨澤一看到歌唱社社長，立刻擰起眉頭，「大隻，剛剛是你在唱歌吧？」

「對啊，怎樣？」

「你音量太大了，吵得我們沒辦法練習，麻煩收斂一點。」

「奇怪，爲什麼是你來跟我講？你們社長咧？」

「他今天不在。」

被稱作大隻的歌唱社社長冷哼，「喂，邱淨澤，你不會忘了我這裡的規矩吧？有事想拜託我，就得跟我比賽唱歌，不然我可不會理你。」

「我唱了你就會安靜？」

「當然，前提是你得到的票數要贏過我！」

邱淨澤無奈地從大隻手中接過麥克風，女孩們都開心歡呼，鄭欣亞更難掩激動。

「你剛剛唱的是什麼歌？」

「張宇的〈愛一個人好可怕〉。」大隻說完，邱淨澤噗的一聲笑出來，大隻當場惱羞，「你笑屁啊！」

「你的規矩裡沒有不能嘲笑你這一條吧？」邱淨澤聳聳肩，「那我開始唱了。」

邱淨澤一手插在口袋，頂著眾人期盼的目光，氣定神閒地望向投影布幕。音樂一播放，他便將麥克風移至嘴邊。

孤單單就容易幻想　看星星都想到流浪
想到一個夠遠的地方　遠的能夠拉扯斷過往
回頭像看著別人的傷　我可以不慌

月光光冰涼地飄散　吹吹風淚水就流下
我對黑夜不停地說話　我恨白天瀟灑得太假
晚上沒力氣再去抵抗巨大的感傷

愛一個人好可怕　愛得心都不在家
試遍有可能遺忘的辦法　轉身又想她
愛一個人好可怕　愛得習慣講謊話
騙人寂寞是緣份沒來啊　其實還想等她吧

（〈愛一個人好可怕〉詞：姚若龍　曲：張宇）

邱淨澤的歌聲一點也不像他的外表那麼斯文，嗓音十分渾厚成熟。
女孩們聽得如痴如醉，鄭欣亞用力地握緊雙手，痴痴凝視著他唱歌的姿態。

見她眼角泛著淚光，我並不覺得誇張，因爲連我都被邱淨澤的歌聲深深撼動，甚至一度起了雞皮疙瘩。

那時候，我的目光完全離不開他。

✦

正是自從莫名其妙參觀了歌唱社的練習後，我和鄭欣亞的互動就變多了。有時她會來教室邀我一起吃午餐，沒去社團的日子，她也會主動約我一起回家。隨著她來找我的次數越來越多，我也越來越說不出拒絕的話。

她和我那麼親近，似乎令她原本的朋友難以諒解，我從那些人的眼神裡察覺出她們對我並無好感。不過，當有天從鄭欣亞口中得知，她因爲我而和一個朋友起了爭執時，我還不太相信，以爲她在說謊，畢竟除非她站在我這邊，否則怎麼可能？

「我那個朋友喜歡一位學長，可是那位學長向妳告白過，所以她不喜歡妳，也不希望我繼續跟妳來往，結果我們一言不合，就吵架了。她到現在還不肯理我，可能會跟我絕交吧。」她苦笑。

我盯著她，「那妳爲什麼不照她的話做？」

「因爲我覺得這是兩碼子事，她只是在遷怒而已，但不管我怎麼說，她就是不能接受，我不喜歡她因此一直說妳壞話。」她難掩落寞地嘟囔，「那明明不是妳的錯呀。」

我依舊半信半疑，但之後在校園裡看見鄭欣亞時，她都沒有跟那個討厭我的女生在一起，兩人似乎眞的形同陌路了。

無論鄭欣亞是否眞心替我打抱不平，她不惜爲了我而和好友絕交這件事，還是令那時的我耿耿於懷，也因此一天比一天在意她。

她是個什麼想法都寫在臉上的女孩，即便只是撒了個無傷大雅的小謊，或是稍微有點心虛，她都會滿臉通紅、眼神游移；情緒激動時，也會忍不住眼眶含淚，這樣率眞的她彷彿完全沒有一絲心機。

我明明已經不敢再輕易信任別人，她卻在不知不覺間走進我的生活，讓我內心的戒備一點一滴消失。

後來，我不再有跟她保持距離的念頭，而我們開始會在午休時間偷溜到音樂教室，她喜歡在那裡一邊彈琴，一邊和我分享她的心事。

得知她只會找我在中午時一起去音樂教室，我才發覺她是眞的把我當成她的知心好友。在我面前，她毫無顧忌，什麼事情都說。

有天她告訴我，她最大的夢想，就是成爲一位音樂老師。

「就這樣嗎？」我問。

「爲什麼這麼問？」她眨眨眼。

「我以爲妳最大的夢想是成爲邱淨澤的女朋友。」

欣亞紅透了臉，「我根本沒想過這種事，而且這是不可能的，他已經有對象了！」

「眞的？」

「對呀，難道妳不知道?邱學長跟吉他社的社長在一起。」見我神情訝異，她繼續說：「邱學長是同性戀，他喜歡的是男生。」

這點我確實不曉得。

接著，欣亞突然吞吞吐吐起來：「不過坦白說，我的確有一個關於邱學長的願望。」她絞著手指，「如果可以，我希望有一天學長可以爲我彈吉他，而我就站在他的身邊唱歌。」她害羞得將整張臉埋進手心，彷彿恨不得挖個地洞鑽進去，「天哪，我眞的說出來了，我從來沒有跟別人說過這件事，好丟臉唷！」

「雖然妳擔心其他朋友會知道妳喜歡他，但我想她們早就看出來了吧？妳的態度太明顯了，尤其是提到邱淨澤的時候。」我不禁笑了。

「嗯，老實說我也這麼覺得，我根本藏不住祕密……」她稍微將雙手往下移，露出一雙眼睛，「可是想跟邱學長一起唱歌這個願望，我只有告訴小莫妳，妳千萬別說出去喔。」

「放心，我說過了，我沒有可以聊這種話題的對象。」

——除了妳。

跟欣亞在一起的時光，使我重獲曾經不敢再期望擁有的溫暖。

久違的笑容回到我的臉上，她讓我的世界不再只有孤單寂寞。

認識她兩個月後，某個夜晚，欣亞在電話裡問了我一件事。

「爲什麼妳不再唱歌了呢？是因爲不喜歡了嗎？」

雖然已經和她成爲朋友，但我並未讓她知道小時候發生的那件事。

她的關心令我動搖，最終鬆口說出了一切，包括當時爲何沒有參加總決賽，以及之後不再出現於螢光幕前的原因。

欣亞靜靜聆聽，當我說完後，我似乎聽見她微微不穩的呼吸聲。

「這不是小莫妳的錯。」她有些激動地說，「不管是那個姊姊的事，還是評審刻意放水的事，都不是妳的責任，怎麼可以怪妳呢？」

「妳真的這麼認為？」

「當然，妳很勇敢，比起勝負，妳更在乎那個姊姊的處境，這是很了不起的。妳媽媽因此對妳失望，甚至對妳變得冷淡，實在是太過分了。妳放心，就算別人不懂，至少還有我能理解妳的心情，妳沒有做錯任何事，所以千萬別放棄最喜歡的唱歌，好嗎？」

聽著欣亞的鼓勵，我默默哭泣，久久無法止住淚水。

也許，我的內心深處始終期盼有個人能這麼對我說，期盼有個人願意理解我，告訴我可以不必為此放棄歌唱。

而欣亞就是那個人。

因為她，我才終於有勇氣再度在他人面前唱歌，聽眾自然是欣亞。

初次聽我唱完歌，她用力地為我鼓掌，顯得驚豔和興奮不已。

「妳的歌聲甜美又清亮，難怪以前有那麼多人喜歡聽妳唱歌。這樣的好聲音沒被更多人聽見太可惜了，小莫，妳加入歌唱社吧！」

「不了，我沒打算在其他人面前唱，因為是妳我才願意唱的。」我搖頭。

欣亞似乎很感動，笑得雙頰紅撲撲的，「別這麼說嘛，只要大家聽到妳的歌聲，肯定就不會再亂說妳的閒話了。想到以後可以跟妳一起唱歌，我就覺得好榮幸，也好高興！」

多年後回想起來，我仍覺得和欣亞一同唱歌的那段日子是最快樂的。

在她的面前，我可以盡情地展現自我，不必擔心會因此傷害了誰。

某天放學，我來到視聽教室門口，等欣亞結束社團活動後一起回家。

「學妹。」一個男生突然從隔壁教室的窗戶探出頭，那裡是吉他社的教室。他朝我問：「妳現在有空嗎？可不可以請妳幫我一個忙？」

是邱淨澤。

我走過去，他遞給我一張紙，上頭印了歌詞，「妳聽過這首歌嗎？」

我看了一眼，點頭。

「太好了，可不可以請妳幫忙唱女生的部分？」他笑了笑，「下個月有社團成發，我跟一個女社員要合唱這首歌，可是現在只有我一個人在。我剛才練唱了一下，發現還是有個人一起練習會比較好，結果正好看到妳在外頭。」

聞言，我默然幾秒，搖頭拒絕，「對不起，恐怕不方便。」

「拜託啦，這首算是老歌，我身邊會唱的人不多，妳就當作是順手幫忙，沒有要求妳唱得多好，只要別五音不全就行了。」

邱淨澤再三請託，想到他是欣亞喜歡的人，又擔心堅持拒絕會讓場面變得尷尬，因此最後我還是決定答應，打算幫完就盡快離開。

我們坐在教室裡，他拿著吉他試了幾個音，接著開始唱第一段歌詞。

輪到我的時候，我一出聲，邱淨澤便抬眸看了我一眼。

除了欣亞，這是我第一次跟別人合唱，而與邱淨澤合唱的感覺，和與欣亞合唱時截然不同。

當我的歌聲跟邱淨澤的歌聲重疊在一起時，我不禁渾身輕顫，甚至起了雞皮疙瘩。

邱淨澤的聲音和我非常契合，我們完全不像是第一次合唱。近乎完美的共鳴一次次震撼著我的感官，使我心跳加速，一度深深沉浸其中。

這份感受是前所未有的。

合唱完畢，我跟邱淨澤一時間都沒有開口說話。

他放下吉他，笑笑地看我，眼中的情緒難明，「好厲害，沒想到妳這麼會唱。」

我的身心還殘留著悸動，但我不想讓他看穿我的心思，因此不動聲色地說：「過獎了，學長才厲害。」

他的視線又停在我臉上片刻，好奇地問：「妳在氣我硬是要妳幫忙唱嗎？別人看了妳現在的表情，可能會以爲我欺負妳。」

「我沒生氣，我本來就習慣擺這張臉。」

「爲什麼？」他眨眨眼，旋即恍然大悟，「我知道了，妳是想用這招逼退那些企圖接近妳的男生吧？妳的確長得挺漂亮，但也不必時時刻刻都抱持著戒心，這樣太辛苦了，而且也沒必要，因爲對妳沒興趣的男生還是很多的。」

儘管他笑得親切，仍掩藏不住話裡的嘲諷，我似乎被他瞧不起了。

「我知道，我並沒有懷疑學長別有居心。」

「喔？爲什麼？」

「你不是已經有交往對象了嗎？」

此話一出，氣氛頓時變得微妙起來。

「嗯，既然妳知道，那就沒必要再這麼ㄍㄧㄥ了吧？不需要爲了別人刻意隱藏自己最眞實的一面，妳說對吧？」

我沒答話。

他收好吉他站起身，「謝謝妳的幫忙，跟妳合唱很愉快，希望能有機會再聽妳唱歌，我會向歌唱社的社長推薦妳的，再見。」

邱淨澤離開後不久，欣亞也從視聽教室出來，我們一起回家。

走出校門時，欣亞忽然興奮地拉拉我，伸手指向站在對街的邱淨澤，他的身邊還有另一名學長。

邱淨澤的視線落向我們這裡，我遠遠看見他似乎揚起了唇角。

「不需要爲了別人刻意隱藏自己最眞實的一面，妳說對吧？」

對上那雙眼睛的剎那，方才合唱時的奇異感受再度湧上，我的喉嚨莫名有些乾澀。

因爲他的眼神讓我覺得，他似乎又問了我一次這個問題。

「小莫，妳跟邱學長認識嗎？」兩天後的放學途中，欣亞忽然問我。

我一愣，「爲什麼這麼問？」

「今天我們社長跑來找我，拜託我無論如何都要說服妳入社。他說邱學長跟妳一起唱過歌，相當推崇妳，如果妳不加入歌唱社，邱學長就會親自說服妳去吉他社。」她看著我，「這是怎麼回事？爲什麼妳會跟邱學長一起唱歌？」

我沒想到邱淨澤居然眞的跑去向歌唱社的社長說了，面對欣亞的詢問，我只能據實以告。

「抱歉，欣亞，那時我只是稍微幫了邱淨澤的忙，因爲我知道妳喜歡他，怕妳如果得知這件事，心裡多少會不舒服，所以才沒有告訴妳。」

欣亞沉默片刻，點點頭，「妳說的對，我現在心裡確實有點不舒服，但這是因爲小莫妳不信任我。妳是不是認爲，我和妳過去的朋友一樣，會因爲這樣就討厭妳？我並不是心胸那麼狹窄的人，雖然我喜歡學長，也明白妳是爲了我好，但妳這麼做反而更令我難過。」

「對不起，欣亞。」我趕緊牽住她的手，「是我不對，我答應妳，以後不會再隱瞞妳任何事了，所以妳別難過好嗎？」

眼眶微紅的她抬起目光，露出笑容，「好吧，原諒妳，不過條件是妳要加入歌唱社。除了我跟邱學長，我還希望妳的歌聲能被更多人聽見。」

越是在乎欣亞，我就越是害怕失去她，然而欣亞的這番話讓那些徘徊在心頭的不安全都煙消雲散。

我很感謝欣亞能來到我身邊。

「小莫，這個星期六來我家好嗎？我爸爸那天生日，我媽會做蛋糕，我姊姊也會叫披薩，他們邀請妳過來一起玩，過夜也沒問題喔！」

「好呀，幫我謝謝叔叔跟阿姨，那天我會準備好禮物過去的。」

和欣亞通完電話，外出買晚餐的我也正好到家。

一直以來就只有冷清的這棟屋子，不知何時已不再令我感到悲傷，我知道這是因爲有欣亞的陪伴。

有了欣亞，即使獨自一人待在屋裡，我也不會覺得寂寞。

✦

「嗨，學妹。」我在學校的走廊上遇到邱淨澤，他從容地和我打招呼。

欣亞就在我身旁，一看見邱淨澤，她頓時緊張得手足無措。

「我聽說妳加入歌唱社了，這樣很好。」他從口袋裡拿出兩張票券，「後天就是我們社團的成發日，在禮堂舉辦，前排的位子已經被搶得差不多了，這兩張票送妳們，妳跟鄭欣亞記得來賞個光。」

邱淨澤一走，欣亞便呆呆地盯著手中的票，一臉不敢置信。

「小莫，妳剛剛聽到了嗎？邱學長叫我的名字！他居然知道我是誰，難道是妳跟他說的？」

「不是，應該是他本來就知道吧。」我笑了笑。

她開心得連聲音都在顫抖，「天啊，簡直像在作夢，學長叫了我的名字……我好幸福！」

看著幾乎要喜極而泣的她，我也不自覺被那份喜悅感染，同時又有點羨慕欣亞。

這樣深深傾心於一個人的心情，是我不曾有過的。

加入歌唱社後，我開始常和邱淨澤見到面，畢竟吉他社的教室就在隔壁。

隨著接觸的機會增加，欣亞也不再那麼害羞，漸漸敢主動跟邱淨澤說話了。由於他不時會找我們去吉他社坐坐，久而久之，我們也認識了與他相熟的幾個學長。

其中一個就是阿晉學長，他是邱淨澤的同班同學兼好友，待人親切，氣質溫文儒雅，在所有學長中顯得特別穩重。

「阿晉，學妹大駕光臨了，還不快點秀幾招？」邱淨澤慫恿。

「誰理你，要秀也是你秀，別把我拖下水。」

「阿晉學長，我也想看你彈吉他，能表演一下嗎？拜託。」欣亞懇求。

「既然學妹都要求了，我不答應的話就太不應該了。」阿晉學長改口，邱淨澤馬上奚落了他一番。

那時候的我，已經可以跟邱淨澤自在地相處。我不再刻意和他保持距離，主要也是因為他跟吉他社社長穩定交往中，因此我的心裡少了顧忌。

雖然很少在社團教室看到他們有什麼親暱的互動，但有天社團活動結束時，他們一同往樓下走，就在兩人的身影即將消失的那瞬間，我看見他們的手牽在一起。

過了幾個月，高三生迎來了學測。

邱淨澤在學測中取得好成績，並且順利推甄上一所國立大學。而這陣子，我發現欣亞總是一副垂頭喪氣的樣子。

「妳捨不得邱淨澤畢業嗎？」我問。

「嗯，一想到他快要離開學校了，未來有可能再也見不到他，我的心裡就好痛苦。」她紅著眼眶，用食指敲著琴鍵，可憐兮兮的模樣令人格外心疼。「如果一直都像最初那樣遠遠看著他，或許我還不會這麼難過。可是因為跟他的距離變近了，反而讓我更加喜歡他，對於他的離開也更難接受。」

「即使畢業了，未來你們還是可以繼續聯絡，不是嗎？」

「是沒錯，不過比起我，他應該比較可能跟妳保持聯絡，畢竟先認識他的人是妳。而且如果不是因為妳，我也不可能跟他這麼親近。」接著，欣亞忽然說：「小莫，我真羨慕妳。」

我微愣，「為什麼？」

「因為這段時間看著妳跟邱學長，我越來越覺得你們屬於同一種人。你們都很有才華，各方面都很完美，跟一般人是不一樣的。」

「哪有完美？欣亞妳明明也很有才華。」

「不，小莫妳跟邱學長的才華是與生俱來的，和資質普通的人完全不同。例如我苦練很久才學會的歌唱技巧，你們卻一下子就能掌握，我的學習能力絲毫跟不上你們，這就是天才跟普通人的差別，我很清楚自己是後者。」她黯然一笑，「我眞的好羨慕妳。」

我啞口無言。

雖然明白欣亞是因爲邱淨澤即將畢業，情緒太過低落，才會說出這種話，但她的表情還是勾起我心中的某段記憶。

「我媽媽說，小莫妳是天才，就算只是隨便唱唱也可以過關。但我不是天才，只能比妳更加努力。」

我無法不在意欣亞所說的話，爲此陷入苦惱。

之後，我又偶然遇到正要去社團教室的邱淨澤。

「怎麼啦？看起來無精打采的。」他瞅著我。

「沒什麼。」

「妳來得正好，我剛好有事要告訴妳。」他從書包裡拿出一張紙交給我，「我們社長已經跟你們社長講好了，今年的畢業典禮，吉他社會和歌唱社合作演出，但只有二、三年級的社員參與。表演流程大致規劃好了，細節我們會再討論。」

我接過單子，忽地靈機一動，「你是說，兩個社團的人會同臺表演？」

「是啊。」

我難掩激動，「我能不能拜託你一件事？如果可以的話，請通融讓欣亞參加，跟你一起演出好嗎？」

「欣亞？為什麼？」

「其實……欣亞她從以前就很崇拜你，一直希望有一天能和你一起表演，這也許是她最後的機會，你能不能幫她實現這個願望？給她一個美好的回憶。」

面對這突如其來的請求，邱淨澤先是靜靜凝視我，而後點點頭。

「既然欣亞這麼希望，那我試著安排看看。」

「真的？」我大喜過望。

「當然，妳都特地拜託我了，我哪忍心拒絕？」

「謝謝你。」

「不客氣，能在畢業前看到妳這樣笑，這個忙值得幫。記得第一次見到妳的時候，妳的表情就像我欠妳一堆錢似的，一點也不可愛。」

我忍俊不禁。

「對，要這樣笑才好看，我喜歡愛笑的女生，尤其是笑起來漂亮的女生。」

「你再繼續花言巧語，我就要跟你們社長告狀了。」

「妳如果害我變成單身，我可是會決定追妳的喔。」他挑眉。

「你真的敢變回單身的話再說吧。」

關於拜託邱淨澤這件事，我沒有馬上跟欣亞說。等到節目流程定下，確認欣亞真的可以跟邱淨澤一起演出後，我才告訴她這個好消息，結果她開心得哭了。

「小莫，謝謝妳！」她緊握住我的手，滿臉通紅哭個不停，「我真的、真的好高興！」

「妳要加油，那天我會在臺下幫妳打氣的！」

「好。」她抹掉眼淚，滿懷歉意看著我，哽咽地說：「對不起，小莫，之前對妳說了妳不喜歡聽的話，我不是故意的。」

「沒關係，從現在開始，妳只要專心想著表演的事就好。接下來妳可有得忙了，不但要跟邱淨澤一起挑選曲目，還要一起練唱呢。」

「嗯，我會加油的。」她破涕爲笑，「我也應該勇敢一點，不能老是讓妳在背後幫我，所以我決定等這次演出結束，就要向邱學長表白，不留下遺憾。」

我感動地點點頭。

過了幾天，欣亞告訴我，她跟邱淨澤決定演唱〈矜持〉這首歌。

這是我第一次在音樂教室遇到欣亞的那天，她所唱的歌。每一段旋律、每一句歌詞，都深切傳達出她對邱淨澤的愛慕，這首歌由她來唱是最適合的。

爲了那一天，欣亞無時無刻努力地練唱，我深信她絕不會讓大家失望，到時候她絕對會是最閃耀的一顆星。

畢業典禮當日，欣亞跟邱淨澤是最後一組登臺，但我老早就在舞臺下等待。

眼看表演即將進入尾聲，我的心情越發雀躍，同時也看見有個熟人坐在附近。

「阿晉學長！」我興高采烈地喚他，「等等就換欣亞上臺了，沒錯吧？」

「嗯，是啊。」

「太好了，好期待他們的演出。」

「嗯。」阿晉學長臉色有異，似乎坐立難安。

見狀，我不禁問：「怎麼了嗎？」

「沒有，只是……」他還未說完，我們社長突然慌慌張張地出現。

「李莫，妳過來一下。」他將我拉離觀眾席，帶到舞臺的後臺，幾名歌唱社和吉他社的學長姊手足無措地站在那裡，唯獨不見欣亞。

「出了什麼事？欣亞人呢？她不是要上臺了嗎？」

「就是因爲這樣我們才慌，幾分鐘前鄭欣亞她突然身體不舒服，在後臺嘔吐，現在人已經被送去保健室，沒辦法上臺了。」

「怎麼會這樣？」我大驚失色。

「誰知道，可能太緊張了吧。現在我們很煩惱，等等邱淨澤就要上臺，卻臨時找不到人跟他合唱，所以我想拜託妳代替鄭欣亞，不然就麻煩了。」

我十分混亂，「那怎麼行？欣亞她——」

「拜託了，李莫。」這時邱淨澤也出現，「我聽鄭欣亞說妳常陪她練習，我想妳應該記得整首歌的歌詞，除了妳，我們想不到還有誰可以幫忙。」

我不知如何是好，外頭卻已經響起掌聲。

前一個節目的表演者回到後臺，邱淨澤不讓我再猶豫，直接拉住我的手踏上舞臺。

看著臺下的人群，我的腦袋一片空白，然而眼前的情況不容許我逃走。

邱淨澤背上吉他，用眼神給我指示。我沒有退路，只能走到麥克風前，隨著他的吉他聲唱起欣亞苦練已久的〈矜持〉。

雖然一心掛念著欣亞，但我深知不能隨便應付，搞砸了整個表演，因此我努力集中精神配合邱淨澤，仔細留意他眼神裡的每個暗示。

直到唱完最後一個字，邱淨澤也停止彈奏後，臺下響起比先前更加熱烈的掌聲。

我以爲一切已經結束，打算離開去找欣亞，邱淨澤卻忽然拿過我的麥克風。

他認眞地對現場所有人說：「謝謝大家聽到最後，而表演完之後，我想在這個舞臺上，向某個重要的人表明自己的心意。」

下一刻，吉他社社長笑吟吟地從後臺走出來，將手中的一大束鮮花交給他。

邱淨澤捧著那束花，轉頭注視我。

「李莫，我喜歡妳。」他深情地對我說，「妳願意跟我交往嗎？」

臺下所有人都面露錯愕，瞬間一片譁然。

他將花交給我，我震驚不已，「你……你在說什麼？」

「對不起，今天我們是故意讓妳上臺的。」他解釋，「每個人都以為我跟社長在一起，但這完全是誤會，我們只是很好的朋友，不過因為謠言鬧得太凶，我們也懶得澄清。我在初次跟妳合唱的那天就喜歡上妳了，可是我發現妳習慣跟男生保持距離，所以我才利用這個謠言，在妳面前裝作和社長在交往的樣子，好讓妳對我放下戒心。」

我呆若木雞，頓時明白邱淨澤會選擇在這時說出真相，並且由吉他社社長負責將花束拿過來，就是為了徹底破除謠言。

我曾經看見他跟社長牽著手，原來那是故意演給我看的。

「那欣亞呢？」我的聲音被臺下的鼓譟聲壓過，只能傳進邱淨澤耳裡，「你們說她臨時不舒服，無法上臺，難道也是騙人的？」

「嗯。」他坦承。

「你知不知道她期待這一天期待了多久？」我再也壓抑不住顫抖。

「我知道，我也知道她喜歡我，所以我很對不起她。」他的聲音低沉，「其實早在策劃這個活動時，我們就決定要安排妳和我一起演出，但我沒想到妳會拜託我讓鄭欣亞表演，所以只好先瞞著妳。後來我跟鄭欣亞說明過了，她知道我們沒有打算真的讓她上臺。」

我手一鬆，花束落到地上。

不顧現場眾人的起鬨，我衝下舞臺，拔腿跑向音樂教室。

欣亞果然一個人坐在鋼琴前。

我踏進教室要喊她，她卻率先大叫：「妳不要過來！」

她的怒吼令我當場僵立在原地。

「我從來沒有遇過這麼荒謬的事。」她頭也不抬，唇角帶著冷笑，「包括邱學長在內，每個人都突然跑到後臺，叫我把表演的機會讓給妳，不要上臺，因爲邱學長打算在最後跟妳告白，還苦口婆心告訴我這是本來就策劃好的，要是失敗了很可惜……呵呵，眞好笑。」

我不曾見過欣亞露出這種表情，頓時心急如焚，「欣亞，對不起，我眞的不知道事情會變成這樣。」

「妳不知道事情會變成這樣？可是事實就擺在眼前！」她站起來對我大吼，臉上布滿淚水，「我坐在這裡聽妳唱歌，聽邱學長爲妳伴奏，聽他對妳深情告白，聽所有人爲你們歡呼……妳知不知道那是什麼心情？無論逃到哪裡，我都聽得見你們的聲音，聽得見妳唱〈矜持〉，還有學長對妳傾訴愛慕之意。你們爲什麼要把我逼到這種地步？」

欣亞的語氣淒然，我忍不住也落下眼淚。

「既然我最重視的東西被妳奪走了，我也不需要再忍耐了。」她惡狠狠地瞪視我，「其實妳一直都瞧不起我吧？看我那麼迷戀邱學長，妳肯定在心裡恥笑我對不對？」

「妳怎麼會這樣說？我沒有！」

「少騙人了！」她又吼，「你們都一樣，個個瞧不起我，尤其是社團的那些學長姊。妳知不知道他們怎麼看我？怎麼在背後嘲諷我？他們說我是藉由妳接近邱學長，說我厚臉皮，不懂得照照鏡子。在他們眼中，我只是介入你們兩個之間的電燈泡，根本沒資格和你們站在一起！」

我心一涼，不敢置信，「這是眞的嗎？妳爲什麼沒跟我說？」

她冷笑，「說了又怎麼樣？妳能懂嗎？像妳這種得天獨厚的佼佼者，能明白我們普通人的心情嗎？妳既漂亮又有才華，自從跟妳在一起後，我就只能被忽略，變得越來越沒自信，也越來越不快樂。是妳讓我認清了現實，不管我再怎麼努力也永遠追不上妳，更別說贏過妳。妳只要輕輕一彈指，就可以把我好不容易建立起來的一切摧毀掉，使我徹底淪爲不值一提的笑話。」

「欣亞，拜託妳不要說這樣的話！」

「我就是要說！如果不是因爲妳，我不會變得這麼醜陋不堪，成爲一個只會自卑跟嫉妒的小丑。我曾經很努力地想理解妳的痛苦，但我終究只是個凡人，而不是像妳那樣的天才，妳的存在讓我看見自己的平庸，更明白自己果眞跟妳是不同世界的人。不管我再怎麼掙扎，所有人都會站在妳那一邊，只願意聽妳說的話，這種永無止盡的被剝奪感，妳怎麼可能體會？」

我霎時啞口無言。

「我很清楚邱學長是因爲妳才願意跟我接觸，所以就算邱學長喜歡上了妳，我也認了。可是妳今天爲什麼要上臺？爲什麼連我最後的願望也要奪走？妳明明已經擁有我想要的一切，也知道我爲了這一天付出多少努力，但最荒謬的是，這件事從頭到尾都是騙局，是因爲妳才有的騙局。那我到底算什麼？我只是被你們利用的棋子嗎？你們考慮過我的心情嗎？根本欺人太甚！」

「欣亞，求求妳相信我，我眞的不知道事情會變成這樣……」我哭著。

「對，妳什麼都不知道，妳沒有錯，錯在我太懦弱、太不自量力，以爲自己的心智堅強到可以不受妳影響，錯在本來正直善良的邱學長爲了得到妳，不惜編造卑劣的謊話欺騙我們。妳什麼都不必做，就能把身邊的人變成魔鬼，早知會淪落至此，我根本就不該接近妳，我眞的很後悔遇見妳，更恨把我變成這樣的妳！」

欣亞奪門而出，而我渾身發軟，頹然跪倒在地。

當晚我打電話給欣亞，卻始終聯繫不上。

隔日，欣亞班上的女同學來找我，告訴我昨天欣亞回家後，由於情緒過度激動，竟拿美工刀劃了自己的頸部一刀，目前人在醫院裡接受治療。

我渾身冰冷，幾乎連呼吸都忘了，「那欣亞的傷勢……」

「她頸部割傷，氣管也受了傷，雖然沒有生命危險，但聽說那一刀造成她的聲帶嚴重受損至七級殘廢的程度，言語功能也受到影響。」

「受損……那欣亞以後還能唱歌嗎？」

才剛說完，我的左臉頰便挨了一巴掌，我頓時眼冒金星，被打的地方火辣辣地疼。

那個女同學哭了起來，用冰冷至極的聲音咬牙切齒對我說：「托妳的福，醫生說欣亞再也不能唱歌了。」

◆

欣亞沒有再回學校，我從老師口中得知她已經轉學。

事情很快傳開，早就看我不順眼的人直接將矛頭指向我，說我故意用這種方式逼欣亞知難而退，藉此得到和邱淨澤一起表演的機會，而那些參與其中的學長姊沒有一個敢說出眞相。

但眞相到底是什麼？

連我都已經分不清，到底什麼是眞的？什麼是假的？什麼是從一開始就不存在的？

「小莫。」

我獨自坐在教室裡，阿晉學長走進來。欣亞出事後，他便偶爾會來關心我。

「聽說鄭欣亞轉學了？」他問。

「嗯。」

「……對不起。」

「爲什麼要跟我道歉？」我淡淡問，「你是因爲早就知道邱淨澤的計畫，所以表演當天才一副心事重重的樣子嗎？」

阿晉學長點頭，眼底充滿愧疚，「當我得知淨澤決定用那種方式跟妳告白時，我勸過他別這麼做，因爲我也知道鄭欣亞爲了那場表演付出非常多心血，看到她被蒙在鼓裡，我心裡很難受。早知如此，我就該堅持阻止他的，眞的很對不起。」

「現在說這些都沒用了，而且眞正該道歉的人不是你。」我背起書包準備回家，他卻冷不防拉住我的手。

夕陽餘暉從窗戶灑進，將他眼底的悲傷映得清晰。

他遲遲沒再開口，於是我說：「阿晉學長，恭喜你畢業了。」

而後，我離去。

我沒有再跟邱淨澤見面。

在他離開學校，欣亞也轉學過後不久，我收到他傳來的簡訊，內容寫著「對不起」。

他親手對我跟欣亞造成那麼深的傷痛，能給的卻只有這三個字。

我偶爾會去欣亞家附近，雖然欣亞轉學的同時，也搬離了那裡。

我徹底失去了欣亞，失去了曾經眞心接納我的朋友。

這道傷口從此烙印在心底，再也沒有癒合的可能。

◆

「同學，歡迎加入戲劇社！」

「登山社誠摯邀請你的加入！」

大一新生入學的那週，學校裡的各個社團都在招募社員，熱鬧非常。四處不時響起音樂跟敲鑼打鼓的聲音，許多社團爲了招攬新生使出五花八門的怪招，簡直無所不用其極。

例如，現在站在我面前的紅色恐龍就是其中之一。

不知道是哪個社團派出來的，這傢伙居然在大熱天套著厚重的恐龍布偶裝，十分醒目。他在我面前手舞足蹈，這裡跳跳那裡跳跳，結果一時重心不穩跌倒，逗得許多人哈哈大笑，而他很快又爬起來繼續跳。

我繞過他想往別處走，他卻伸手擋住我。

「李莫，妳還沒決定要參加哪個社團吧？」

對方摘下恐龍頭套，喘吁吁地抹了把沾滿汗水的額頭，那陽光般的燦爛笑容讓我一眼認出他。

是跟我同班的林逸光。

「妳找好社團了嗎？」他再問，這是我們第一次對話。

「還沒。」

「眞的？那來我的社團看看吧，我幫妳介紹！」他不問我的意願，直接把我拉到某個攤位，朝站在那裡的幾個人喊：「學長，我帶人來參觀了！」

其中一個微胖的學長眼睛一亮，「哇，是大美女耶，你這小子挺不賴的！」

「康康，在學妹面前請注意形象好嗎？別丟我們社團的臉。」旁邊的女生瞪他，對我親切一笑，「學妹妳好，妳想加入吉他社嗎？」

我這才知道這是吉他社的攤位。

「沒有，我不知道這是吉他社的攤位。」我不自覺地冷聲說。

「林逸光，你沒解釋清楚就把人家抓來？」學姊指責。

「可是我直覺認爲她會對吉他有興趣呀。」林逸光眨眨眼。

「眞是的。」學姊無奈地瞥他一眼，神情歉然，「不好意思，學妹，他這個人就是這樣冒冒失失的，做事都不經過思考。不過既然來了，妳要不要順便參考一下呢？不會彈吉他也沒關係，只要有興趣都可以加入，我們會有人負責教學。」

我接過她遞來的傳單，一時沒作聲，直到又有人喊了我的名字。

「小莫？」那個人驚訝地看著我，彷彿難以置信，「眞的是妳？妳是我們學校的新生？」

「阿晉，你認識她嗎？」學姊好奇地問。

「嗯，她是我的高中學妹。」阿晉學長的眼神流露出喜悅，「好久不見，妳好嗎？」

我怔怔點頭，沒想到會再次見到阿晉學長，頓時百感交集。

「晉哥，原來你跟李莫早就認識啦？」林逸光也開口。

學姊納悶地看他，「你跟人家很熟嗎？」

「我們是同班同學啊！」

聞言，學長姊全都看著我們三人，一個學長眨眨眼，「原來你們彼此都有關係，這麼巧。」

學姊開心地說：「這就是緣分。學妹，很高興認識妳，我叫兔子，有什麼事歡迎來社團找阿晉，就算妳沒打算入社也可以來唷。」

面對他們的熱情，我無法給予回應。

對我而言，眼前的景象不過是讓人觸景傷情罷了。

最後，我沒有加入任何社團，後來也沒有去吉他社找阿晉學長，但是林逸光卻開始經常來找我說話，讓已經習慣一個人的我不堪其擾。

「妳爲什麼就是不願意加入吉他社呢？」

「因爲我討厭吉他。」我毫不留情地給了這個答案，希望他能快點離開我的視線。

「那妳還有在唱歌嗎？我聽晉哥說，妳以前很會唱歌，但後來好像不唱了，詳細原因他沒告訴我。」

「這跟你有什麼關係？」

「我只是覺得很可惜，妳明明有才華，卻不願展現出來，放棄自己喜歡的事情很痛苦的。」

「我有說過我喜歡唱歌嗎？你什麼都不知道就少亂說！」我忍不住有些氣惱。

「我沒亂說，妳別看我好像傻傻的，在這方面我可是非常敏銳，誰和我擁有相同的興趣，我一眼就能看出來，這是眞的！」

他直率的態度讓我啞口了半晌，才冷冷說：「不管你怎麼說，我就是不會入社，你不要再來煩我了。」

「好吧，對不起。」林逸光落寞地垂下頭，「我不是故意要惹妳生氣，只是真的覺得很可惜。我曾經有過跟妳類似的心情，知道放棄自己喜愛的事物有多痛苦，所以希望能幫助妳。」

林逸光離開後，我看著他的背影片刻。

從此，他不再遊說我加入吉他社，但我不時會收到他寫給我的便利貼。

他總是能在神不知鬼不覺的情況下，在我習慣坐的位子留下一張便利貼，而且每天的便利貼樣式都不同。

他有時貼在桌上，有時貼在我的筆袋上，偶爾我翻開課本時，也可能在裡頭發現一張。內容都是日常問候，或是幾句閒聊。

例如有天某堂課考完試後，一張便利貼出現在桌角。

剛剛的考試超級難的，第二題的答案妳寫什麼？

天氣不太好的日子，他也會特地提醒。

早安早安，聽說這幾天都會下雨，妳有帶傘嗎？沒有的話，系辦有愛心傘可以借喔。

而這天，我從水杯上取下一張便利貼。

今天睡過頭，沒時間吃早餐，現在餓得半死，超想吃黑森林蛋糕！

看了內容，我望向林逸光的座位，他正趴在桌上一動也不動。

「林逸光，你的肚子超吵的，到底是有多餓？」他的朋友取笑他。

「餓到前胸貼後背了。」他哭喪著臉。

林逸光是宛如太陽的存在。

人緣極好的他，和每個人都相處融洽，有他在的地方往往特別熱鬧，充滿歡笑聲。他那輕易便能吸引他人目光的特質，使他的身邊永遠都圍繞著一群朋友。

雖然他沒有再來跟我說話過，我的目光卻開始不自覺追隨著他。無論是他開懷大笑的模樣，還是神采奕奕背著吉他跑來跑去的身影，不知為何都讓我無法移開視線。

後來我才意識到，這其實是羨慕的心情。

他那看似沒有任何煩惱跟憂慮的笑容，以及沉浸在喜愛事物中的投入表情，令我非常羨慕。

這也是我第一次如此深切地嫉妒著一個人。

氣死我了，我今天被晉哥他們整了，他們居然偷偷用衛生棉調包我的衛生紙，害我下午拉肚子的時候沒衛生紙可以擦，只有一整包的衛生棉！

他持續寫便利貼給我，與我分享心情，因此即使沒有直接的交流，我還是可以知道他發生了什麼事。

看了這次的便利貼，我不小心笑出聲，隨即尷尬地連忙將便利貼收起。

隨著習慣了每天收到他的便利貼，我的心境也產生微妙的變化。早上睜開眼，我總會不禁猜想他今天又會寫些什麼給我，曾幾何時，即使只是微不足道的內容，也能使我感到前所未有的安心。

兩個月後的某天，我意外地沒有收到便利貼。

那天他沒有出現在教室，而且接下來整整一個禮拜，他都不見蹤影，宛如人間蒸發。

我不曉得林逸光去了哪裡，還是發生了什麼事，一想到他可能出了意外，我就不禁坐立難安。糾結了好一陣，最後我想起一個人，於是在下課後前往吉他社的社辦。

我站在社辦門口，阿晉學長一發現我，立刻驚喜地過來詢問：「小莫，妳怎麼來了？是來找我的嗎？」

「嗯。」我點點頭，「阿晉學長，我想問一下，林逸光這幾天有來這裡嗎？」

「逸光？妳在找他？」阿晉學長才說完，之前見過的康康學長及兔子學姊也走來，康康學長直接替他回答：「逸光那個小子住院嘍。」

「住院？」我嚇了一跳。

「是啊，他前陣子吃了太多垃圾食物，不小心得到急性腸胃炎。」兔子學姊竊笑，「不過他好像今天就出院了，不曉得會不會來社辦。」

我頓覺十分尷尬，「我知道了，謝謝，那我先走了。」

「這麼快就要走？進來坐嘛。」學姊熱情地邀請。

「不用了，我只是來問問而已。我還有事，必須先走了。」

「好吧，那妳下次一定要再來玩，叫逸光帶妳一起來吧！」

離開社辦走向校門口的途中，我在心裡鬆了口氣。

原來是得了急性腸胃炎，不過他究竟吃了什麼東西？

正要踏出校門時，突然有人在我後方遠遠大喊：「李莫！」

陽光正豔的清澈藍天下，林逸光向我飛奔而來。

他跑到我面前，兩手撐在膝蓋上喘個不停，話說得斷斷續續：「我剛剛……去社辦，學長他們說……妳有去找我……」

我試圖保持平靜，藏起一瞬的心慌，「我只是剛好經過，然後看見阿晉學長，就順道問一下而已。」

「我知道。」他抬起頭，笑容燦爛，「可是我還是很高興。謝謝妳！」

我無法直視他，心跳也無法落在該有的節拍上。

「對不起，這幾天我住院了，沒辦法寫便利貼給妳，本來想傳簡訊，可是我不知道妳的手機號碼。」他解釋。

「寫便利貼又不是你的義務，沒必要跟我道歉。」我淡淡說。

「是沒錯，不過大概是因爲寫習慣了，一天沒寫給妳，就覺得很過意不去。」呼吸稍稍平穩後，他打量了下我，「妳要回家了？妳住在這附近嗎？」

「我住學校宿舍，現在正打算去書店。」

「那我可不可以陪妳去？」

我這才驚覺自己居然就這麼據實以告。

但更令我匪夷所思的是，我答應了他的請求。

雖然這是第一次跟林逸光走在一起，然而不曉得爲什麼，我並不覺得不自在。

也許是因爲這兩個月以來，天天都收到他寫的便利貼，對他的事有了一定程度的了解。當我發現自己已經習慣他的存在，完全沒有心生反感時，我才明白原來自己不討厭他，甚至還想知道更多他的事。

於是我主動開口：「我有一件事想問你。」

「什麼事？」

「之前你說過，你也曾經放棄自己喜愛的事物，那你當初放棄的理由是什麼？」

「喔，這個啊。」他摸摸鼻子，少了點平常的開朗，多了幾分認眞，「因爲我所喜愛的事物被我最親近的人狠狠反對，所以有段時間我很灰心，也做過荒唐的事，幸好後來我還是沒辦法放棄，並且想通了，覺得也許這就是我該面對的考驗。我告訴自己，正是因爲將來我一定會站上那個想要的位置，所以現在遭遇的挫折都是爲了未來做準備，是必經之路。這麼想之後，我釋懷許多，也更加確認自己的決心，於是不再自暴自棄，而是繼續努力前進。」

我怔怔地聽著。

「雖然人人都說要追求夢想的話，一定得捨棄或者失去一些東西，但我認爲，就算我眞的爲此失去了什麼，命運也會安排它以另一種形式回到我的身邊。」

「另一種形式？」

「嗯，比如說，妳失去了一個對妳來說非常重要的人，那麼命運就會再安排另一個重要的人來到妳身邊，我是這麼相信的。」他再度揚起笑容，「無論妳是不是因爲曾經失去了什麼，導致不敢放手去做自己想做的事，那都沒關係。只要妳不排斥，我就會繼續寫便利貼給妳，即使這麼做不能撫平妳的遺憾，我也希望能讓妳稍微開心一點，並且知道還有人打從心底關心妳。」

他的話令我喉頭微微一哽，內心酸澀。

「如果是這樣，其實你也不必天天寫，浪費一堆便利貼，可以直接來跟我說啊。」

「呃……因爲我以爲妳不想再和我說話了，而且有些事情很難開口，實在不好意思用講的。」他撓撓臉頰。

「你是指衛生紙被調包成衛生棉這類的事？」

「吼，丟臉死了，現在想想還是很糗。害我只好趕快打電話給我同學，叫他們幫我送衛生紙過來！」

我忍不住笑了起來。

那個時候，是逸光爲我找回了笑容。

他喚醒了我心中許久未有的渴望，那就是想要跟某個人在一起的心情。

我一天比一天喜歡和他說話，一天比一天喜歡他對我笑著的模樣，一天比一天喜歡待在他身邊。

在他又持續寫便利貼給我一個月後，有一天，他寫了一張內容不同於以往的便利貼。

莫莫，我不想再寫便利貼了。

雖然我曾告訴他，不必再特地寫便利貼給我，但此刻看見這行字，我還是不免愕然。

就在我以爲他是感到厭煩了，並爲此落寞跟難過之際，突然發現底下還有一張便利貼。

從今以後，我想直接用說的。我想一邊牽著妳的手，一邊親口說給妳聽，好嗎？

讀完這段話，我先是整個人呆愣住，接著呼吸逐漸紊亂。

渾身血液彷彿都在發燙，我咬著下唇，努力壓抑似乎就快迸出胸口的心跳聲。

然而，我怎樣也掩藏不了唇角揚起的笑意。

下課時間，趁著逸光暫時離開教室，我迅速將一張便利貼夾在他的課本內。

鐘聲響起，臺上的講師才開始講課沒多久，他便冷不防大叫一聲，把所有人都嚇了一跳。

「林逸光，你怎麼回事？」講師瞪大眼睛。

「Yes-Yes-Yes！」逸光居然站到椅子上放聲吶喊，激動得臉都紅了，「老師，我真的覺得我是全世界最幸福的人了！」

同學們雖然一頭霧水，仍被他誇張的行徑逗得哈哈大笑，而我也忍不住輕笑出聲，卻沒有轉頭看他，而是將再度熱起來的臉埋進課本裡。

剛才，我給他的便利貼裡只寫著一個字——

好。

當時他的笑臉和笑聲，我從來不曾忘記，未來也會一直記得。

記得我們最幸福的時刻。

✦

我在聲聲呼喚中睜開眼睛。

琪琪擰眉看著我，「妳怎麼直接趴在書桌上睡？」

我睡眼惺忪望向窗外，發現已經天亮了。點開手機一瞧，畫面還停留在昨晚看的影片上。

見我一副恍惚的樣子，琪琪揉了揉我的頭，「怎麼這種表情？作惡夢了嗎？」

「沒有……」此時手機響起，看到來電者，我立刻接聽，而後掛了電話便準備出門。

「要出門嗎？」琪琪瞧著忙碌的我。

「嗯，妳如果有想吃什麼再跟我說，我幫妳買回來！」我拎起包包，用最快的速度跑出家門。

頭頂上的天空是澄淨的湛藍，彷彿與當年剛出院的逸光在陽光下朝我奔來時，我所看到的天空一樣。

「就算我眞的爲此失去了什麼，命運也會安排它以另一種形式回到我的身邊。」

「比如說，妳失去了一個對妳來說非常重要的人，那麼命運就會再安排另一個重要的人來到妳身邊，我是這麼相信的。」

穿過馬路，我看見一家書店，某個熟悉的身影正站在店內靠近門口處，翻閱架上的雜誌。我氣喘吁吁地走近，而對方剛好抬起頭，向我這裡望來。

他的臉上隨之揚起的笑容，讓我驀然一陣鼻酸。

大叔踏出書店，走進陽光裡，然後在我眼前停步。

「妳用跑的？」我點了點頭，他莞爾一笑，「慢慢來就行了，我不是說會等妳嗎？」

「可是我不好意思讓你久等……」我抿抿唇，「大叔今天怎麼會來？」

「我來辦點事情，碰巧經過妳之前打工的蛋糕店，就想到了妳，所以才問妳今天忙不忙，想請妳吃頓午飯。」

大叔的體貼令我心頭暖暖的，卻也忽然間不好意思對上他的目光，「謝、謝謝，不過現在還沒中午，要不要先去別的地方逛逛？」

「好啊，去哪裡？」

我想了會兒，而後靈光一閃。

我帶大叔去我跟逸光就讀的大學。

由於是週末，校園裡學生不多，大致參觀了幾棟校舍後，我便領著他前往社辦所在的區域。走進其中一間教室，我開口說：「大叔，這裡就是吉他社的社辦。逸光他過去最常坐在這個位子，他還特別在桌子上畫了圖。」

大叔望著那個座位，臉上沒什麼表情。

自從踏進學校後，我就一路說著過去與逸光在這裡共度的點點滴滴，大叔始終聽著，卻越聽越沉默。

走上講臺，我指著黑板角落幾隻動物的塗鴉，繼續說個不停：「這是逸光畫的，雖然大家都嫌他畫畫不好看，但他還是很喜歡畫。吉他社的現任社長說，要讓逸光的塗鴉留在這裡，誰都不准擦掉。還有那個……」

「莫莫。」

大叔出聲，我回過頭，發現他的目光不是落在黑板上，而是停在我的臉上。

「已經可以了，不必再介紹了。」他露出有些悲傷的笑容。

我頓時噤聲。

他走到我旁邊，關心地問：「發生什麼事了嗎？」

「爲什麼這樣問？」

「因爲我覺得妳好像怪怪的。」他凝視我，「從剛才到現在，妳都沒有正眼看我。」

我的心一緊。

大叔沒有再問下去，僅是溫柔地說：「時間差不多了，我們去吃飯吧。」

我點點頭。

來時還是晴空萬里，然而當我們走出學校時，遠方天空卻出現了烏雲，而且正在迅速蔓延。可以跟大叔見面，我是很開心的。

但只要一對上他的眼睛，想哭的衝動就難以壓抑，也許是昨晚的夢境仍不時在腦中浮現，令我一時半刻無法從情緒中抽離。

即使如此，我依舊強打起精神，以免讓大叔為我擔心。跟大叔一起吃午飯時，我沒再表現出任何異狀，帶著和平常一樣的笑容與他談天。

用餐完畢，我跟大叔步出餐廳，稍早的好天氣也像一場夢似的，天空已經不見半抹藍，下起了毛毛細雨。

「莫莫，妳有帶傘嗎？」

「我有一把折疊傘。大叔呢？」

「我沒有，我用跑的去捷運站，趁雨還不大，妳快回家吧。」

我沒想到這麼快就要跟他道別，內心頓時茫然無措，而他低頭深深注視我。

「雖然不曉得妳是不是發生了什麼事，但如果有需要我幫忙的地方，儘管開口，別跟我客氣。」大叔摸摸我的頭，眼底含笑，「謝謝妳今天帶我去參觀你們的學校，還告訴我這麼多逸光的事。回家路上要小心點。」

他跑進雨中，我怔怔望著，瞬間再也控制不住情緒，放聲大喊：「大叔！」

他停下腳步轉過身，我衝上前用力抱住他，眼淚跟著奪眶而出，所有偽裝在這一刻徹底瓦解。

雨持續下著，直到我進了大叔家都還未停歇。

接過他爲我沖泡的麥片，我安靜地坐在客廳的沙發上，沒有抬頭。

「冷靜點了嗎？」大叔問。

我點頭。

「先喝麥片吧，妳的頭髮還有點濕，我去拿吹風機給妳。」

他正要走，我開口叫住他，「大叔。」

「怎麼了？」

我凝視杯子裡冒著熱氣的麥片，啞聲問：「大叔，你覺得一個曾經害別人失去幸福的人，有資格得到幸福嗎？」

聞言，他頓了幾秒，「妳爲何會這麼問？」

「因爲我曾經害別人失去幸福。我這輩子除了傷害別人，好像什麼也不會。」

大叔沒有再問，而是在我身邊坐下，像是在鼓勵我說下去。

我嚥嚥口水，「我小學的時候，媽媽替我報名了一個兒童歌唱競賽節目，我在節目裡和其他孩子比賽唱歌，並且認識了一個對我很好的姊姊。到了比賽後半段，那位姊姊說，比賽結束後她的父母就會離異，她也必須轉學，如果想留下來，她就得拿到冠軍，可是她沒自信能贏過我。於是，爲了讓姊姊留下，我在關鍵的淘汰賽中刻意落了一大段歌詞沒唱，可是最後被淘汰的卻不是我，而是從頭到尾的演唱都零失誤的姊姊。之後，那集節目播出，我發現我當初漏唱的地方被剪掉了。」

大叔安靜地傾聽。

「當時我媽媽說，姊姊是希望我把晉級的機會讓給她，才會故意撒謊，可是姊姊後來確實轉學了，而我也親眼見證了評審的不公正，只因爲評審跟大多數觀眾都比較喜歡我，電視臺擔心若把我淘汰，有可能導致收視率一落千丈，所以他們無視我的失誤，決定犧牲姊姊。這件事對我造成很大的打擊，也讓很多人不諒解我，因此我說什麼都不肯比總冠軍賽，從此也拒絕再唱歌。」

我輕撫杯身，深呼吸後繼續說：「直到高中時，我交到一個同樣喜歡唱歌的好朋友。她認爲小時候發生的那件事錯不在我，一直鼓勵我唱歌，是她幫助我走出了陰影。」

大叔神情微動，我扯扯嘴角。

「她有個心儀的學長，和學長一起在舞臺上唱歌是她的夢想，可是那位學長卻夥同其他人欺騙她，在她夢想即將成眞的那天親自將她趕開，而且一切全是因爲我。學長喜歡我，所以他們犧牲了她，用計騙我上臺和學長合唱，只爲了讓學長能在表演結束後跟我告白。原本該屬於我朋友的舞臺，就這麼硬生生被我奪走，我甚至害她爲這件事割傷自己的喉嚨，再也不能唱歌。」

哽咽的同時，我握著杯子的手也開始顫抖。

「不管是小時候認識的那位姊姊，還是我高中時的朋友，她們都認爲無論自己怎麼努力，仍贏不過像我這種天生占盡優勢的人。因爲我擁有與生俱來的天賦跟外在條件，所以路也走得比一般人順遂，我的存在讓她們覺得自己的付出跟獲得的成果完全不對等，她們認爲我不需要努力，就可以得到比她們更好的成績。我朋友更說，跟我在一起，她只會意識到自己的平庸，不知不覺變得越來越自卑，也越來越痛苦。」

淚水落下，我忍不住啜泣起來，「我從來沒有……想要傷害任何人，可是那些重要的人，全都因爲我而受傷，因爲我而嚐到絕望的滋味。在許多人眼中，我好像什麼都有，但其實我一直承受著很大的壓力。大家對我的期待太高，我總是過著被審視、被評論的生活，不能拒絕跟犯錯。因此，當年我退出比賽，等於是辜負了所有人的期望，也令媽媽對我失望至極，不願諒解我。她說我浪費了上天給我的一切優勢，說我天眞，不懂得現實的殘酷，但那樣醜惡的現實讓我覺得非常可怕，無論如何都沒辦法接受，也沒辦法不退縮。」

我任憑淚水滴進杯中，「雖然在逸光身邊，我找回了一點唱歌的勇氣，可是我不敢再完全展現自己，時時刻刻都有人告訴我，傷害了別人的我，沒資格再唱下去。所以，我也不敢讓逸光知道這些過去，我很怕他有一天也會萌生跟我朋友一樣的想法，最終離我而去。但看著逸光那麼努力追求夢想，我又不禁感到羞愧，他那麼希望我能和他一起得到肯定，我卻始終過不了自己心裡那關。爲了不失去他，我只能不斷逃避，這樣的我根本沒資格和他並肩同行。」

聽到這裡，大叔緩緩起身，蹲在我面前，與我平視。

「莫莫，妳覺得自己沒有努力過嗎？」

我心頭一凜，含淚對上他的雙眼。

「之前妳帶我去那個叫卡門的酒吧時，曾經說過要成爲那裡的歌手並不容易，可是妳還是跟逸光一樣被錄用了。在這個過程中，妳眞的沒有付出任何努力？還是妳認爲對方只是看中妳的外表，才會讓妳進去唱歌？」

「要是無法克服這一關，妳是沒辦法跟逸光一起來卡門的。」

「依我哥的個性，不可能會因爲同情妳，就答應讓妳進卡門，一定是妳後來的努力得到了他的肯定。」

「謝謝妳讓我聽到這麼美好的歌聲，小莫。」

呆了半晌，一滴淚滑下，我搖了搖頭。

大叔淡淡一笑，「我是在二十幾歲時進入之前的公司工作，當時有位優秀的前輩十分照顧我，教了我很多事，多虧有他，我才能順利適應環境。但是經過幾年，前輩年紀大了，工作效率不如以往，腦袋也不再那麼靈光，竟犯下一連串過去絕不可能會犯的錯誤，造成公司不少損失。最後老闆決定資遣他，並且讓我取代他的職位。那時我沒法接受，甚至跑去跟老闆理論，畢竟前輩打從公司創立之初就在了，就算沒有功勞也有苦勞，不該對他如此絕情。」

說著，大叔問我：「莫莫，妳聽了覺得接下來我該怎麼做？假如老闆還是堅持資遣前輩，妳認為我是不是該同進退，不惜拋棄這些年好不容易做出來的成績，也要跟前輩一起離開？」

這次我呆愣了好一會兒，才又搖了一次頭。

大叔再度莞爾，「知道我為此抱不平後，前輩卻告訴我，老闆的決定是對的。光憑共事的情分跟義氣撐不起整間公司，要是無法創造亮眼的業績，公司自然也無法順利營運跟成長，淘汰掉能力不足的員工，是為了減輕營運上的負擔，使公司能存活下去。而老闆會決定由我接手前輩的工作，除了因為當時我的學習能力跟體力都在巔峰狀態，也是因為我的工作表現讓他們相信，我有辦法幫助公司。前輩同樣這麼認為，所以他並沒有為此不滿，反而表示將位子交給我他很放心，要我連同他的份好好努力。」

我似懂非懂。

「我之所以說這段故事，並不只是單純想告訴妳這個社會就是如此現實，也不是認同當初電視臺黑箱作業的行為。我的公司為了減少損失，決定資遣為公司奉獻了大半輩子的員工，跟電視臺為了顧及民意及收視率，決定淘汰掉人氣居於劣勢的選手，這兩件事雖然本質上不全然相同，但都是以顧全大局爲由，且說穿了都是爲了利益。」

大叔認眞地看著我，「這樣的結果，對跟妳比賽的選手而言確實相當殘酷，妳當然可以不認同，也可以不接受，但妳不該因爲讓別人失去了舞臺，就不敢再唱歌。只要是明事理的人，都知道這並非當時還是個孩子的妳必須承擔的責任，所以妳也不該讓這件事變成妳的心結。正由於妳親眼見過現實的殘酷，才更應該唱下去，就像妳也不認爲大叔該放棄好不容易累積起來的成就。讓兩個擁有夢想的人都不能再唱歌，妳眞的覺得是最好的結果嗎？」

我淚眼模糊，第三次搖頭。

「我會希望妳唱下去，是因爲我相信，妳比一般人更清楚這條路有多不容易走。若有人質疑妳，妳就用實力回應他們，畢竟能夠在臺上留到最後一刻的人，不一定是最有才華，但一定是最不願放棄的。即使妳當初因爲天生的優勢而僥倖留在臺上，若沒有持續精進，就算有再好的天賦，也遲早會被觀眾淘汰。」

大叔語重心長，「我相信逸光不會因爲妳的過去就討厭妳，因爲妳的努力他絕對都看見了。至於妳高中時發生的那件事，我可以理解妳對那位朋友有多愧疚，如果妳至今仍難以釋懷，不如鼓起勇氣跟她聯絡看看？妳可以再向她道歉一次，也可以把這些年來的心情告訴她。只要對方還在這世上，妳們的關係就有機會改變，而不是像大叔這樣，縱使再怎麼想彌補逸光，好好跟他說聲對不起，也永遠做不到了。無論如何，我都不希望妳留下跟我相同的遺憾。」

我漸漸停止哭泣。

杯子裡的麥片幾乎涼了，我依舊沒有喝，只是看著用面紙替我擦拭眼淚的大叔。

他眼底的溫柔笑意，又讓我的眼眶再度濕成一片。

這天，我徹夜未眠。

隔日，我把自己關在房間裡沉思，直到天色暗下，我才拿出一張信紙跟一枝筆，開始寫信。

我寫了一封很長很長的信給欣亞，向她傾訴與她分開後這幾年的心情，以及所經歷的事。

除了爲當年她因爲我而失去的一切道歉，我也告訴了她逸光的事情，並且坦白跟她說，我現在又開始唱歌了，未來還會繼續唱下去。現在的我不僅僅是爲了自己而唱，也是爲了所有愛我的人唱，包括曾經被我深深傷害的她。

我不奢望得到她的原諒，只希望她能夠知道，這些年來，我沒有一天不想她，沒有一天不爲她心痛，可是我已經決定不再封閉自己。

我想重新站起來，爲我們曾有的夢想努力。

如果有一天，她不再恨我，且願意原諒我，希望她也會願意看看現在的我。

這封信我寫了相當久，還重寫好幾次，因爲在寫的過程中，我的眼淚一直不小心滴落在信紙上。將寫好的信放入信封後，我開始尋覓欣亞的下落。

這幾年來我們完全沒聯繫，我實在不知從何找起，於是打電話問了欣亞當年的導師，想藉此獲得一些線索。

經過幾天的努力，我終於得知欣亞目前可能住的地方，但由於不知道電話，所以也無法撥過去確認地址是否正確。

儘管如此，我依然選擇將信件寄到那個地址。

我已經做好心理準備，也許會毫無回音，或者信會被退回，不過這是我唯一能做的事了。

寄出信件三個禮拜後，我接到一通陌生的來電。電話另一頭的溫婉女聲並不熟悉，對方卻直接問我是不是李莫。

得到我肯定的答案後，對方的聲音多了點笑意，「小莫，好久不見，我是欣亞的姊姊。」

我傻愣片刻，接著吃驚地掩住嘴，心跳瞬間加速。

「前陣子我們收到妳寄來的信，看見妳的名字時嚇了一跳，想不到妳會知道地址。妳過得好嗎？」

「我很好……」我的喉嚨乾澀，鼻頭發酸，沒料到信真的順利寄達欣亞手裡。我一時之間思緒混亂，語無倫次起來，「姊姊，欣亞她在嗎？她過得好嗎？真的很對不起，我……」

「妳放心，她過得很好，不過她不在這裡，她目前在臺中念書。我一收到妳的信就和她說了，也馬上把信轉寄給她，後來她大致告訴我信裡的內容，卻遲遲不肯透露有沒有打算跟妳聯絡。幸好，妳當初有把自己的手機號碼寫在信封上，我也剛好記下來了。我想欣亞應該還沒有回覆妳，所以才決定打個電話給妳，先跟妳說一聲她收到信了，以免妳擔心。」

我眼眶泛淚，感激不已，「謝謝妳，姊姊。」

「不用客氣。我沒想到妳還會希望跟欣亞聯絡，可見這四年來妳過得並不好，對不對？」她關心地問，「其實妳不用道歉，當年欣亞是因為太過衝動才會做那種傻事，後來我們也知道整件事錯不在妳。但聽了欣亞轉述妳的信件內容，我可以想像妳有多自責。」

我忍不住哭起來，卻不希望被姊姊聽見，只能小心翼翼地換氣，不停抹掉滑下的淚水。

「雖然我不確定欣亞會不會跟妳聯絡，但我想，她會同意我把信轉寄給她，而不是直接要我丟掉，或許就代表她的想法有些改變了。我相信這是好的開始，也相信讀完妳的信，她一定會試著重新接受妳，所以請妳再給她一點時間，好嗎？」

「嗯。」我咬著下唇，「就算欣亞不願意再接受我也沒關係，畢竟是我害得她今後都不能唱歌，這點我永遠也無法彌補。」

「小莫，別這麼說，雖然欣亞沒辦法唱歌了，可是她還是認真地在過自己的人生，並沒有從此一蹶不振。」姊姊說，「欣亞從小的夢想就是當音樂老師，為此她始終非常努力，現在不僅順利成為音樂系的學生，而且還有一個對她很好的男朋友。欣亞過得相當幸福，我希望小莫妳也能幸福，今後妳就和欣亞一樣，好好走妳的路，別被過去絆住了，好嗎？」

我再也說不出任何話。

通話一結束，我便忍不住蹲在地上，抱緊自己嚎啕大哭。

我不記得這一天究竟流了多少淚水，只記得，這晚欣亞是帶著笑容走進我的夢裡。

✦

下課後，我來到大叔的家。

摁了幾次門鈴都沒人應門，我用鑰匙開門進去，結果發現他趴在餐桌上，毫無動靜。我以為大叔出了事，嚇得趕緊上前查看，結果他似乎是看求職網站看到睡著了，睡得相當沉。

我鬆了口氣，悄悄幫他整理好桌上的東西，再拿過放在一旁的外套替他披上，目光不自覺停留在大叔的睡顏上，遲遲無法移開。

「只要對方還在這世上，妳們的關係就有機會改變，而不是像大叔這樣，縱使再怎麼想彌補逸光，好好跟他說聲對不起，也永遠做不到了。無論如何，我都不希望妳留下跟我相同的遺憾。」

我在心裡下了一個決定。

第三章

我重回吉他社的那天，學長們十分開心，一下子全都衝過來簇擁著我。兔子學姊尷尬不語，於是我主動牽起她的手，撒嬌地問：「學姊，好久不見，妳還在生我的氣嗎？」

「誰生妳的氣了？妳這個呆瓜，居然拖到現在才回來！」她眼眶微紅，笑了出來，與我相擁。

「既然小莫回來了，等等我們一起去吃飯？兔子妳也不必再對阿晉擺臭臉了吧。」社長說。

「哼。」學姊不太領情，逗得大家笑了出來，阿晉學長無奈地摸摸後腦勺。

前往餐廳的途中，社長悄聲問我：「上次對妳砸蛋的那兩個女生，後來還有再去找妳麻煩嗎？」

「沒有。」我搖頭。

「那就好。如果她們又搞什麼小動作，或是在網路上亂造謠，妳可別隱忍，佐哥會幫忙處理的。」他叮嚀我。

「謝謝，但我不能總是拜託佐哥幫忙，要是她們再犯，我會想辦法跟她們溝通，試著靠自己解決這件事，我不想當個只能被保護的人。」

社長顯得有些意外，隨後揚起笑容，「說得好，身爲卡門的歌手就是要有這種魄力。」

歷經各種風波，我感覺自己似乎成長了一些。

某天，我去了大叔家，問依舊在瀏覽求職網站的他：「大叔，這個禮拜六你有空嗎？」

「怎麼了？」

「我想帶你去一個地方。」

「去哪裡？」

「現在還不能說，那天你抽點時間給我，拜託了。」我故作神祕。

他好奇地瞧著我，答應下來。

禮拜六上午，我去接大叔，他忍不住又問要去哪裡，我仍是不肯透露半個字，只是帶著他搭上捷運。我們在某個捷運站下車，步行了五分鐘後，我在一棟建築物前示意他停下腳步。

一看到建築物外牆的招牌，大叔不禁愕然，我趁機拉著他走進去，詢問負責接待訪客的櫃檯人員：「我是來上課的人，叫李莫，請問教室在哪裡？」

對方確認完報名資料後，指向一旁的樓梯，親切地說：「請直接上二樓。」

「謝謝。」我回頭看大叔，「大叔，我們上去吧。」

「……這是怎麼回事？」他終於開口。

「大叔，你今天要在這裡上課。」說完，我推著他上樓。

二樓是陶藝教室，由於即將上課，所以已經有幾個人在裡面等待。偌大的教室中央放著一張長方形大桌，而教室後方及兩側牆壁的櫃子裡，擺滿了各式各樣美麗的陶藝品。

大叔一時看得呆了，我對他說：「這是我想送給大叔的謝禮。」

「謝禮？」

「嗯，謝謝大叔前陣子那樣鼓勵我，所以我也想為你做點什麼。」我笑了笑。

「我上網查過，發現有不少人都推薦這間陶藝班，而且離你家也不會太遠，於是就決定報名這裡的課程了。我知道你最近忙著找工作，但我不希望你給自己太大的壓力，所以才擅自替你報名，希望你別生氣。如果你眞的不喜歡，現在就離開也沒關係，我只是覺得你可以在這段期間做些感興趣的事，放鬆一下心情，這樣對身體也比較好。」

大叔陷入沉默。

不久，教室門被打開，一名穿著工作用圍裙、年約六十歲的男老師走進來。

這個班級只招收成人，一共有十二名學員。老師先是熱情歡迎大家到來，隨後便介紹今日的課程，同時他身旁的助手將陶土一一分給大家。

「製陶一般主要分爲五個步驟，首先是練土，再來是塑形、素燒、上釉，最後是釉燒。今天我先帶大家認識陶土，再教各位一些簡單物品的製作方式，比如說杯子、盤子，或者碗。」

講完製作流程，老師開始說明陶土的形成與塑性，而後宣布：「那我們現在就進入練土的部分，這樣坯體成形後，經過窯燒才不會出現問題。」

我聽得懵懵懂懂，忍不住悄聲問大叔：「什麼是練土？」

「就是用手揉土，把陶土裡的空氣排出，讓土質變得均勻，燒製時才不會裂開或起泡。」

「好厲害，大叔果然對這方面有研究！」我讚嘆地說。

他笑了笑，我們一起看老師示範。

看完示範，所有人都捲起袖子開始製作。

過程中，我不時偷瞄大叔，他非常仔細地推揉著陶土，專注的表情令我非常欣慰。

進入塑形的步驟後，我又問：「大叔想要捏什麼？」

「先做一個盤子看看。妳呢？」

「杯子！我想做一個屬於我自己、獨一無二的杯子。」我興沖沖地說。

「這也不錯。」大叔點點頭。

老師繞到我們身後，瞧見大叔捏的盤子，他開口問：「你以前學過陶藝嗎？」

「沒有，只翻過一些相關書籍，沒什麼實務經驗。」

老師長長地「喔」了一聲，顯然有些意外，「剛才看你練土的時候，我總覺得你不像初次接觸，第一次就能做到這樣不簡單，看來你很有天分。」

「謝謝。」

老師一離開，我便難掩心中的雀躍之情，「大叔，老師說你有天分耶，你果然很厲害！」

「是老師懂得鼓勵人。」他謙虛地說，被我的反應逗笑了。

等我們捏的陶器都成形後，在送進窯裡素燒前，還得先陰乾，等乾得差不多了，才能在上面刻下圖案或文字。

我在杯子底部刻了自己的名字，不禁吐了一口氣，滿足地看著眼前的成果。

幾個小時的課程很快過去，老師檢查完所有人的作品，向大家說：「各位辛苦了，今天的課就先上到這裡，下次你們可以見到自己的作品素燒後的樣子。接下來是上釉，到時我會再教大家更多的製陶技巧。」

「要等下次來才能看見成品嗎？」我有些失望。

「是啊，因爲素燒需要花一些時間，等陶器上了色後，還要再燒一次，也就是最後的釉燒，這樣才算眞正完成。」大叔回答。

離開陶藝教室，難得的新鮮感仍縈繞在我的心中。

「這是我第一次親手用陶土捏製杯子，想不到這麼好玩。」我意猶未盡，「大叔今天開心嗎？」

「嗯，很開心，謝謝妳。」他唇角揚起，若有所思，「對我來說，有這次的經驗就足夠了，所以……」

「大叔，我還有件事沒跟你說。」我打斷他，「我幫你報名的這個課程為期一個月，而今天我只是陪你來體驗的。」見他一臉驚訝，我趕緊補充，「我……我眞的不是想給你壓力，如果大叔你認爲夠了，那也沒關係，我只是覺得你在找到工作前可以來上上課，轉換一下心情。」

「那上課費用呢？」

「我已經先幫大叔付清了，不用擔心！」

「傻瓜，我怎麼可能擔心這個？爲什麼不先跟我說？既然是我要來上課，那這筆錢應該由我自己付才對。」他擰眉。

「因爲報名費必須先繳清，而且我想給你一個驚喜，所以沒有想太多……」我解釋，忍不住越說越小聲。

他低嘆，「我知道了，那麼費用多少？我還給——」

「不可以！這是我自己想送給大叔的禮物，我不希望你還我錢，我只希望你能開開心心地來上課，這對我來說就夠了。」

大叔一陣沉默。

他盯著我的目光讓我臉頰發熱，但我沒有迴避，也用認眞的眼神表明我的決心。

「我知道了。」他再嘆，彷彿莫可奈何，「不過，下個禮拜起的課程費用，我仍然會還給妳。妳還是個學生，不能替我負擔。」

他都如此愼重地表明立場了，我也不好再堅持，於是順從地點頭。

「妳啊，以後別再製造這麼多驚喜給大叔了。」

「你不喜歡嗎？」

「不是，我只是不想讓妳覺得應該爲我做些什麼，畢竟我也無法回報妳什麼……」

「我沒有要你回報我什麼，我只是希望大叔可以幸福！」我下意識脫口而出。

大叔愕然。

「我……希望大叔可以開心地度過每一天。」我的雙頰越來越熱，難爲情地移開視線，「我眞的只是這麼想而已。」

氣氛變得有些微妙，我過了半晌才轉回頭，發現大叔對我露出微笑。

「眞是個奇怪的孩子。」

大叔略顯無奈的語氣，不知爲何使我亂了心跳。

我們沒再說話，他往街頭走去，我也跟上。與大叔再度並肩同行的這一刻，我感覺自己的心情似乎不同以往。

✦

這天，我一如往常登入卡門專用的信箱，卻被眼前的畫面嚇了一跳。

一連五十多封新郵件，全都來自同一個寄件者，主旨也都一樣。

琪琪敲了我的房門，「小莫，妳醒了嗎？我進去嘍。」

我應了聲，還穿著睡衣的她懶洋洋地走到我身邊，「今天變得更冷了耶，要不要一起……」瞥見我的電腦畫面，她立刻湊過來看，「這些信是怎麼回事？」

「我也嚇了一跳，我剛剛點開一封，內容很讓人不舒服。」

讀過信件內容，琪琪皺起眉頭，「看樣子是騷擾郵件，不過這個人也太噁心了，八成有妄想症，不然怎麼會說妳以前跟他交往過？而且還同居？」

我聳聳肩。

「算了，這種變態只要不理他，說不定過幾天就會自動消失了。」琪琪拍拍我的肩，「要不要一起去吃早餐？我好想吃熱騰騰的紅豆湯圓。」

「好哇。」

走出大門，刺骨的寒風迎面而來，我們不禁齊齊驚呼，緊勾著彼此的手臂，嘻笑著快步前往賣湯圓的店家。

「冬天吃湯圓果然最棒了。」吃了口熱呼呼的湯圓，琪琪滿臉幸福。

「眞的很好吃。」我點點頭，不假思索地說：「下次也買去給大叔吃好了。」

「草莓大叔喜歡吃湯圓嗎？」

「我不確定，但我知道他不愛甜食，也許可以買鹹湯圓。」

「妳對他可眞好，不僅親自煮東西給他吃，時時刻刻關心他的身心狀況，之前還幫他報名陶藝教室的課程，我都要羨慕他了。」她笑了笑。

「坦白說，我原本還擔心他會認爲我多管閒事。」我低聲說，「畢竟大叔是個有原則的人，如果我一開始就把這件事告訴他，他絕對不會答應，所以我才瞞著。也許我眞的已經帶給他困擾了，只是他不忍心責備我而已。」

「不會啦，他一定明白妳的心意，而且妳不是說，那天草莓大叔上課時看起來很高興嗎？」

「是啊，雖然表面上好像跟平常沒什麼不同，不過他的眼神確實散發著光彩。老師還稱讚他，說他捏陶的樣子不像初學者，我也覺得其他學員沒有大叔捏得好呢！」

了。」

琪琪瞧著滿心喜悅的我，忍不住又笑了，「瞧妳開心成這樣，好像被稱讚的人是妳似的。」

「也沒有啦，我只是眞的很爲大叔高興。不管怎麼樣，他不會因爲這件事而討厭我就好了。」

「草莓大叔不可能會討厭妳的。」

「爲什麼？」我有些好奇爲何琪琪如此肯定。

「這還用說？妳自始至終都待在他身邊，陪伴他度過那麼多難熬的日子，連只是在一旁看的我都很感動。而且草莓大叔也不糊塗，他一定知道妳爲他付出了多少，疼惜妳、感激妳都來不及了，怎麼可能會討厭妳？」

我的心頭滿是暖意，「謝謝妳。」

「謝什麼啦，三八！」她呵呵一笑，吃了顆湯圓，「但是我有個疑問，草莓大叔到現在都還不知道妳是逸光的女朋友嗎？」

我輕輕頷首，「起初我不說，是因爲不想讓大叔覺得尷尬，而現在似乎也不需要特地提了。不過我想，我有一天還是會說的，如果哪天大叔主動問我，我也會坦白告訴他。」

「嗯，就這樣吧。那妳有沒有想過，打算陪伴大叔到什麼時候？」

我頓了頓，緩緩回：「我想……應該是等到大叔眞正走出傷痛，獲得幸福爲止。」

「幸福？」琪琪眨眨眼，忽然笑得曖昧，「難道妳是指等草莓大叔有了第二春，找到命定的另一半嗎？」

聽到這句話，我忽然間腦袋一懵，整個人傻了。

我從未想過這種事。

「命定的另一半？」

「對呀，草莓大叔的條件本來就不錯，要找到好對象想必不難，如果他未來有機會接觸其他女性，搞不好會很搶手，所以我相信他的後半輩子不會孤單的。而且這樣妳也才能眞正放心吧？畢竟妳又沒辦法永遠留在草莓大叔身邊，不是嗎？」

我一時答不出話，只能愣愣點頭。

我們繼續吃著湯圓，這時我的手機響起訊息提示聲，我拿出來查看，嘴角不自覺地上揚。

「笑得這麼甜，是誰啊？」琪琪問。

「是大叔。他說，上星期我們在陶藝教室製作的陶器今天就會燒製完成，他先幫我帶回家，要我這兩天過去跟他拿。」

「對耶，今天是禮拜六，草莓大叔眞的再去上課了，眞是認眞。那妳乾脆就今天去吧，順便買碗鹹湯圓給他吃。」

於是我前往大叔家，並帶了一碗熱騰騰的鹹湯圓。

看著鑰匙圈上的企鵝吊飾，不知怎地，我又陷入思緒凝滯的狀態，就這樣恍惚地走到大叔家的大門前，摁下門鈴。

在等待的期間，我發著呆，因此當面前的門被打開時，我嚇了一跳，低呼一聲。

「怎麼了？」大叔納悶地瞧著我。

「因、因爲我沒想到你會突然來開門。」

他啼笑皆非，「聽到門鈴聲，我當然會來開門，而且門鈴不是妳按的嗎？」

我難爲情地紅了臉。

進了大叔家，他從書房裡拿出一個白色盒子交給我，「這就是妳上次做的杯子，看看吧。」

我小心地取出盒子裡的陶杯，忽然有點不敢相信這是自己捏製的，直到看見杯底刻的名字後，才有了眞實感，一股滿足感也油然而生。

「大叔，你的呢？」

「在這裡。」他指著放在茶几上的盤子，我不禁佩服，因爲眞的非常漂亮。

「今天老師有教新東西嗎？」

「嗯，學到不少。」他拿起盤子走向廚房，「回去時記得把杯子帶走喔。」

我捧著杯子端詳半晌，跟著走到廚房，大叔正在把盤子收進櫥櫃裡。

看著他的動作，以及專注的側臉，有一刹那，我又像方才在門口時一樣，忘記自己接下來要做什麼。

「幸福？難道妳是指等草莓大叔有了第二春，找到命定的另一半嗎？」

我一直期盼大叔可以幸福，永遠快樂下去。

「畢竟妳又沒辦法永遠留在草莓大叔身邊，不是嗎？」

是啊，我無法一直陪在大叔身邊。

可能有一天，他的身邊眞的會出現某個人，一個適合他、能夠伴他走完一生的人，令他不再孤單。

明明盼望他能得到的幸福有那麼多，爲何我唯獨沒想到這點？

凝視著大叔的身影，我忍不住開始想像，未來的某天，他的身邊會站著一名陌生女子，他們兩人一同談笑，彼此分享生活裡的大小事。

大叔會牽起那個女人的手，會對那個女人露出溫暖的笑容，用低沉溫柔的聲音跟她說話……

「莫莫？」

大叔的呼喚將我從思緒中拉回來。

「怎麼了？呆呆站在那裡不說話。」

「沒、沒什麼。」我暗自心慌，不知道自己莫名其妙在亂想什麼。

「那是獨一無二只屬於妳的杯子，別打破了。」

大叔叮嚀，我沒有回答，而是默默走到他身邊望著櫥櫃，然後伸手把杯子放在大叔的盤子旁邊。

「那個……我先放在這裡。」感覺到大叔投來目光，我的臉一陣熱，「這樣以後我來大叔家，就可以用這個杯子。」

「嗯，說的也是。」他贊同。

「不過，這個杯子只有我能用。」我看著他，用開玩笑的語氣說，「大叔要替我保管，絕對不能讓其他人拿去用喔。」

其實我不曉得自己爲何會說出這種話，一定是因爲剛才的那些胡思亂想，害我整個人都不對勁了。

但即使只是稍微想像，我都感覺深受打擊，是因爲我捨不得離開大叔嗎？

還未踏進卡門的休息室，我就發現裡頭十分熱鬧，原來是小白學長來了。

「嗨，小莫。」小白學長對我揮揮手，「好久不見了，最近好嗎？」

「我很好，謝謝學長。」我很高興能再見到他。

「之前我聽阿佐說妳被別人砸蛋攻擊，幸好似乎順利解決了。後來應該沒有再遇到什麼麻煩的事吧？」

聞言，我不自覺停頓幾秒，搖搖頭，「沒什麼大不了的事。」

「妳就說吧，畢竟攸關妳的人身安全，還是謹慎點好。」

躲不過小白學長敏銳的觀察，我將收到騷擾信件的事情告訴他。

「一連寄五十幾封？那他寫了什麼？」

「就……他堅稱我以前跟他交往過，還同居多年，但後來我拋棄了他。他為此用各種難聽的髒話辱罵我，可是那些過去全是捏造的，我不知道他為什麼要這麼寫。」

「就是有這種分不清現實跟幻想的瘋子，最愛亂編故事。看來小空又碰上問題人物了，該不會是之前那個糾纏妳的學長吧？」小西猜測。

「不是的，不可能是他。」我趕緊替阿晉學長澄清。

老爺表示：「小空，老闆好不容易來一趟，有任何問題就直接向他報告沒關係，雖然他很少有正經的時候，但有小海姊在，他不敢吃了妳的，放心。」

「小海學姊也來了嗎？」我訝異地問。

「沒有，她這陣子快忙翻了，我不敢吵她，否則怎麼死的都不知道。」小白學長失笑，繼續問我的狀況，「除此之外，對方還有寫什麼威脅妳的話嗎？」

「是沒有，不過他有特別寫出他不喜歡我哪天駐唱時的打扮，叫我別再穿那套衣服，否則他會生氣。但我覺得，這會不會只是惡作劇……」

「無論如何，如果對方持續寄騷擾信給妳，妳還是必須注意。」小白學長轉頭交代佐哥，「阿佐，這件事交給你了。」

「知道了。」

我有些過意不去，難得小白學長來，卻因爲這件事讓氣氛一下子變得緊繃。

這天小白學長待到我結束駐唱才離開卡門，當我返回休息室時，老爺跟小西及MJ兄弟正在裡面玩撲克牌。

過沒多久，一名店員拿著一個紫色信封走進來，說是有位男客人要給我的。

「只有我覺得用紫色的信封挺詭異嗎？」J擰眉。

小西湊過來看了看，「對方沒有署名，也沒有寫明是要給小空的，不太對勁。要不要我先幫妳看看？」

我沒有多想就把信封交給小西，她乾脆地打開，抽出一張白色信紙，卻在攤開信紙的瞬間渾身一震，連罵好幾句髒話將信紙甩掉。

其他人趕緊跑過來，只見落到地上的信紙上沒寫半個字，只有一灘白色液體。

M立刻拿出手機聯絡佐哥，小西則衝去洗手間洗手。

「靠，該不會就是狂寄騷擾信件給小空的變態吧？」J一副反胃的樣子。

「看樣子對方不是鬧著玩的。小空，我已經跟佐哥說了，等等他會過來送妳回家，這幾天妳盡量別獨自行動，在外頭也要格外小心。」

我萬萬沒想到會發生這種事。看著地上的紫色信封，我不由得心生恐懼，微微顫抖起來。

「莫莫。」

大叔疑惑地打量我。

「怎麼一來就在發呆？發生什麼事了嗎？」

「沒有。」我恍然回神，發現大叔拎著提袋，像是要出門，「你要出去？」

「對啊，我要去上課，妳忘了？」他笑了笑。

我這才猛然想起今天是禮拜六，大叔有陶藝課要上，而我居然還來他家。

「對不起，大叔，我忘記了。」我在心中暗罵自己。

「沒關係。妳看起來沒什麼精神，是不是駐唱太累了？」

「不是。」我囁嚅，不想讓他擔心，「那我先回去了，不好意思莫名其妙跑來。」

他看看我，「如果妳今天沒事，要不要乾脆一起來？」

我有些訝異大叔會如此提議，最後決定答應。只是待在旁邊看的話，應該不至於干擾到他。

大叔似乎藉由陶藝課結交了不少朋友，一踏進教室，他便不時和別人打招呼或寒暄，顯然已經完全融入了。

有一名年約三十多歲的短髮女子過來跟大叔說話，由於他們相談甚歡，我不禁多看了對方幾眼，卻不記得第一次來上課時有見過她。

「今天有人陪你來？」女子笑吟吟地將視線轉向我。

我簡單地向她打招呼：「妳好。」

「林先生，你女兒眞漂亮，是大學生嗎？」她一臉驚豔。

「呃，不是的，我跟大叔是——」我正要解釋，大叔就先回答了，「她不是我女兒，她叫莫莫，是我兒子的朋友，當初就是她介紹我來這裡上課。今天她有空，所以跟我過來看一看。」

「眞的？謝謝妳推薦我家的陶藝教室。」女子感激地對我說。

「妳家的？」我一愣，大叔解釋：「這間陶藝教室的老師是她爸爸，上禮拜老師的助手離職了，所以她暫時來幫忙。」

女子點點頭，「就是這樣。妳介紹他來這裡是對的，妳大叔很厲害，我父親非常欣賞他，說他學得特別快。」

「沒有妳說的那麼誇張。」大叔難爲情地說。

我怔怔看著他們相處融洽的畫面，如今除了我，原來大叔也會對其他人展現出這一面了。

開始上課後，我安靜旁觀，中途悄悄離開教室去了一趟洗手間，結果又遇見方才那名女子。

「在旁邊聽課很無聊吧？還有一個小時才下課，要不要下樓一起吃茶點？」

由於她態度親切，於是我從善如流。

這名女子有種不可思議的親和力，即使我跟她是第一次見面，聊了幾句後，也不自覺放鬆了心情，甚至一不小心多說了些。

「剛才來不及向妳自我介紹，我叫靜芝，我可以和林先生一樣喊妳莫莫嗎？」

「可以的。」

「那莫莫，妳有沒有考慮一起來上課？可以算妳學生價唷。」

「我很想來，不過我平常除了上課還要打工，恐怕沒太多心力學習。」

「這樣呀，眞可惜，不過還是歡迎妳隨時來玩。林先生上課的時候，我們就在這裡吃點心聊天，如何？」她對我眨眨眼。

我忍不住笑了，「好。」

時序進入十二月，大街小巷都洋溢著聖誕節的氣氛，卡門的店門口也擺了一整排聖誕紅，歡慶這個月份的到來。

吉他社的學長姊邀我參加聖誕夜的聚會，不過那天我必須駐唱，無法與大家同樂。美好的聖誕夜，我將與卡門的客人們一同度過。

雖然和喜歡我的客人在一起也很開心，但這些日子以來藏在心底的一些事不時占據我的心緒，使我難以眞正放鬆。

除了對大叔萌生的異樣想法讓我心神不寧，先前匿名寫信騷擾我的那個人也令我始終處於精神緊繃的狀態。

在紫色信件一事過後，對方仍然不斷寄來騷擾郵件，所以在卡門時，我都盡量避免獨自行動，而輪到我被安排最後一個駐唱時，佐哥也會親自送我回家，確保我的安全。

但是這麼做仍無法遏止對方變本加厲的行爲，他的妄想一天比一天偏激，用字遣詞一天比一天不堪入目，這個月他寄來的郵件裡，甚至寫了會隨時在外頭堵我，想把我藏起來不讓任何人找到之類的威脅言論。

Summer社長聽說情況後，相當擔心，「妳要小心點，就算不是最後一個駐唱，也還是找個人陪妳回家比較好，盡量別去人煙稀少的地方。如果有需要的話，也可以聯絡我。」

「好，謝謝社長。」

身邊的每個人都慎重地叮囑我，我走在街上時，也會下意識往人潮多的地方走，身處空曠的地方總是特別不安心。

但不知爲何，當我走在人群裡，聽著周遭的談笑聲，看著裝飾在行道樹跟建築物外牆上的絢爛燈串時，心裡卻升起了淡淡的落寞跟惆悵。

街上越是熱鬧，寂寞的感覺也越是清晰。即使和許多人在一起，我還是覺得自己與他們身處在完全不同的世界。

天色暗下，路燈一盞接一盞點亮，眼前的美麗街道彷彿長得沒有盡頭，我不曉得自己會走到哪裡。

是否還有人願意在路的盡頭處等我？

「來啦？」來幫我開門時，大叔很自然地露出笑容。

不知道是不是因爲接觸陶藝的關係，最近他的表情越來越柔和，也比以前更常笑了。

踏進屋裡，我隱隱發覺有什麼地方不太一樣，接著便注意到，書房裡本來堆滿文件的桌子跟書櫃不見了。

「我想以後應該不會再用到，就乾脆清理掉了。」大叔解釋。

「那你打算把書房用來做什麼？」

沒想到，聽我這麼問，大叔的眼底竟閃過一絲困窘。

他停頓半晌才回答：「我想暫時改成其他的工作室。」

「其他的？」我詫異，「難道是製作陶藝品的工作室？」

「只是暫時的，在找到工作前，我希望能有多一點機會練習，所以決定利用這個空間，比較方便。」大叔說著，笑容裡難掩尷尬，「妳應該覺得我很誇張吧？居然為這種事特地——」

「才不會呢！」我搖頭，「這表示大叔終於有想全心投入的事了，不是嗎？能對某件事物燃起熱情並沉浸其中，這種感覺是非常快樂的，所以我覺得很棒！大叔，你過去為逸光、為公司付出了這麼多，現在本來就該對自己好一點。我相信逸光一定也會支持你這麼做。」

大叔呆了呆，好一會兒才再度展露笑容，「我還以為妳會笑我。」

「才不會呢，大叔你先前那樣鼓勵我，我當然也希望你可以好好珍惜自己的熱情。只要有心，無論什麼時候開始都來得及，所以你千萬別再說自己老、不如年輕人這種話了，在我眼中大叔一點也不老，還可以做很多事呢。」

他被我的話逗笑，「妳知道我幾歲嗎？」

「不、不知道。」他這麼一提，我才發現自己不清楚他的實際年齡，「大叔，你幾歲了？」

他稍微想了下，「剛滿四十一。」

「剛滿？難道你的生日剛過？」

「嗯，十二月十二日。」

我一驚，「那不就是上個星期？怎麼沒告訴我，這樣我可以幫你慶生。」

「沒關係，我本來就沒有過生日的習慣，若不是妳問起，我也不會發覺生日已經過了。」

「既然如此，那等明年吧。明年的十二月十二日，我一定會記得幫你慶生。」

大叔微笑看著我，「那妳的生日是什麼時候？」

「二月十四日，正好是情人節。」說完，我想到一件事，「聖誕節那天，大叔有什麼安排嗎？」

「聖誕節……二十四號晚上陶藝班的學生有個聚會。妳呢？」

「那天晚上我要駐唱。」

「唱到幾點？」

「十二點。」話一出口我便驚覺不妙，果不其然，大叔皺起了眉頭。

「怎麼會這麼晚？」

「那個……因為我剛好被排在最後一個唱。你別擔心，我會注意安全的。」

「嗯。」他顯然仍不放心，但還是沒再多說。

接下來幾天，由於學校課業忙碌，所以我沒有再去大叔家，僅用傳簡訊的方式問候。

聖誕夜那天，卡門一如預期客滿，而且一半以上的來客都是情侶。駐唱歌手除了我，還有暖暖姊跟MJ兄弟。

「什麼聖誕節？明明就是行憲紀念日！」M不以為然。

「就是，我們乾脆第一首就唱〈分手快樂〉，你覺得怎樣？」J提議。

「這個好，然後再來一首〈背叛〉，耶！」M附和，兩人開心地彼此擊掌。

「喂，你們兩個可別真的亂來。」暖暖姊笑罵。

結果怨念極深的MJ兄弟率先登臺後，並沒有理會暖暖姊的告誡，還是酸了在場的情侶一番，但畢竟他們經驗老道，還是讓全場笑聲不斷。

輪到暖暖姊演唱時，我接到一通電話，是佐哥打來的。

「小空，我今天可能沒法提早到，妳駐唱結束後，先在休息室等我一下好嗎？」他的語氣聽起來不太對勁。

「沒問題。是不是發生什麼事了？」

「我剛剛送一個出車禍的朋友去醫院，現在需要幫他處理一些事情。我會盡量準時趕到的。」

「不要緊，佐哥你慢慢來，晚到也沒關係，我會等你的。」

當營業時間僅剩兩個小時的時候，大部分的客人仍沒有散去。

面對臺下一雙雙親密的身影，還有一張張幸福洋溢的笑顏，舞臺上的我也不禁被甜蜜的氛圍所感染。然而當我開口唱歌時，這份感覺卻逐漸被另一種心情取代。

潛藏在內心深處的孤寂悄悄湧上，沒來由的傷感讓我在唱到其中幾句歌詞時，不小心紅了眼眶，甚至微微哽咽。

我告訴自己，這只是一時的情緒低落。

即使下了舞臺，曲終人散的景象將刺痛我的心，我也相信自己很快就會沒事。

阿晉學長在我結束駐唱後打電話來。

「小莫，聖誕快樂。妳應該已經唱完了吧？」

「嗯，你們還在外面？」

「是啊，我們去唱歌，結果康康那傢伙又喝掛了，我正要送他回家，跟他家同一個方向實在很倒楣。」

電話另一頭傳來康康學長含含糊糊的醉話，我忍俊不禁。阿晉學長又問：「對了，小莫，妳還在卡門吧？要回家了嗎？」

「沒有，我會再待一下。」佐哥還沒來，我也只能等。

「那我送完康康就過去，我今天準備了聖誕禮物給大家，我把妳的拿過去給妳……喂，康康，你吐到我身上了！」

我還來不及跟阿晉學長說不必特地跑一趟，通話就被切斷，緊接著，換佐哥又打過來。他再三向我賠不是，說他今天可能得留在醫院，因此打算請別人送我回家。

我不想讓他爲我費心，所以告訴他有個朋友正好要來找我，到時我再拜託對方陪我回家就好。佐哥這才放下心，又道歉了一次。

話雖這麼說，但我實在不想造成更多人的困擾，而且對阿晉學長來說我家並不順路，所以我決定等見到他之後，就坐計程車回去。

這時，一位店員過來對我說：「小空，有個認識妳的男人說要找妳，在大門口等喔。」

我以爲是阿晉學長到了，於是拎起包包離開休息室。然而當我從店內的玻璃窗望出去時，卻發覺不太對。

站在店外的那道模糊身影似乎不是阿晉學長。

我不由得一陣毛骨悚然，整個人戒備起來。

我壓抑著恐懼跟不安輕輕打開大門，那道身影一下子變得清晰，我卻更加吃驚。

我以爲自己眼花了，但對方正好轉身望過來，露出溫和的微笑。

「大叔……」我呆若木雞，不敢置信地衝到他面前，「不會吧？這時候你怎麼會來這裡？」

「陶藝班的聚會比較晚結束，我回家時經過這附近，想起妳今晚有駐唱，就順道來看看。店員說妳還在裡面，所以我請他幫我叫妳。」他打量我的裝扮，「今天很冷，怎麼穿得這麼少？」

「會、會嗎？我覺得已經穿很多了……」

「不夠，脖子著涼的話很容易感冒。」他卸下自己的黑色針織圍巾，親手替我圍上。

我注視著大叔。

圍巾裹住我的那份溫暖，以及隔著圍巾觸碰我的那雙手，使我清楚感受到來自左胸口的悸動。

「累了吧？妳的聲音有點啞。我買了一杯薄荷甘草茶，這對喉嚨很好。」他將一杯熱騰騰的茶飲遞給我，「趁熱喝吧。」

我呆呆點頭，聽他的話喝了一口，連道謝都忘了。

溫熱的茶一路自喉嚨流經胸口，我的內心充滿感動之餘，也有些鼻酸。

之後我們一起離開，午夜的人行道上沒什麼人，樹上五彩繽紛的燈串替整條街道染上活潑的氣息。

大叔來接我的這份體貼，令我有了想落淚的衝動，一度無法直視他。

對我而言，這個當下的每一秒都太過珍貴，所以我衷心期盼別有任何意外來破壞這一切。

雖然不敢正眼看大叔，我還是不時留意著他的舉動。大叔將手插進外套口袋裡，深邃的雙眼直視前方，神情輕鬆自在，像是享受著此刻的寧靜。

一股不知從何而來的衝動跟勇氣驅使我打破沉默，「大叔。」

「嗯？」

「我……」我抿抿唇，小聲地說，「我可不可以勾一下你的手？」

眼角餘光瞥見他投來視線，我曉得自己的臉一定紅了，幸好周遭燈光昏暗，大叔似乎沒有發現。

「怎麼了？還是很冷嗎？」

「嗯，冷，很冷！」我猛點頭，將臉埋進圍巾裡。

他笑了一聲，二話不說屈起靠近我的那條手臂，我抬眼看他，他也看我，靜靜等我動作。

我怯怯勾住他的手，他隨即邁開步伐，領著我繼續向前走。

「下次要多穿一點再出門，知道嗎？」大叔說。

「嗯。」雙頰的熱度早已讓我感覺不到半點寒意，不安分的心跳也讓我深怕一說話就會露了餡。

之所以提出這個要求，只是因為我突然有種強烈的、想要觸碰大叔的衝動。

而不可思議的是，原先充斥在心頭的落寞跟寂寥感，全都在與大叔並肩同行後煙消雲散，取而代之的是難以言喻的喜悅。

「大叔。」我輕喚。

「嗯？」

「祝你……聖誕快樂。」

他低頭望著我，嘴角揚起，「聖誕快樂。」

我的眼眶逐漸濕潤。

忽然間，我好希望眼前這條路沒有終點，可以就這樣跟大叔一直走下去。

✦

「小莫，這是給妳的聖誕禮物。」

阿晉學長將一個禮盒遞給我，「我親戚從日本帶回來的，是巧克力。」

「謝謝你。」

「真是抱歉，那天我太晚到卡門了。」

「不用道歉的，你也是因爲康康學長才會晚到，反而是我比較不好意思，沒想到我打給你的時候，你正好在騎車沒法接電話，結果害你白跑一趟。」

「白跑一趟是沒什麼關係……不過我有個問題想問妳。」

「什麼問題？」

「那天我抵達卡門時，碰巧看見妳跟一個男人一起離開，因爲你們已經走遠了，所以我沒有過去叫妳。那個男人我總覺得很像某個人，只是當時光線太暗，我不能確定……」

我頓時一凜，但想想也沒有隱瞞的必要，於是坦然說：「那個人是逸光的爸爸。」

「眞的是叔叔？」阿晉學長愕然不已，「妳怎麼會跟叔叔在一起？難道你們有在聯絡？」

我一時不知該怎麼解釋，畢竟有些事不好啟齒。最後我簡略告訴他，是因爲之前在蛋糕店打工時巧遇大叔，我們才開始往來，偶爾也會見面聊逸光的事。

學長恍然大悟，「妳這麼早以前就跟叔叔聯繫上了？所以他那天是爲了接妳才去卡門的？」

我點頭。

「原來如此……」他若有所思，「看叔叔的樣子，感覺他似乎過得不錯。」

「嗯，大叔他現在過得很好。」

學長莞爾，「那就好。」

聖誕節過去，這陣子令我提心弔膽的騷擾事件也終於有望解決。

某天我接到小西的電話，她愉快地大聲宣布：「小空，好消息，一直騷擾妳的那個變態狂被抓到啦！」

「眞的嗎？」我十分驚訝。

「當然，等妳晚上過來再跟妳說詳情！」

晚上抵達卡門後，佐哥、小西以及老爺都在休息室。

老爺率先恭喜我，「太好了，小空，今後妳總算可以高枕無憂了。」

「那個人是誰？現在在哪裡？怎麼被抓到的？」我丟出一連串問題。

佐哥笑了笑，向我詳細說明：「之前我沒跟妳講，其實我有個叔叔是警察，碰上紫色信件那件事之後，我就請他幫忙了。警察找出對方發送電子郵件的IP位置，發現雖然IP位置都不一樣，但全是在網咖，而且那幾家網咖都集中在某個區域，因此研判對方可能就住在那一帶。請那幾家網咖協助調出監視器畫面後，果然順利在今早抓到了人，警察逮著他時，他還剛好在寫噁心的郵件給妳。」

老爺接著補充：「對方是個三十幾歲的男人，目前正在念研究所。居然以爲用這種爛招就能瞞天過海，書都白念了！」

「知道抓到人後，我原本要找妳一起去警局，但這陣子妳已經過得很緊繃，爲了不讓妳再受到驚嚇，於是最後只有小西跟我一起去。」

佐哥說完，小西拿出手機，「但我覺得還是要給小空看一下那傢伙的長相，誰知道他未來被放出來會不會再犯？」她找出對方的照片，將手機螢幕朝向我，「我是爲了拍下他的樣子才去警局的，等妳看過我就會刪掉，我可不想把變態的照片留在手機裡。」

我仔細端詳，對方身材偏瘦，看似老實溫吞，不像是會做出這種事的人。

「小空，以後說不定還會再遇到類似的事，妳要小心。」老爺叮嚀。

「人家才剛放下心，幹麼又講這種話嚇人。」小西瞪他，同時刪除照片。

「我也是擔心，如果有護花使者應該就沒問題了，對吧？」老爺看看我。

「咦？」

「就是男朋友哇，我們家小空這麼漂亮，要找到好對象一定不難——」老爺話還沒說完，小西便踢了他一腳，拖著他往門口走。

「你這老頭子眞的沒事找事，別吵小空，跟我出去！」

我頓時有些尷尬，而佐哥淡淡一笑，「大家都知道妳和逸光的事情。當初決定讓逸光進卡門的時候，小西跟老爺也見過他。」

聞言，我沉默不語。

「時間眞的過得很快。」他轉頭望向牆上的留言板，「但對妳而言，應該相當漫長吧？」

我跟他一起看著留言板上的幾張團體照，歷來所有駐唱歌手都在裡面，唯獨沒有逸光。

當佐哥也離開之後，我一個人靜靜站在鏡子前。

注視著自己的模樣，我忽然很想問逸光，他不在的這些日子，我是否有所改變。

如果他現在就在這裡，我是否仍是他眼中原來的模樣？

「嗨，莫莫。」

我一踏進陶藝教室所在的大樓，坐在櫃檯後的靜芝姊馬上起身，「來找妳大叔的嗎？」

「嗯，今天有空，所以順便來看看，也來跟妳打聲招呼。」

「妳眞貼心。還有半小時才下課，先陪我聊聊天吧，我正好閒得發慌呢。」她笑嘻嘻地搬來一張椅子給我。

這天靜芝姊跟我聊了一些自己的事，今年三十五歲的她，之前在外商公司工作了七年，辭職後除了回家幫父親的忙，也趁這段時間休息及進修。

「靜芝姊有男朋友嗎？」

「唉，我上次談戀愛已經是兩年前的事了，我媽媽成天念我還不結婚，念到我不敢回老家，只好逃到我爸這裡了。」她攤手。

當我們聊到興頭上時，一旁的樓梯傳來學員們下樓的腳步聲。

大叔見到我相當意外，「莫莫，妳怎麼來了？」

「她特地過來等你的，感動吧？」

聽靜芝姊這麼說，我難爲情地澄清：「不是啦，我剛好經過這附近，才順道來看看……」

大叔笑了笑，「也好，我們一起去吃飯。」接著，他看向我身後的櫃子，「我拿一下外套……」

「我幫你拿。」我起身過去打開櫃門，此時靜芝姊對大叔說：「對了，我忘記告訴你，你上次提過的書，我意外在一間舊書店裡找到，就順便幫你買下來了。」

「眞的？」大叔語帶驚喜，「謝謝妳，靜芝。」

聽見大叔直接喚她的名字，正在把外套拿出來的我登時停住動作。

我回頭望向他們，大叔喜悅地翻著手中的書，同時與靜芝姊聊得熱絡，這一幕讓我久久無法回神。

後來，我跟大叔去附近的餐廳吃飯，我瞄了眼他擱在一旁的書籍，忍不住問：「靜芝姊買了什麼書給你？」

「是關於陶藝理論的書，已經絕版了，所以不太好找，沒想到她會在舊書店發現。她知道我一直在找這本書，所以就先替我買下來了。」

「喔。」我抿抿唇，「大叔，你跟靜芝姊好像已經很熟了？看你們聊得滿開心的樣子。」

「她是個有趣的人。」他嘴角一勾，「聖誕夜的聚會她也有到場，我們不知不覺聊了很久，才不小心晚離開了。」

聞言，我的心臟像是被一雙手緊緊掐住，霎時難以呼吸。

爲什麼我會覺得這麼痛苦？

「小莫，妳聽得見我的聲音嗎？」

近在耳邊的高分貝音量嚇得我渾身一顫。

琪琪站在我面前，神情納悶，「妳到底是怎麼啦？叫了妳好幾次都沒反應。」

「抱、抱歉，有事嗎？」我有點慌。

「沒有啊，就只是問妳在做什麼而已。」

「喔……我想煮咖哩。」

「啊？現在才幾點妳就要煮飯？」她瞧著我手中的那鍋米，「而且妳沒放水是要怎麼洗米？」

發現自己眞的連水都沒放就在撈米，我連忙伸手扭開水龍頭。

琪琪眼裡的疑惑更深，「妳眞的怪怪的。」

「沒什麼，我只是想事情想得太專心，才一時沒注意。」

「到底是在想什麼重要的事，讓妳這麼心神不寧？不講的話，我還以爲妳戀愛了呢。」

這番話讓我呼吸一窒，腦袋頓時空白。

從跟大叔吃完飯到現在，我的所有思緒依然放在他和靜芝姊的互動上。

爲什麼看著他們熱絡的模樣，我的胸口會莫名鬱結？爲什麼親耳聽見大叔直呼靜芝姊的名字，看見他提起對方時所露出的笑容，我的心會這般難受？

我原本不明白這一切到底是爲什麼。

琪琪沒有察覺我的異樣，她從背後摟住我，用曖昧的語氣問：「妳是不是戀愛了？」

我呆呆看著她，張嘴想說些什麼，卻一點聲音都發不出來。

✦

下課鐘響，同學們紛紛走出教室，最後只剩我還留在座位上。

手機的訊息提示聲令我稍稍回過神，然而一看到傳訊者的名字，我又失去了思考能力。

大叔問我今晚會不會去找他，他想帶我去一家口碑不錯的日式餐廳吃飯。

若是在以往，我肯定會二話不說答應，並馬上去找他，然而現在我只是茫然盯著那則訊息，無法反應。

直到下一節課的上課鐘聲響起，我才回覆他的訊息，表示今晚臨時安排了駐唱，沒辦法和他去吃飯。

我第一次這樣對大叔撒謊。

回家後，我煮了水餃簡單解決晚餐，過了一個小時，琪琪也回來了。發現我在客廳看電視，她一臉稀罕，「眞難得，這時候妳居然在家，我以爲妳去找草莓大叔了。今天不是沒駐唱嗎？」

「突然有點累，想留在家裡休息。」我笑笑回答。

她一屁股坐在我身邊，打開外帶的便當，「草莓大叔最近好嗎？」

我頓了頓，「很好，他現在熱衷於陶藝班的課程，也交到不少朋友，變得很有精神。」

「嗯。」她一邊咀嚼飯菜，一邊點頭，「所以妳才這麼落寞嗎？」

「什麼？」

「感覺妳好像很寂寞的樣子。」見我傻住，她笑呵呵地摸我的頭，「眞可愛，想不到妳這麼依賴大叔。」

我語塞。

如果眞的只是因爲寂寞，也許我心裡還好過一點。

「妳是不是戀愛了？」

琪琪並不知道，之前她隨口說的玩笑話，始終在我的腦海裡揮之不去。

剛開始我也以爲這是寂寞，直到她這麼問我後，才驚覺不對。

這個問題分明很荒謬，然而更荒謬的是，我居然沒辦法反駁。

從此，我不敢再輕易聯絡大叔了。

去他家見他、打電話給他，這些一直以來再自然不過的事，如今我卻開始逃避。

我害怕面對這個問題的答案，只能暫且不去想，告訴自己這種心情只是一時的，很快一切就會回歸平常。

只要給我一點時間。

「小莫，妳這幾天會跟叔叔見面嗎？」一天，阿晉學長問我。

「應該不會……怎麼了？」

「我想找個時間去拜訪他，跟他打聲招呼，如果妳也能一起去那就太好了。」

我停頓幾秒，「我最近可能沒什麼空，乾脆我把大叔的住址跟手機號碼告訴你？」

「不了，還是等妳有空時再一起去吧，我怕要是冒昧聯絡，叔叔會不高興。」

「怎麼可能？大叔會很歡迎你的，而且你們曾經是鄰居不是嗎？」

「那是因爲妳沒見過他發飆的樣子。以前他不僅一板一眼，也非常重視隱私，小時候我去找逸光玩之前如果沒事先聯繫，他都會生氣，所以我不敢冒這個險。」他苦笑，「總之，如果妳能幫忙牽線，我會很感激的。妳哪天要是打算去拜訪叔叔，麻煩順便告訴我，我隨時可以配合。」

我只得答應他。

事實上，我已經一個星期沒去見大叔，也沒打電話給他了。

分別的時間不算長，我卻已經深切感受到，自己是如此習慣有大叔在的日子。

雖然我想過等大叔再次擁有幸福後，就要退出他的生活，但並沒有認眞想過所謂的幸福究竟是什麼。

對大叔來說，他的幸福是什麼？

每當他與靜芝姊談笑的畫面浮現在腦海，突如其來的心痛總會使我失去言語的能力，連站在卡門的舞臺上時也一樣。往往樂隊的伴奏仍在進行，我的歌聲卻就這麼突然消失。

「最近很忙嗎？」大叔的話音從手機另一頭傳來。

將近兩個星期沒見到他，聞言，我不自覺呆了呆。

「嗯，因爲快要考試了……」我忍不住將手機緊緊貼在耳邊，「大叔呢？」

「很好啊，妳是不是累了？聲音聽起來啞啞的。」他關心地問。

「還好。」我抿住唇，「那個……」

「怎麼了？」

「沒什麼，只是這陣子沒見到大叔，覺得有點不習慣。」

耳邊傳來他的輕輕笑聲，這些日子以來始終努力壓抑著各種糾結思緒的我，霎時前功盡棄。我的眼眶驀地濕潤，發覺自己很想看到大叔的臉。

我眞的很想見他。

「明天是星期六，有駐唱嗎？」

「沒有。」

「那要不要跟大叔見面？我請妳吃飯。記得我上次說想帶妳去的那家餐廳吧？雖然知道妳忙，但我怕妳沒時間好好吃飯，所以還是想帶妳出門放鬆一下。晚上可以嗎？這樣白天妳可以多睡一點。」

大叔的體貼讓我難忍心酸跟悸動，嗓音微顫地回：「好。」

與他約好明天晚上在捷運站碰面，我的心緒紊亂依舊，卻又感到強烈的喜悅。

明天就可以見到大叔了。

因爲太過雀躍，我一不小心忘了阿晉學長拜託的事。

隔天晚上，我在約定時間的兩個小時前出門。由於平靜不下來，我怎樣也無法在家等候。

抵達捷運站時，時間還相當充裕，因此我先去附近的大型書店逛逛。爲了避免打擾旁人，我暫時將手機切換至靜音模式。

快到約定時間時，我返回捷運站，過沒多久看見身著褐色大衣的大叔從一間禮品店走出來。

我驚喜地想開口喚他，一名女子卻隨後從店內步出，是靜芝姊。

兩人都拎著店家的購物紙袋，大概剛剛是一起逛的。接著，他們站在店門口閒聊起來。他們不時露出笑容，聊到開心處時，靜芝姊還會伸手輕拍大叔的手臂，雙方互動看似親暱。

我僵立在原地，呆呆注視他們。

接下來，我應該過去與大叔會合，並向靜芝姊打招呼，然後我們「三個人」一塊去吃飯。但我沒有這麼做，反而在他們發現我之前，匆匆轉身跑走。

我逃跑了。

當我停下腳步時，已經來到有段距離外的另一條街，癱坐在一張石椅上。

耳邊傳來吉他聲及歌聲，我恍然抬眸，原來是有街頭藝人在表演。

腦海中的記憶被勾起，我曾經跟大叔來過這裡。他在這個地方向我傾吐了對逸光的愧疚，後悔自己從未當過一個好父親。

那個時候，大叔是如此脆弱無助，彷彿只要再提到逸光一次，他的情緒就會潰堤。正因爲對他當時的狀態記憶猶新，所以我更加清楚地知道，現在可以跟靜芝姊一同談笑的大叔改變了多少。

這不就是我一直以來所希望的嗎？

大叔終於走出悲傷，我即使因此喜極而泣，也一點都不奇怪。

可是，爲什麼我只有悵然若失的情緒？

耳邊的歌曲一首接一首，路人在眼前來來去去，我渾然不覺時間過去多久。

等我再度意識到周遭，才發現街頭藝人早已離去，天色也徹底暗下。

我心頭一驚，連忙掏出手機查看，赫然發現八點半了，距離跟大叔約定的時間已經過了將近兩個小時。

螢幕上顯示有好幾通未接來電，由於將手機切換成靜音模式，所以我沒有注意到。來電全是大叔跟靜芝姊打的，而靜芝姊三分鐘前才又打來一次。

我立刻回撥給她，不到三秒就接通。

「莫莫！」她欣喜地喊，明顯鬆了口氣，「太好了，妳終於接電話了！」

「對不起，靜芝姊，我——」

「妳人在哪裡？我們找妳找了好久！」她的語氣十分焦急，「因爲遲遲聯絡不上你，我跟妳大叔都很擔心妳是不是出了什麼意外，快急死了。他去了別的地方找妳，我馬上打電話通知他，妳趕快來跟他約好碰面的捷運站。」

放下手機，我慌張地奔往捷運站，不敢相信自己居然捅出這麼大的婁子。

抵達捷運站時，只見大叔跟靜芝姊站在那裡，靜芝姊一看到我便露出安心的笑容，舉起手臂要出聲喚我，大叔卻率先跑到我面前。

「妳到底在做什麼？」他臉色鐵青地對我吼。

我頓時嚇得渾身一顫。

大叔的憤怒引來路人側目，靜芝姊連忙過來安撫，「好了好了，不要生氣，只要莫莫平安無事就好了，我相信她不是故意的。」

「對、對不起。」我無地自容，羞愧地低頭道歉，「大叔，眞的對不起，我——」

話還沒說完，我整個人冷不防被拉進一個溫暖的懷抱。

大叔緊緊擁住我，我的臉幾乎完全貼在他的胸口。驚愕之際，我的眼角餘光瞥見靜芝姊同樣意外的神情。

「以後不許再這樣。」大叔語氣僵硬地低聲說，「不准再有第二次，聽到了嗎？」

我說不出半句話，只能在他的懷裡愣愣點頭。

當大叔放開我時，面上已不見一絲慍色，語氣也和緩許多，「肚子餓了吧？本來訂好的餐廳我已經取消了，我們去其他地方吃吧。」

靜芝姊溫柔一笑，「那我來推薦，我剛好知道這附近有一家很棒的道地小吃喔，一起去吧，莫莫？」

「好。」我乾啞地應聲。

我的身體遲遲無法停止顫抖，然而我的心裡很清楚，這並不是因爲大叔發怒，而是因爲剛才那個擁抱。

望著大叔的背影，我不自覺地抓住自己的手臂，隨著心跳聲越來越清晰，眼前的世界也漸漸模糊成一片。

讓大叔得到幸福，一直是我的願望。但有些事情已經跟最初的時候不一樣了。

儘管我拚了命地不去思考、不去面對，用盡一切辦法欺騙自己，這些無謂的掙扎最終仍因爲一個擁抱而徹底化爲泡影。

✦

在前往卡門的途中，天空正飄著毛毛細雨。

我沒有撐傘。

我希望落在身上的絲絲冰冷，能夠讓沉重渾沌的腦袋清醒一些。

「像是被針刺到一樣吧。」

「針？」

「嗯，妳可以想像成心臟被血液灌得漲滿，漲到令妳覺得疼，近乎無法呼吸的地步。而每看見那個人一次，漲得滿滿的心臟就如同被尖針扎一次，只是無論妳怎樣用力刺，卻都流不出一滴血來，大概就是那種感覺。」

「如果有一天，妳也遭遇了一段看不見結果的感情，就會明白這種心情不是三言兩語可以描述的，而且任何一種形容都不足以表達妳的痛。」

我想到佐哥之前說的那些話。

休息室裡，我獨自坐在鏡子前一動也不動，直到結束駐唱的暖暖姊輕輕拍了我的肩。

「妳不是已經唱完了嗎？怎麼還留在這裡？」她問。

「喔，我正準備回去。」我渾然不知時間已經這麼晚了，於是起身要走。

但暖暖姊拉住我，「要不要稍微聊聊？」

在她的示意下，我又坐了下來，而她坐到我身邊，凝視著我。

「是不是發生什麼事了？」

暖暖姊的聲音和目光如此溫柔，輕而易舉動搖了我的心，一時之間我連「沒有」這種簡單的謊話都說不出口。

見我沒回應，她接著問：「妳在卡門開心嗎？」

我沒答腔，卻篤定地點了點頭。

暖暖姊深深一笑，「在妳進卡門前，我就已經聽說過妳的事，妳跟逸光之間的故事讓我很感動。妳爲了替逸光完成生前的心願而來到卡門，這份努力我們每個人都看見了，我很敬佩妳。換成是我，在妳這個年紀可能未必有妳這樣的勇氣。」

她握住我的手，「妳爲他堅守著彼此的夢想，我相信無論是妳還是逸光，都已經沒有遺憾了。」

雖然不明白暖暖姊爲何對我說這番話，不過從她的眼神裡，我能察覺到她還有別的話想說。

「小空，妳有喜歡的人了嗎？」

我驀地一顫，震驚地看著暖暖姊。

「這是我的直覺，妳這陣子的模樣給我這種感覺。我認爲只有愛情，才會讓女人露出這種表情。」

我啞口無言。

我不敢直視暖暖姊那雙看透一切的眼睛，淚水卻在低下頭的瞬間驟然落下。儘管我趕緊擦掉，仍追不上淌落的速度，一下子便淚流滿面。

我眞的沒想到有一天事情會變成這樣。

如果不是靜芝姊出現，我會發現自己對大叔抱持著這種感情嗎？

如果沒有她，我會發現自己已經在不知不覺間陷得這麼深了嗎？

暖暖姊握緊我的手，「小空，妳不必難過，也不需要爲此對誰感到歉疚。妳本來就有自己的路要走，就算眞的有了喜歡的人，也不會有人怪妳的。」

「不……」我不停搖頭，泣不成聲，「那個人他……不可以。」

「爲什麼不可以？」她不解。

「那個人，是我絕對不可以喜歡上的人……」我哭到全身發顫，「就只有那個人，是絕對絕對不行的……」

暖暖姊怔怔望著我，而後張開雙臂擁我入懷，讓我恣意痛哭。

我不想離開大叔身邊，卻又無法遏止這份情感。

明知不可能有結果，我依然徹底深陷，幾乎就快滅頂。

「例如所愛的人不愛自己，妳明知不會有結果，卻還是無法割捨。這種感受大概只有單戀的人最清楚，不僅孤獨，也非常痛苦。」

我從沒想過，自己有天會有這樣的心情。

我佇立在大叔家門口，來開門的大叔顯然有點意外。

「雨下得這麼大，妳怎麼還跑來？」

「因爲……我剛剛跟一個朋友見面，回家路上正好經過，就來看看大叔了。」我說了個自認還算合理的謊。

他淡淡一笑，領我進客廳後，逕自去了廚房，沒多久端出我之前做的陶杯。

大叔又泡了熱麥片給我。

凝視著麥片半晌，我忽然意識到一件事，「大叔，你不是不喜歡甜食嗎？」

「是啊，怎麼了？」

「那你爲什麼還買麥片？」

「當然是要給妳喝的。」他不假思索地回答，「妳第一次來這裡之後，我就買了一盒放在家裡，因為我想也許妳還會再來，到時候又請妳喝水就太不好意思了。對了，說到這個，前幾天我買了沖泡式奶茶跟可可粉，下次來妳可以換個口味，不必再喝麥片了。」

我看著他說這些話時露出的笑容。

「大叔。」

「嗯？」

「你為什麼要對我這麼好？」

他的目光停留在我的臉上，似乎相當納悶。

「妳不是也對大叔很好嗎？」

我微愣。

「妳很貼心，是個得人疼的孩子，跟妳在一起我覺得很快樂。這段日子有妳的陪伴，讓我就像多了一個家人。」他深邃的眼裡含著笑意，「對我而言，妳就像我的孩子一樣。」

我紅著眼睛凝視大叔許久，慢慢跟著他一同揚起微笑。

我不後悔遇見他。

即使這份感情令我痛苦，我也不後悔當初決定追上他。

我喜歡大叔。

◆

接近學期尾聲時，我久違地接到媽媽的電話。

她不是想關心我過得好不好，而是要問我寒假有沒有打算回老家見親戚。

我不答反問：「妳要回去嗎？」

「沒有，我過年也得忙，大概只有除夕那天會回去看妳外婆吧。」

「爸爸怎麼說？」

「誰知道，我很久沒跟他聯絡了。我想他應該也沒空，妳就算回家也沒人，所以我看妳還是繼續留在臺北好了。」

我閉上眼睛，「嗯，我知道了。」

結束毫無溫度的通話，我嘆了口氣，打算傳封簡訊。

才剛在內容欄輸入「大叔」兩個字，我就不自覺地停下動作，默默盯著螢幕，忽然不知道接下來該打什麼。這時阿晉學長正好從社辦裡走出來，發現站在門口的我。

「小莫？怎麼站在外面不進來？」

「喔……我想先用一下手機。」

他瞥了眼我的手機螢幕，笑了笑，「在打訊息給叔叔？」

「嗯。」說著，我猛然想起一件被我忘得一乾二淨的事，「抱歉，我忘記要跟學長你一起去見大叔了。」

「沒關係，反正這陣子我們都在忙期末考，之後再說吧。」他不介意地擺擺手，然後略顯遲疑地開口，「小莫，妳跟叔叔很熟了吧？」

「是啊。」

「那麼……我想問問，妳知不知道叔叔過去上班的公司已經倒閉了？我是從我爸那裡聽說的。我有點好奇他目前在做什麼，應該去別的地方上班了吧？」

「大叔他目前沒在上班，正在學習陶藝。」我回答。

「陶藝？」

「嗯，他有去上課。」我邊說邊點開手機相簿，找出一張照片給他看，「這是大叔第一天上課時做的盤子，很厲害吧？」

「眞的嗎？叔叔居然跑去學這個？」阿晉學長大爲驚訝。

「其實是我介紹他去的，大叔失業之後，我希望他能做點別的事轉換心情，所以幫他報名了陶藝教室的課程，因爲我偶然發現他似乎對陶藝很有興趣。」

阿晉學長一邊聽我說，一邊繼續瀏覽大叔在陶藝教室上課時拍的其他照片，慢慢地越來越安靜，神情也越來越專注。

「眞不可思議，我第一次看見叔叔這樣笑，感覺他很開心。」

「眞的嗎？」我有些意外。

「是啊，妳不覺得叔叔捏陶時的表情，跟逸光玩吉他時的表情簡直一模一樣嗎？雙眼都在發亮。我現在才知道，他們父子除了個性固執這點很像，連沉浸在喜愛事物裡的樣子也很像，搞不好連逸光都沒見過他爸這一面。」說完，見到我跟大叔同時入鏡的照片，他的神情多了幾分若有所思，「沒想到叔叔在妳身邊也會這樣笑。」

聞言，我不由得一陣悸動，看著照片裡的大叔。

我貪心地希望，他能只在我身邊這麼笑。

寒假來臨，我留在臺北，琪琪則回高雄老家過年。

假期開始的那天晚上，我接到靜芝姊的電話。通話一結束，我立刻丟下手邊的事情衝出家門，搭乘計程車直奔大叔家。

由於情況特殊，因此我沒有摁門鈴，而是用鑰匙逕自開門進去。

「大叔，你在嗎？」我朝空無一人的客廳喊。

不久，大叔的房間有了動靜，接著他從裡頭走出來。

見他雙眼覆蓋了厚厚一層紗布，我嚇得連忙上前攙扶，「你還好嗎？」

「唉，沒事。是靜芝跟妳說的吧？」他苦笑，打算自己走到客廳，我卻硬是扶著他。

「爲什麼眼睛會受傷？」

「是我疏忽了，幾天前拉坏機送到家裡，我玩得太入迷，不小心忘記吃飯，結果今早突然貧血，跌倒的時候撞落東西被砸到，才傷了眼睛。」

他說得輕描淡寫，我卻聽得膽顫心驚，「很嚴重嗎？」

「沒事，只是眼角受傷，爲了避免感染，醫生才包紮成這樣。」

「那你怎麼沒跟我說？」

「沒什麼大不了的，明天就可以拿掉紗布，沒必要讓妳擔心。」

「那靜芝姊又怎麼會知道？」

「因爲我要去醫院時，她正好打電話來，得知我的狀況就親自送我過去。她原本今早要回老家，卻因爲我的關係，拖到剛剛才回去。我明明跟她說不要緊，也叮囑她別告訴妳，想不到她還是說了。」大叔的笑容帶著深深無奈。

我頓時沒再吭聲。

注意到我的沉默，大叔疑惑地問：「怎麼不說話了？」

「我有點難過。」我悶悶地回，「你出了意外，卻因爲怕我擔心而不跟我說，連你現在行動不便，也不願意讓我幫你，總覺得大叔對我仍舊很見外，所以我很沮喪。」

大叔怔了怔，「抱歉，我只是不想讓妳這麼晚還特地跑來。」

「算了，沒關係，只要你平安就好，我只是想抱怨一下罷了。」我收起前一刻的鬱悶，「你吃過飯了嗎？」

「吃過了，藥也吃了，正打算等等就去休息。」

「我扶你。」我攙扶他回房間，大概是聽了我的抱怨，這次他完全順著我。

他躺到床上，沒多久，外頭響起熟悉的規律聲音，「下雨了嗎？」

「嗯。」我望著雨滴打在窗戶上。

「時間不早了，趕緊回家吧，記得拿傘。」

「等大叔睡著我再回去。」

「但有人盯著看很難睡著。」

「你又看不到我，怎麼知道我到底有沒有在看你呢？」我耍嘴皮子，逗得他笑了起來。

我凝視他的臉，「大叔，你現在還是一樣，不吃安眠藥就睡不著嗎？」

「沒有，這陣子幾乎沒在吃了。」語畢，他忍不住再叮嚀，「明早有課的話，就別太晚回家。」

「學校已經放寒假了。」

「這麼快？那妳沒打算回老家跟家人團聚嗎？」

「沒有，我過年會留在臺北，我爸媽都在外地忙著工作，不會回去。」

「你們很久才能見一次面嗎？」

「是呀，但我早就習慣了，而且我爸媽現在是半分居狀態，平常幾乎不管我，電話也是久久才打一次。

「這樣啊……」他低喃。

「大叔的老家在哪裡？你還有其他親人嗎？」

「我的老家在臺南，有個妹妹目前人在澳洲，不常回來。其實過去幾年我也很少回家，不過今年打算回去掃掃我父母的墓。」

聞言，我下意識地問：「大叔小時候是個怎樣的小孩？」

「我？就是一個普通的小孩，沒什麼特別的。」他揚起嘴角，「小時候，我家很窮，爸爸去工作時，我跟妹妹就和媽媽一起去採地瓜葉，到菜市場叫賣。當時我唯一的興趣是玩土，每天都把自己弄得滿身泥，然後回去被媽媽修理。」

我笑了出來，「然後呢？」

「後來……小學畢業後，我父親過世，家裡沒錢再供我讀書，所以十四歲的時候，我獨自上臺北半工半讀，十八歲時進入以前待的那間公司，到了二十歲，老闆替我安排相親，結婚一年後，就有了逸光。」

他深深一嘆，「我捨不得讓逸光的童年過得跟我一樣辛苦，因此努力確保他衣食無缺，並且用相當嚴厲的方式教育他，希望他可以懂得上進，好好用功讀書，才能有平安穩定的將來。」

聽著大叔述說他的過去和心路歷程，我的心頭有股說不出的溫暖。因爲這一刻，我覺得自己離他好近。

「大叔，你要長命百歲喔。」

他又笑了，習慣性地抬起手想摸我的頭，卻因爲看不見而無法對準。於是我主動握住他的手，卻不是將之放在我的頭頂上，而是輕輕貼在我的臉頰。

「你一定要活得很久。」我壓抑著情緒，認眞地說，「很久，非常久，知道嗎？」

有一瞬間，我感覺到大叔被我握著的手微微顫了下，原本掛在他唇角的笑意驟然少了些。也許是因爲大叔看不見，這份感情才會不小心露了餡。

唯有現在，我才能夠像這樣注視著他，所以我無論如何都捨不得移開目光。

明天過後，這一切都不可能了。

靜芝姊回臺北後和我聯絡，邀我一起去吃下午茶。我原以爲她也會找大叔，但她說這是女人的聚會，所以不打算約他。

我很喜歡靜芝姊，即使她的存在漸漸使我感到痛苦，我也無法討厭她，因此心裡的沉重感越發強烈。我偶爾會想，大叔是否也會跟靜芝姊說我的事？他們兩個單獨在一起的時候，都聊些什麼？

「我超愛這家店的鬆餅，莫莫，妳快嚐看看，眞的很好吃。回去之後可以向妳大叔炫耀！」她像個小女孩似的，滿臉幸福享用鬆餅。

靜芝姊常會不經意提起大叔。

這天我們聊了不少有關大叔的話題，我這才知道，原來靜芝姊對大叔與逸光之間的事已經有了一些了解。

我不知道大叔還對她說過什麼，只是顯然靜芝姊在大叔心裡也占據了一席之地。大叔願意將最私密的這件事告訴她，就表示他相當信任她。

「妳大叔眞的很厲害，有一次我爸還開玩笑地說想要收他當徒弟呢。說起來，最大的功臣就是妳了，要不是妳把他抓來上課，也許他的才華就會被埋沒，所以我相信妳一定是最高興的，對吧？」

「嗯。」我點點頭，認眞看她，「靜芝姊也很高興嗎？」

「呵呵，我們家的教室出了這麼優秀的學生，我當然高興嘍。」

即使靜芝姊的態度落落大方，我仍有種預感，大概是由於對大叔的這份感情，讓我有了這樣的直覺——

喜歡上同一個人的直覺。

「靜芝姊喜歡大叔嗎？」

她愣住，隨後有些尷尬地反問：「莫莫，妳突然間在說些什麼啊？」

雖然已經是個成熟的大人，眞性情的她面對我的單刀直入還是難免不知所措，臉也跟著紅了。

我沒有追問下去，很快換了個話題，不過方才她不自然的反應仍被我看在眼底。靜芝姊沒有正面反駁，多半是眞的喜歡大叔吧。

晚上，我窩在房裡聽著音樂發呆，想起了一件事。

先前我答應過阿晉學長要幫忙聯絡大叔，卻一直忘記。但現在時間不早，大叔可能已經睡了，因此我決定傳訊息給他，這樣他明天起床時就會看到。

好巧不好，正準備打簡訊時，阿晉學長來電了。

「小莫，妳還沒睡吧？在忙嗎？有沒有吵到妳？」

「還沒，我正要傳簡訊跟大叔說你的事，你就打來了。怎麼了嗎？」我不假思索地回答。

阿晉學長頓了下，「喔，康康他們說，希望開學前大家能聚一聚，再一起去唱歌，所以我想問問妳的意願，也想知道妳最近過得好不好。」

「我很好。唱歌的話，只要當天我沒排駐唱就沒問題。」

「了解，我再跟他們說。那不打擾妳了，早點睡。」

「嗯，晚安。」

阿晉學長沒有跟著道晚安，而是沉默幾秒後又開口：「小莫，其實有個問題我很想再問妳一次。不過我沒有什麼特別的用意，只是想確認妳的答案而已。」

我有些好奇，「什麼問題？」

「妳曾經說過……妳不會喜歡上跟逸光有關係的人，對不對？」他緩緩說，「妳現在也還是這麼想嗎？」

我整個人愣住。

雖然心跳不穩，我還是用冷靜的語氣回答：「當然是眞的，爲什麼這樣問？」

他立刻說：「沒什麼，我只是單純想知道妳的想法，妳別在意。抱歉問了妳無聊的事，那麼晚安了。」

我的腦袋一片空白。

爲什麼阿晉學長會突然問這種問題？

我已經明確地拒絕了他，他應該不會再有什麼想法才對。還是上次我跟他提起大叔的事，讓他隱約察覺到了什麼？

但這是不可能的吧？

我一時弄不清，阿晉學長的提問究竟是爲了他自己，還是別有用意。

返回輸入簡訊的畫面，我仍心亂如麻。原本要打的內容，頓時怎樣也無法繼續打下去了。

隔天，我提早兩個小時抵達卡門，想先自己靜靜待著，藉此排解這陣子的鬱悶情緒。

我以為休息室裡不會有任何人，然而裡面佇立著一個陌生女子。

對方站在留言板前，聽到我的腳步聲，她轉過身，親切地向我打招呼：「嗨。」

這名年輕女子給人的感覺十分俐落，一頭短髮的長度在頸部以上，打扮簡單中性。

我的目光被她耳朵上的那對海水藍耳環吸引住，下意識仔細打量，覺得她的面孔越看越熟悉，卻始終想不出是誰。

「妳就是小空嗎？」

我點點頭。

她莞爾一笑，「我以前也是卡門的歌手，我叫小海。」

聞言，我恍然大悟，原來她就是大家口中的小海學姊。

「學姊知道我？」我不敢相信會碰見她。

「當然知道，小白早就跟我說過妳的事了，我也一直很想見妳一面。」她走到我面前，眸光溫柔，「很高興認識妳，小莫。」

我緊張得不知所措，心跳也跟著加速。學姊示意我和她一起離開休息室，只見她熟練地打開舞臺中央的那盞燈，步伐輕快地踏上臺。

她伸手撫過臺上的每一項樂器，接著轉過身眺望臺下的座位，神情充滿感慨，「好懷念的景色。」

身為音樂製作人的的小海學姊行事向來低調，平常鮮少能在螢光幕上見到她，更遑論親耳聽她唱歌。此刻光是望著站在那裡的她，我就不知不覺爲之著迷。小海學姊舉手投足間都散發出獨特的魅力，在舞臺上表演時想必更是耀眼無比，怪不得過去有這麼多人都喜歡欣賞她的演出。

眞希望我也可以親眼看到學姊在這個舞臺上唱歌。

「妳不上來嗎？」學姊朝我招招手。

我依言走到她身邊，而她一屁股坐下，「我很喜歡坐在這裡，不過小空妳不必跟著坐，妳等等要唱歌，要是衣服髒掉就不好了。」

「沒關係。」我二話不說跟著坐下。

她笑笑看我一眼，視線再度轉回前方，「好久沒有像這樣靜靜看著臺下了。」

「學姊平常工作量很大吧？上次小白學長說妳非常忙碌。」

「是啊，不過最近比較有空閒，才會回來看看。我以前還在卡門駐唱的時候，常坐在這個位置看著沒有人的臺下，心裡會覺得特別平靜。」

「那時學姊都一個人坐在這裡？」

「有時我一個人，有時還有小白。他在的時候，我們會一起聊天。」

「那只有妳一個人的時候呢？」

「就默默想些事情嘍。」她再度微笑，「很多很多事。」

看著她的側臉，我想起兔子學姊提過小白學長跟小海學姊之間的曖昧關係，而我也向小白學長探問過，但沒有得到明確的答案。

「妳和小白學長感情非常好吧？」

「還不錯啦，不過他常被我罵就是了。妳別看他一副成熟穩重的樣子，私底下其實跟小孩一樣幼稚。他老是喜歡在沒工作的時候跑來吵我，尤其是要出國宣傳的前一天，不管多晚他都會來找我喝酒，簡直是個瘋子！」她沒好氣地說。

學姊的話又勾起我的一段回憶。

「我還要去找一個人，必須見到她我才能休息。」

「這次有段時間不能回臺灣，但只要太長時間沒見到她，我就會渾身不對勁，所以沒辦法。」

開車載我去山上的那天，小白學長在回程途中對我說了這些話，臉上掛著溫柔的笑意。

「她對我而言很重要，一向天不怕地不怕的我，卻會害怕被她討厭。」

「這大概是個很糟糕的情況，不過如果是她的話，那就無所謂了。」

那些傳聞原來不是空穴來風，小白學長喜歡的人，眞的是小海學姊。

「爲什麼用這麼驚訝的表情看我？」她眨眨眼。

「沒什麼。」我猛搖頭，不過由於想替小白學長確認小海學姊的心意，因此我還是忍不住開口，「學姊……冒昧問妳一個問題，妳現在有喜歡的對象嗎？」

小海學姊先是盯著我，隨即噗嗤一聲，伸手搭上我的肩，「妳是不是想問我跟小白的八卦？」

沒料到會被她一眼看穿，我當場羞愧得無地自容，幸好學姊並沒有生氣，而是笑吟吟地反問：「那妳呢？」

「咦？」

「我知道妳跟逸光的事。」她淡淡說，目光溫柔，「在那之後，妳沒再對任何人動心嗎？」

我喉頭一哽，不安地別開視線。

「我……」我低著頭，輕輕搓揉手指，話音微顫，「我希望一切全是我搞錯了，事情並不是我所想的那樣，因為無論如何我都找不到理由，怎樣想都想不明白……」

學姊肯定聽不懂我在說什麼，因為就連我自己也既混亂又困惑，根本無法有條理地表達想法。

「我大概懂妳的意思。」學姊卻這麼回應。

「真的？」我十分意外。

「嗯，喜歡上一個人的時候，偶爾會忍不住想自己究竟是喜歡那個人哪裡，對吧？」她偏著頭，「對方到底是哪裡吸引自己？是可愛嗎？還是溫柔？當妳想破了頭，把所有可能都列出來，認為這應該已經是最接近的答案時，卻又總會在看到那個人的瞬間覺得，這樣的答案不夠，怎樣都遠遠不夠。」

我怔怔聽著。

「我無法告訴妳我現在是不是喜歡著誰，只能告訴妳，妳所說的那種感情，我也曾經有過。」

「曾經？」

「對，曾經。」

學姊的眼神變得迷濛。有好一段時間，她不再出聲，像是在專注地回憶什麼。

她的側臉，以及耳朵上那與她的名字有著相同顏色的耳環，在這一刻深深烙印在我的腦海。

由於小海學姊難得回卡門，所以今晚原本沒班的歌手全來了。

佐哥本來想替學姊安排一個好座位，學姊卻選擇坐在最角落的位子，因此大家統統跑去擠在那裡。

小海學姊的魅力之大，讓總是一副酷樣的小西都整個人陷入瘋狂。得知學姊現身的消息後，她第一個趕到，現在更是滿臉通紅坐在小海學姊身旁，始終痴痴望著學姊。

「小西，妳別對小海姊露出這麼少女的表情，有夠恐怖的！」J嫌棄地說。

「要你管！」

「機會難得，畢竟小西當初是因爲小海姊才會來卡門，你就讓她開心一下吧。」佐哥笑道。

「小西是因爲學姊才來的？」我第一次聽說。

「嗯，她是小海姊的超級粉絲，從很久以前就喜歡她了。對了，小海姊，我哥知道妳今天會來嗎？」

「我沒跟他說。」

「那要不要找他過來？我記得他今天沒有工作。」佐哥才說完，小海姊馬上阻止，「絕對不可以，你是想引起暴動嗎？我今天難得來這放鬆，如果有他湊熱鬧，我會更累的。」

「但要是我不向他如實稟告，我會被他殺掉的。妳都現身了，他怎麼可能不來當護花使者？萬一被客人發現居然有個超級大明星坐在這裡，到時我鐵定hold不住。」

「沒必要連油腔滑調這點都學你哥好嗎？」小海學姊斜睨他一眼。

「喂，小西，妳太得寸進尺了吧？越黏越緊，妳是章魚嗎？」J驀地嚷嚷。

「干你屁事，滾開啦死胖子！」

小海學姊忍不住放聲大笑。

幾個小時過去，最後登臺的佐哥並沒有放過學姊。他在最後十分鐘時，忽然告訴觀眾，今晚有一位家人回到卡門，並且當場邀請小海學姊上臺演唱一首歌。

所有人順著佐哥的目光看向學姊所在的地方，很快就發現並認出她，頓時出現不小的騷動。眼看現場的氣氛越來越熱烈，學姊深知躲不掉，只得起身走向舞臺，嘴裡叨念著：「這個小鬼，居然來這招，等等他完蛋了。」

「小海姊，妳上臺的話，明天說不定會上新聞喔，還是不能通知老闆嗎？」J問。

「當然不用，這最後十分鐘的舞臺是屬於我的，我才不會讓他搶走。」

學姊笑著說完，便踏上舞臺，場面一下子徹底沸騰，掌聲跟歡呼聲幾乎快掀翻屋頂，久久沒有停歇。

她絲毫不怯場，落落大方地和大家寒暄了幾句，眞的就像只是與久違的家人相聚。

接著，她演唱了Toni Braxton的〈Another sad love song〉，無論是絕美的歌聲還是隨著音樂擺動的優雅姿態，都令眾人爲之瘋狂。也許是沒料到能再看見小海學姊站在舞臺唱歌，小西激動得眼眶都濕了。

我同樣被小海學姊的魅力所折服，渾身一度起了雞皮疙瘩，不知爲何又想起她稍早對我說的話。

「當妳想破了頭，把所有可能都列出來，認爲這應該已經是最接近的答案時，卻又總會在看到那個人的瞬間覺得，這樣的答案不夠，怎樣都遠遠不夠。」

「果然上報了。」

佐哥把一份報紙丟在桌上，我們幾個人湊上前看，娛樂版以不小的篇幅報導了小海學姊昨晚在卡門現身唱歌的新聞。

「今天有一堆人打電話來問小海姊何時會再回來唱歌，簡直不得安寧。」佐哥嘆氣。

「還不是你自找的，逼小海姊上臺的人可是你。結果老闆有對你開炮嗎？」M笑問。

「我真的變炮灰了，被他罵得超慘，只能拜託小海姊救救我了。」說完，佐哥轉頭朝我望來，「小空怎麼也來了？」

「今天沒什麼事，所以想跟大家聊聊天。」我微微一笑。

「學生都放寒假啦，眞好。」老爺滿臉羨慕。

雖然不用駐唱，我仍舊待到十點多才離開卡門。

站在路邊猶豫許久，我還是去了大叔家，但我沒有摁門鈴，也沒有直接拿鑰匙開門，而是繞到房子的另一邊，那裡有扇窗，是大叔書房的窗戶。

房間內亮著，窗戶半敞，表示他還沒有休息。我悄悄往裡看，很快發現他的身影。

大叔坐在拉坏機前，正將手中的陶土形塑成壺狀。眼睛康復後，他馬上又投入了陶藝的世界。

書房的燈照亮他專注的臉龐，注視著這樣的他，我的胸口始終揪緊著，明明難受，卻又無法移開目光。

大叔顯然無暇留意周遭，而我也不打算讓他知道我來了，沒打招呼便默默離開。

幾天後，靜芝姊又邀我一起吃飯，這次她也約了大叔。用餐時，他們兩人相談甚歡，好似有說不完的話題，大叔還數次被靜芝姊逗笑。

我因此發現，關於大叔的事，已經有一些是我所不知道的了。

他走上了嶄新的道路，生活裡出現了不一樣的風景，世界變得比以前更加廣闊。而我明白，未來他只會越走越遠。

也許靜芝姊就是那個能與大叔並肩前行的人。

用餐完畢，我們接著到書店逛逛。

只是，心情沉重的我很快就待不住，獨自走出書店，不久靜芝姊也跟著出來，和我一起等候大叔。

「他完全沉浸在書堆裡了，可能會買一堆書喔。」她預告。

「靜芝姊沒打算買嗎？」

「我還有很多看不完的書，今天負責幫妳大叔扛書就好。」她笑答。

我抿抿唇，看著眼前熙熙攘攘的人群開口：「靜芝姊，妳目前對大叔的了解有多少？」

聞言，她認眞思索了一下，「妳突然這麼問，我也不知道自己對他了解有多少。」

「大叔他不喜歡吃甜食。」我說，「除此之外，他也不喝飲料，只喝茶跟水。」

「咦？這樣啊？」

我點頭，「另外，他只要一忙起來，就很容易忘記休息跟吃飯。爲求方便，就算有吃也都是買超商的微波食品，所以必須時時叮嚀他保持正常作息，以免因爲熬夜和營養不良而傷了身體。」

「嗯，這倒是不意外。」靜芝姊點點頭。

我繼續說：「如果大叔一直把自己關在家裡，一定要找機會拖他出去走走，因爲即使有壓力或煩惱，他也不會輕易跟別人說。以前他有陣子總是失眠跟頭痛，藥物不離身，不過最近好轉了不少。我想，現在只要讓大叔盡情做他想做的事，他應該就比較不會依賴藥物了。」

聽完之後，靜芝姊靜靜凝視我好一會兒，「妳爲什麼要告訴我這些？」

「我只是覺得……或許妳會想多知道一點大叔的事。」

半晌，她伸手摸摸我的頭，溫柔地說：「妳眞是個好女孩，我終於明白爲何妳大叔會這麼疼妳了。」

我心頭一緊。

其實不是的。

我無法告訴靜芝姊的是，我有多羨慕她，又有多嫉妒她，這樣矛盾的心情讓我自覺已經無法再像以往一樣，裝作什麼都無所謂。

對於能維持這種關係到何時，我開始沒有信心了。

之後，靜芝姊因爲另外有事，於是先行離開。

在前往捷運站的途中，大叔問我要不要看看他工作室裡新添的桌子跟櫃子，因此我去了他家。

大叔的書房煥然一新，多了些以前沒有的擺飾，例如逸光的照片。

曾經強烈反對逸光玩音樂的他，將逸光彈吉他的照片掛在了牆上，像是希望讓過去努力追尋夢想的兒子，陪伴如今也在實踐夢想的自己。

「妳覺得怎麼樣？」大叔走到站在牆壁前的我身旁。

「很棒呀。」我的目光仍停留在逸光的笑顏上，「靜芝姊來看過嗎？」

「靜芝？沒有，雖然她來過我家一次，但我沒告訴她工作室的事，那時也還沒整理好。而且，我本來就希望整理妥當後讓妳第一個看。」

大叔說得理所當然，因此我的心再度掀起漣漪，難以平復。

「妳要不要喝點什麼？有紅茶、奶茶，還有可可，我去幫妳泡。」他準備進廚房，但我轉身將他拉住。

「大叔，我有事想告訴你。」

他停下腳步，好奇地看我，「什麼事？」

「其實我……一直瞞著你某件事。」我嚥嚥口水，「是關於我跟逸光的事。我當初沒有跟你說清楚，也想過可能已經沒必要特別告訴你，但是現在，我想坦白說出來。」

見我神情認真，他慎重點頭，「好，妳說。」

「我一開始跟你說，我是逸光的大學同學，不過事實上並非只是如此。我跟逸光從大一就開始交往了，當時我怕直接這樣自我介紹會太唐突，所以才沒說清楚。」我歉然垂下頭，「對不起，直到現在才坦承。」

大叔沉默片刻，表情卻沒什麼變化，最後他開口：「妳來一下。」

我跟著他來到擺放在客廳的電話前，他按了幾個鍵，答錄語音響起：「我是林克齊，現在不在家，若有急事，請留下姓名跟聯絡方式，我會盡快跟您聯繫，謝謝。」

我看了大叔一眼，嗶聲過後，忽然聽見一聲呼喚：「爸。」

心臟瞬間漏跳一拍，我震驚地盯著電話。

「我是逸光。」逸光的語氣有些不自然和生疏，「你……最近好嗎？」

我的腦袋空白、心跳加快，所有注意力全放那再熟悉不過的聲音上。

「我今天打給你，是想要跟你說一件事。過去你始終反對我去做的事，在最近終於有了成果，我實現我的夢想了。」逸光微微吸了一口氣，「我知道你一定還是不能諒解我，我也很抱歉無法達成你的期望，可是，我還是想親口告訴你這個消息，也有很多話想對你說。我眞的希望爸能試著了解我，就像我其實也想了解你一樣。我想跟爸和好，讓你知道我已經長大，不再是只會讓你擔心的小孩子。」

停頓幾秒，他繼續說：「過幾天……我會回家一趟，除了因爲想見爸，也是因爲想帶一個人去見你。那個人叫莫莫，是我的女朋友，也是我非常重要的人，我希望爸可以見見她，我相信你一定會喜歡她，因爲她眞的是個非常非常好的女孩。」

話到此處，另一頭又停頓了一會兒，「那麼，就先這樣……我很快就會回家了。爸，你要等我。」

最後，逸光再說了一次：「我很快就會回家了。」

留言結束的提示聲響起，大叔按下停止播放鍵。

「這通留言，是那孩子在出事的三天前留給我的。」

我怔怔看著大叔，淚水早已浸濕了我的臉龐。

「對不起，我也沒有對妳坦白。」他落寞地微笑，「妳會生大叔的氣嗎？」

我哽咽著，搖搖頭。

「在妳第一次來我家的那天，我就已經很清楚逸光所說的都是眞的。妳是個非常好的孩子。」他伸手用指腹輕輕抹去我的眼淚，「所以妳永遠都不需要向我道歉，知道嗎？」

我依舊淚流不止，甚至開始低聲啜泣，並不禁握住大叔停留在我臉上的手，痴痴凝望著他。

當我們對上目光時，世界彷彿也跟著靜止了。在我的深切注視下，大叔的眼裡閃過一絲怔然，片刻後他收回手，視線的焦距從我的雙眼移開。

這一刻，我也愣了。

「我去幫妳弄點喝的，可可好不好？」他再次揚起笑容。

「好。」

他進了廚房沖泡可可，我站在原地，瞧著他的背影。

「大叔。」

「嗯？」

「如果你明天有空，可不可以把一整天都留給我？」

他回頭看我一眼，「有什麼事嗎？」

「沒什麼，只是自從上次和大叔一起去動物園後，我們好像就沒有再去哪裡玩了，我想再跟你出去走走。」

「好啊，妳想去哪裡？」他端著泡好的熱可可回來，不假思索地答應。

「明天再告訴你。」我神祕地笑笑。

我跟大叔約定在某個車站的大廳碰面，當天我提前抵達，更難得盛裝打扮，不僅換上鮮少穿的洋裝，還特地綁了頭髮。

大叔準時出現，看到我時先是眨眨眼睛，隨即一笑，「莫莫今天很漂亮。」

「謝謝大叔。」我開心地說。

我沒有事先規劃好要去哪裡，而是見面後才臨時決定。首先，我提議去電影院，接著一起吃午飯，而大叔沒有任何意見，完全配合。

後來，在露天咖啡廳享用下午茶時，我湊近大叔，將手機舉高和他玩起自拍。

「像妳這個年紀的孩子，假日應該跟朋友到處去玩才對，怎麼會選擇跟一個無趣的大叔待在一起？」他啼笑皆非。

「大叔才不會無趣呢，我很開心。」我認眞地反駁。

「我還以爲妳很快就會覺得無聊想回家了。」他的眼裡笑意更深。

一點也不夠。

不管給我多少時間，在大叔身邊，我永遠都覺得時間不夠。

我從來不知道，原來一天竟可以如此短暫，彷彿轉瞬即逝。

太陽下山時，我忍不住拿起手機，偷偷拍下大叔站在餘暉裡的每個表情跟舉動。但無論怎麼拍，我內心眞正想拍下的，是拍再多張都留不住的東西。

「不知不覺就天黑了。」看著夜色，大叔問我：「接下來還要去哪裡嗎？」

我搖搖頭，指向附近的一棟建築，笑著說：「接下來有人在等大叔。」

他不明所以，這時有個人從我指的方向走來，他立刻面露詫異。

「靜芝，妳怎麼也在這裡？」

「莫莫打電話給我，說她跟你在這裡，因爲她臨時有事要離開，所以拜託我過來跟你吃飯……」她也顯得有些困惑。

「有事？」大叔看向我。

「嗯，今晚卡門有位歌手忽然沒法駐唱，老闆剛剛傳訊息來，請我去代班。」我歉然道，「對不起，大叔，爲了今天，我其實訂了這附近的一間餐廳，但是看來不能跟你去吃了。那間餐廳不好預約，取消的話眞的很可惜，所以我才拜託靜芝姊來，你們一起去吃吧。」

大叔蹙眉，「怎麼等靜芝來了才跟我說？妳走了一整天還要去駐唱，不會太操勞嗎？」

「不會啦，我目前精神還非常好，可以唱的。你們快走吧，預約的時間要到了，我已經把餐廳位置告訴靜芝姊，祝你們吃得開心！」我笑著揮手。

大叔無可奈何，「那妳過去的路上小心點。」

「嗯。」

我目送他們離開，直到兩人的身影消失在黑夜中。

其實，我對大叔說了謊，今晚我本來就有駐唱，所以我才刻意挑在這天。

這晚在臺上，打從唱第一首歌開始，我的腦中始終都是一片空白。

面對前方看不清面孔的觀眾，我緩緩低唱。

我以為你叫我　我以為你說我
原來是我自己　呼吸的尾音太多
我以為你愛我　我相信你愛我
但是沒有人　沒有人證明我沒有錯

我以為你找我　我以為你看我
原來只是日夜　在我的窗外擦身而過
我等待你陪我　其實你剛來過
你不要理我　愛情會讓人不甘寂寞

走在一起　好不容易　沒傷害自己的勇氣
只好相信　不要懷疑　錯覺比眞實還美麗
走在一起　好不容易　如果你覺得有問題
只要願意　我眞可以　把一段情　變成一個人的事

昨天大叔為我擦掉淚水時，我注意到他凝視我的那雙眼眸裡，閃過一抹從未見過的情感。儘管明白這個想法有多麼荒謬，我依然貪心地想將那一閃而逝的情感當作是愛。我決定把這一切當成屬於自己的一場夢，將這天視為一生中最美好的回憶。

你不願意　我都可以
把這段情　變成一個人的事

（〈一個人的事〉詞：林夕　曲：李偲菘）

唱到最後一個字時，我終於忍不住掉下眼淚。
再見，大叔。

✦

即將開學前的某天，我跟吉他社的學長姊在KTV聚會。

得知我沒回家過年，兔子學姊不禁好奇，「那妳一個人留在臺北幹麼？不無聊嗎？」

「不會呀，除了駐唱以外，我本來就有安排其他行程，不會無聊。」

當我說完，阿晉學長意味深長地望了我一眼，但並沒有說什麼。

這時輪到兔子學姊點的歌曲，她興高采烈地說：「莫子，我們一起唱吧！」

「好。」我拿過麥克風跟學姊合唱。

唱到一半時，放在桌上的手機突然震動起來，一用眼角餘光瞥見來電者的名字，我便迅速把手機收進外套口袋，沒有接聽。

之後換其他學長唱，我的口袋裡依然不平靜，而阿晉學長又在看我。他似乎也注意到我的手機響了好幾次。

「小莫，妳不接電話嗎？」他問。

「嗯，是問卷調查的電話，從今早開始就一直打，有夠纏人。」我扯謊。

阿晉學長沒有再問。

等手機終於不再作響後，我才終於能稍稍放鬆緊繃的身心。

「小莫，妳說妳有安排其他行程，是指跟叔叔去玩嗎？」阿晉學長冷不防地問。

我不明白他爲何會這麼問，剛才我手機收得很快，他應該沒發現來電者是大叔才對。

我沒回答，而是從包包裡拿出隨身小冊子，寫了幾行字後撕下紙張遞給他。

「阿晉學長，抱歉忘記你拜託的事，這是大叔的住址跟家裡的電話號碼，你自己跟他聯絡吧。」我用稀鬆平常的口吻說，「我室友明天就會回來，我跟她約好要一起去外縣市玩，所以最近沒時間陪你去找大叔，不好意思。」

學長深深注視我，點點頭，「我明白了，謝謝。」

接過那張紙，他又問：「但是這樣的話，叔叔一個人不會無聊嗎？」

「不會的，他每天都忙著捏陶，而且現在有另一個人陪著他，我不擔心。」

「另一個人？什麼意思？」

「大叔在陶藝教室認識了一個女生，他們很有可能會交往喔。」

他瞪大眼睛，「眞的嗎？」

「當然是眞的。」我笑了笑，目光轉向前方的螢幕，「啊，是我的歌，換我唱了。」

所幸及時輪到我點的歌，我才不必繼續跟阿晉學長聊這個話題，也不必面對他那雙彷彿想看穿我的眼睛。

我已經兩個禮拜沒見大叔了。

自從那天與他還有靜芝姊道別後，我就鮮少接他們的電話，更不曾再主動打給大叔。每次他們邀我出去，我都以各式各樣的理由回絕，但爲了避免像之前那樣突然消失聯繫不上，讓他們擔心，所以大叔來電時，我依舊會報平安，只是並不直接跟他對話，而是選擇用簡訊回應。

我騙了所有人，假裝過得很忙碌，只爲了不讓自己有時間思念一個人，不讓自己一閉上眼睛就想起那個人的臉。

即使無法從這份感情中抽身，至少我可以努力不要再深陷下去。

如今，唯有可以盡情唱歌的地方才能爲我帶來救贖，像是卡門的舞臺，以及眼下的KTV包廂。只有在音樂裡耗盡所有力氣，我才能什麼都不想，自在地呼吸。

我只想唱歌，也只要唱歌。

「嗨，親愛的！」琪琪對我揮揮手，她坐在客廳裡，正一邊敷臉一邊翻閱雜誌。

「妳不是明天才回來嗎？」我有些意外。

「在高雄沒什麼事，就決定早點回來陪妳。不過難得看妳這麼晚回來，今天不是沒有駐唱嗎？卡門星期天不營業吧？」

「我和吉他社的學長姊去唱歌了，還一起吃了消夜。」

「這樣啊，看來妳不是一個人閒在家沒事做。」她把視線移回雜誌上，「也對，根本不用擔心妳，畢竟妳至少還有草莓大叔。」

我並未答腔。

「這陣沉默是怎麼回事？」琪琪抬眸，「要是在平常，妳早就跑來告訴我這幾天跟大叔去了哪裡，嘰哩呱啦開心地說上半天才對，怎麼沒什麼反應？」

我坐到她身旁，好一會兒才說：「老實說，我已經好一陣子沒去見大叔了。」

「爲什麼？」她卸下面膜，「你們沒聯絡？他沒打給妳嗎？」

經她這麼一問，我才發現自從跟學長姊吃完消夜到現在，都沒有再聽到手機響起，於是忍不住想看看，卻赫然發現口袋裡的手機不翼而飛。

我趕緊去翻包包，確定真的不見了，心霎時涼了一半。見我神色不對，琪琪馬上猜出是怎麼回事，「手機不見了嗎？」

「嗯，好奇怪，吃消夜的時候明明還在的。」

「該不會掉在外面了吧？」

這時，門鈴響了，我去應門，聽到阿晉學長的聲音從對講機傳來。

我匆匆跑下樓，站在鐵門外的他笑了笑，舉起我的手機。

「我剛剛打給妳，結果是店裡的老闆娘接的，她說妳的手機掉在座位下，所以我去幫妳拿回來了。應該是不小心從口袋裡掉出來吧？」

我鬆了口氣，十分感激，「謝謝你還特地送來給我。」

「不客氣。」他稍稍斂起笑容，猶豫半晌後低聲問：「小莫，妳是不是有喜歡的人了？」

突如其來的問題讓我的心臟差點跳出胸口。我對上他異常認真的目光，「為、為什麼突然這麼問？」

「在來妳家的路上，我發現有個叫草莓大叔的人一直打給妳，而且之前有很多通未接來電都是他打的。」他再度用彷彿企圖看穿我的眼神凝視我，「草莓大叔就是叔叔，對不對？」

我更加心驚。

像是要確認自己的推論正確，阿晉學長接著說：「我看了手機相簿裡的照片，幾乎全是叔叔的照片，這代表他是最常跟妳見面的人，所以草莓大叔肯定就是叔叔，沒錯吧？」

「……你偷看我的手機？」我的聲音發顫，既悲憤又震驚。他是怎麼解鎖的？

他面有愧色，「對不起，我明白不該這樣做，但我實在無法不在意。因為妳跟叔叔是那麼的親近，還為他做了那麼多事，而在妳身邊的叔叔也變得完全不像是我所認識的叔叔……我真的沒辦法說服自己這一切只是我多心。更重要的是，除了逸光，我從沒看過妳對誰露出那樣的表情。」

我無法接話。

「小莫，妳可以給我一個答案嗎？」他的注視幾乎令我窒息，「我可以相信妳之前親口說的保證嗎？」

「學長，我眞的聽不懂你在說什麼。」我亟欲逃離。

「不，妳一定懂。」他靠近我，「妳現在能再次向我保證嗎？保證妳沒有做出對不起逸光……或是傷害我們大家的事？」

我動彈不得，感覺自己的情緒就要潰堤。此時身後傳來一聲呼喚：「小莫。」

琪琪神色悠然走了過來。

她站在阿晉學長面前，笑容可掬地自我介紹：「你好，上次你來找小莫時，我跟你通話過，我是小莫的室友，可以叫我琪琪。」

阿晉學長尷尬地回以微笑，接下來卻發生讓我萬分錯愕的事。

琪琪狠狠賞了他一個耳光。

阿晉學長還來不及反應，琪琪再度給了他一巴掌，使得他踉蹌退後幾步。

「琪琪，妳在做什麼？」我驚喊。

雖然阿晉學長及時穩住身子，但突然被人連甩兩個耳光，一向溫和的他仍有了怒氣，「喂，妳——」

第三個耳光。

我嚇壞了，趕緊用力抱住琪琪，阻止她再動手，「琪琪，妳是怎麼了？快點住手！」

「第一個巴掌，是替逸光打的。」琪琪平靜地對學長開口，「因爲你一再辜負他對你的信任，傷害他最重要的人。」

學長的怒容霎時僵住。

「第二個巴掌，則是替草莓大叔打的，因爲你也正在以他的名義，傷害他很珍惜的小莫。」她微微瞇起眼眸，「至於最後一巴掌，是替小莫打的。不需要我跟你解釋爲什麼了吧？」

阿晉學長啞口無言。

「什麼叫做『保證妳沒有做出對不起逸光，或是傷害我們大家的事』？你腦子有洞嗎？」琪琪的眼神異常冰冷，「憑什麼她得向你保證這種事？難道沒有你們的允許，她就不能再談戀愛？用這種方式來威脅小莫，會不會太卑鄙了？」

「妳根本不懂！」學長激動起來，「如果是跟逸光無關的人，那我當然會祝福小莫，可是那個人不行，沒有任何人會接受的！」他紅著眼睛，「我不能眼睜睜看著小莫犯錯，更不能讓她深陷下去，不然最後傷得最重的絕對是她自己！」

「你給我聽好了。」琪琪雙手抱胸，面無表情，「就算小莫愛的人跟逸光有密切關係，也輪不到你教訓她，這不干你的事，你用不著將自己視爲小莫的拯救者。如果你眞的認爲她愛上了錯誤的對象，那你當初不顧逸光對你的信任，不惜一切也要擁有小莫的時候，有想過自己的行爲是對是錯嗎？」

「這兩件事根本就不該相提並論，怎麼能混爲一談？」學長反駁。

「很抱歉，對我而言這兩件事沒什麼不同。如果你是站在道德的立場來看，那麼確實可以認爲小莫對不起逸光，但如此一來你也一樣，自然沒資格指責小莫！」

學長臉色鐵青。

「我不想再跟你討論這個問題了，我只是想告訴你，你沒有權利要求小莫給你任何承諾。感情這種事，誰也無法給誰絕對的保證，你如果是因爲小莫背叛當初的承諾，覺得心有不甘，那你應該也比誰都清楚她的痛苦，爲什麼還刻意用這種方式加深她的罪惡感？甚至還惡劣地拿逸光當藉口逼迫她？」

阿晉學長沉默不語。

「最後，我再說一次，你沒資格對小莫說三道四。她跟那個人之間的事，永遠輪不到你來評判，所以別再那麼自以爲是了，讓人看了就想吐！」

說完，琪琪逕自返回屋裡，阿晉學長低著頭呆站了許久，才慢慢抬起頭看我。

「小莫，我很抱歉，我……」

「阿晉學長，我希望你能好好聽清楚我接下來所說的話。」我靜靜看著他，「我現在沒辦法給你任何答案，但是你不用爲我擔心，因爲一切都結束了。你所擔憂的事，永遠也不會發生。」

在他困惑的注視下，我扯出一個笑，「謝謝你把手機送回來給我，晚安。」

丟下學長，我頭也不回地進屋，琪琪已經坐回沙發上繼續看雜誌。

我正想開口說話，她卻率先出聲：「抱歉，突然就那樣跳出來。」

我搖搖頭，坐下來勾住她的手，低頭靠在她肩上。

「所以妳才沒有再跟草莓大叔見面？」她問。

我默認。

「他知道嗎？」

我搖頭。

「這就是妳的決定？」

我靜靜點頭。

她深深一嘆，「眞可惜，草莓大叔是個好男人呢。」

我不禁笑了起來，淚水也跟著溢出眼角，「謝謝妳……琪琪。」

即使必須辜負大叔，即使必須背負著強烈的罪惡感，我也不會後悔。

無論如何，我都不願讓大叔因爲我而失去笑容，更不願讓大叔因爲我而痛苦不堪，所以我只能用這種方式結束我們之間的緣分。

這是我唯一能選擇的路。

✦

「今年的寒假好像過得特別快，感覺一下子就開學了。」社辦裡，兔子學姊意興闌珊地說。

「會嗎？我倒覺得日子過得好慢，大概是因爲沒辦法每天見到你們，所以不太習慣。」我笑著回應。

「唉唷，我們莫子什麼時候變得這麼會說話了？」她寵溺地揉揉我的頭，「對了，妳十四號那天有駐唱嗎？」

「十四號……有，我唱最後一個時段。怎麼了嗎？」

「這還用問？妳忘記那天是什麼日子了？是妳的生日呀，呆瓜！」

我這才意會過來，「抱歉，我只想到那晚卡門有情人節活動，沒想到生日什麼的……」

「我就知道，那天卡門的位子早就被搶光了。」坐在電腦前的康康學長十分扼腕。

「我們本來還打算當晚去卡門幫妳慶生，唉，沒有事先考慮到這點。」學姊神情頹喪。

「小莫要上課，晚上又要唱到十二點，怎麼幫她慶生？不管是駐唱前還是駐唱後慶祝，對她來說都很累吧。」社長搖頭。

我擺擺手，「大家不用特地爲我慶生的，反正當天我也要工作——」

「不行，一定要幫妳慶生，這樣我才有正當理由不過什麼狗屁情人節！」康康學長認眞地表示。

「沒錯，小莫妳在二月十四號出生是有意義的，就是爲了造福我們這些光棍。什麼鬼情人節，老子才不屑！」連波波學長都難得憤慨。

望著他們半晌，我提議：「要是你們那天不介意等我到十二點，我們就去KTV，好不好？」

兩位學長眼睛發亮，當場眉開眼笑，康康學長二話不說便要打電話預約KTV包廂。

「我們可以先唱，等小莫下班後再接她過來。」社長轉過頭，「阿晉你有機車，到時你去載小莫吧？」

始終沒有表達意見的阿晉學長愣了愣，遲疑地說：「可是……」

「你不想載小莫嗎？」

「不是不想，只是我——」

「阿晉學長，你當天可以來載我嗎？」我乾脆地問，「不方便也沒關係，到時我再自己坐車去找你們。」

他的眼底流露出愕然，似乎沒想到我還願意拜託他，「不會不方便的，我去載妳。」

「謝謝。」我微笑。

時序進入二月，學校開學了，我的生活也總算重新有了重心。

雖然過得忙碌，但我十分享受充實的日子，正因爲這份充實，我漸漸不再去注意手機的未接來電是否依舊都來自某個人了。

我從偶爾回傳簡訊，到現在變成完全不回覆，一天又一天拉開的距離，使得手機響起的次數越來越少。

如今，那個名字已經好一陣子沒再出現於手機螢幕，我告訴自己，這樣很好。再好也不過。

「情人節快到了，我到底什麼時候才能擺脫單身？」M說，他跟老爺雙雙趴在桌上。

「可能得再等個十年，你們的情人節注定要獻給卡門，乖乖認命吧。小空都沒說話了，哪輪得到你們抱怨？」小西涼涼說。

「就是嘛！所以今天是小空的生日，根本不是什麼情人節！」老爺拍桌。

「沒錯，今天根本就不是情人節！」M也喊。

「拜託你們別再說了！」J崩潰大叫。

營業時間一到，一對對情侶陸續湧入，不一會兒就座無虛席。

配合情人節，今晚歌手們不像以往那樣各自獨唱，而是男女歌手一組合唱。由於平常很少有機會看到兩名歌手同臺表演，觀眾的反應比以往還熱烈。

見臺下的戀人們笑得幸福甜蜜，我也不自覺被他們的喜悅感染，更加努力地演唱一首首情歌。爲了他們的笑容而唱，跟著他們微笑，如此我才能有自己也很幸福的錯覺。

「小空。」表演到一半時，佐哥跟老爺合力捧著二十吋的巨大生日蛋糕來到舞臺上，我驚喜得一下子濕了眼眶。

臺下掌聲四起，現場所有人齊聲爲我唱生日快樂歌。

聽著這美好的歌聲，我更加確信這一切不是錯覺，也不是幻覺，此時此刻，我確實是幸福的。

我很幸福。

「辛苦嘍，小空，生日快樂！」

「生日快樂，拜拜！」

和其他歌手道別後，我獨自在休息室裡整理東西，心想阿晉學長應該差不多要到了。

這時，店員進來告訴我：「小空，大門口有人找妳。」

「好。」我拎起包包快步走出去，推開大門向站在外頭的人說：「阿晉學長，我好了，你……」

眼前的人令我將接下來的話硬生生嚥回肚子裡，我驚愕地看著對方。

「莫莫。」他輕喚。

我幾乎忘記呼吸，直到他走近我，最後在我可以清楚望進他眼底的距離停步。

「下班了？」他溫柔地問。

三十多天。

整整一個多月，我都沒有深深凝視這雙眼睛，還有這個笑容。

哪怕僅是一個眼神，都會使我無可自拔，所以我像個膽小鬼般逃得狼狽，相信只要還沒有陷得太深，有一天就能回到原點。

無路可退的我必須這麼相信，也只能這麼相信。

「莫莫？」見我沒有反應，大叔又喚了聲。

「爲……」我強自掩飾失措，低聲問：「爲什麼大叔會在這裡？」

「當然是來看妳的啊。」他淺淺一笑，「這麼久沒見到妳，妳也沒來找我，連電話都不接，我很擔心妳是不是發生什麼事了。」

「我很好。」我別過頭，避開他的目光，「沒什麼需要大叔擔心的事。」

「那就好。要不要我送妳回去？妳一個人回家很危險……」

「不用了。」我語氣生硬地拒絕，「我還要去其他地方，我的學長正準備來接我。」

大叔並未接話。

「對了，我要還你東西。」我從包包裡拿出他給我的備份鑰匙，「今後……我有更多重要的事得做，沒有心力顧及其他，所以應該沒什麼機會再去大叔家了。既然不會去，那麼也沒理由繼續留著這把鑰匙。如果靜芝姊常去你那裡，你就把鑰匙給她吧。」

我原以為大叔會被我疏離的態度惹怒，但是他完全沒有不高興。他只是緩緩接過我遞出的鑰匙，然後微笑，「我知道了，對不起。」

我心頭一顫，而他拿出一個紙袋，交到我手中。

「……這是什麼？」

「是生日禮物。今天不是妳的生日嗎？」他又笑。

我愣然。

「雖然不夠完美，不過大叔盡力了，為了在這一天之前順利完成，這一整個月我都在趕工。」他看著我的眼神始終溫和，「自從決定學習陶藝後，我就希望有天能夠親手做一份禮物給妳。」

我說不出話。

「謝謝妳，莫莫，這些日子辛苦妳了。」他摸摸我的頭，「祝妳生日快樂，好好保重。」

大叔的身影逐漸走遠，最後消失在黑夜裡，我杵在原地沒動。

不久，阿晉學長騎著機車出現，見我呆站著，他下車關心，「小莫，妳怎麼了？」說著，他扭過頭，往另一個方向望去，「對了，剛剛過來的路上，我好像看見叔叔——」

我驀地轉身衝回卡門店內，不顧學長的呼喚，直奔休息室用力關上門。

我渾身無力，雙腿發軟地癱坐在地，心跳幾近失控，直到呼吸勉強平復後，我才看向大叔給我的禮物。

紙袋裡裝著一個盒子，我小心翼翼地打開，裡頭是一組茶具。白色的茶壺和兩個小茶杯精緻可愛，壺身跟杯身還繪製了企鵝的圖案。

我摀住嘴巴，胸口一下子像是被什麼填得滿滿的，越來越熱，也越來越疼。

「妳喜歡什麼動物？」

「我喜歡的動物很多，但最喜歡的是企鵝。」

我說過的話，大叔都記得。

他一直都記得。

「今天不是妳的生日嗎？」

眼淚滴落在茶壺上。

他始終用不變的溫暖笑容包容著我，我卻只能以這種方式傷害他，將他狠狠推開。

「雖然不夠完美，不過大叔盡力了，爲了在這一天之前順利完成，這一整個月我都在趕工。」

「自從決定學習陶藝後，我就希望有天能夠親手做一份禮物給妳。」

「謝謝妳，莫莫。」

我忍不住抱著茶具放聲痛哭。

深刻的絕望擊潰了我，只是短短幾秒，這些日子以來的努力便被徹底打碎，而且是再也拼湊不回去的破碎。

我到底該怎麼辦？

在陷得這麼深以後，究竟該怎麼做才能逃離那個人身邊，回到原點？

我要怎麼樣才能回去？

✦

打開家裡的鐵門時，天色已經濛濛亮了。

昨天離開卡門後，我和學長姊們在KTV徹夜唱歌，此刻整個人頭重腳輕。

載我回來的阿晉學長坐在機車上，沒有馬上離開，而我沒有回頭再與他道一次別。我已經毫無餘力裝作什麼事都沒發生，也沒心情解釋，雖然學長也什麼都沒問。

儘管他明明都看見了。

「妳還好嗎？小莫。」

面對他的關心，我並未回應，只是點了個頭就進屋去。

我回房倒在床上，身子的沉重使我發覺自己有多疲憊，整個人彷彿正在往下深陷。然而再累再疲憊，我的神智依舊十分清醒。

我無法忘記大叔離開的背影。

不管如何麻痺自己，都還是不能將他自心底徹底抹去，只要一個笑容、一個眼神，就可以讓我明白什麼叫做徒勞。

我實在太天眞了，以爲躲在看不見他的地方、想辦法忙到沒力氣去思念他，這份感情就不會再增加分毫。

「莫莫。」

我將臉深深埋進被窩裡，忍不住嗚咽出聲。

光是他的一聲呼喚，便足以抽空我的世界裡的所有氧氣，令我無法呼吸。

我在日落時分來到大叔家附近。

我不敢更加靠近，只是隔著一段距離，凝望著那對我而言最重要的避風港。即使沒有面對他的勇氣，我的心還是無法不受牽引，難以繼續欺瞞自己。

我控制不了想見他一面的渴望。

經過一番掙扎，我終於朝大門再走近一步，耳邊卻突然傳來摩托車的聲音。我轉頭望去，內心霎時大驚，想也沒想便躲到對面的牆後。

在那台摩托車經過時，我看見正好走在旁邊的大叔。

大叔沒有發現我，手裡拎著超商購物袋的他走到家門前，準備開門，但有個人在這時候叫住了他。

「叔叔！」

大叔看向對方，我也嚇了一跳，竟然是阿晉學長。

背著包包的阿晉學長欣喜地說：「好久不見，叔叔，我是阿晉，小時候都跟逸光一起玩的。您還記得我嗎？」

「阿晉？」大叔本來還有些納悶，聽了阿晉學長的自我介紹後，才想起了什麼，難掩吃驚，「真的是你？好久沒看到你了。」

「是啊，逸光告別式的那天，我找不到時間好好跟您聊聊，後來才得知叔叔現在住的地方。」阿晉學長將手中的禮盒交給他，「這是送給您的。」

「人來就好，幹麼還送東西？進來坐一下吧。」大叔邀他進屋。

「沒關係，不用麻煩了。坦白說，我今天只是剛好經過這一帶，等等還要回學校。我原本打算找個時間正式拜訪您，但走到這附近時突然想來看看，所以才趕緊買了禮盒，先過來跟您打聲招呼。」

「這樣啊。」大叔點點頭，「不過你怎麼知道我的住址？」

「嗯……其實是小莫告訴我的。」

「小莫？」大叔一頓，「你是說莫莫？」

「對，莫莫。說起來很巧，我跟逸光還有小莫讀同一所大學，而且我跟小莫高中時就認識了。有次我偶然聽她說，她常會來找叔叔，我才知道你們有保持聯繫。」

「原來如此。」大叔再度頷首，隨即語帶笑意說：「我知道了，謝謝你今天來看我，下次再跟我聯絡，我請你吃飯。」

「謝謝。」學長有禮地一笑，接著又遲疑地開口，「那個……叔叔，其實我今天來，還有一件事情想和你說。」

「什麼事？」

「是關於小莫的事。」他抿了抿唇，「叔叔知道，她是逸光的女朋友嗎？」

「我知道。」大叔平靜地回答。

「逸光走了之後，我們都很努力地從失去他的傷痛中站起來，那段時間小莫也過得非常痛苦，直到進入卡門駐唱，生活有了別的重心，她才沒有像一開始那樣深陷在悲傷裡。」

大叔沒有說話，似乎是在等阿晉學長說下去。

「小莫能漸漸振作，除了因爲成爲卡門的歌手，我相信也是因爲遇見了叔叔。她割捨不了跟逸光有關的一切，而您又是逸光在這裡唯一的親人，您的存在對小莫來說想必相當重要。可是未來她還有很長的路要走，有美好的前程在等待著她，她卻遲遲不願放棄這份羈絆，這對她而言並無益處。看到她再一次把自己困住，我眞的於心不忍。」

阿晉學長難過地望著大叔，「只要小莫繼續和叔叔見面，她就將永遠放不下逸光，那份痛苦也會不斷折磨她。我知道叔叔很珍惜小莫，所以對你說這些話，我覺得很抱歉。可是爲了小莫好……能不能請叔叔今後別再去找她，也別再跟她見面了？」

由於大叔背對著我，我看不見他此刻的表情。他低聲回應學長，我聽不清楚，但能聽到阿晉學長既喜悅又感激地說：「謝謝叔叔，眞的謝謝您！」

我不知道他們後來又說了些什麼，只記得再回過神時，阿晉學長已經離開，大叔也已經不在原處。

翌日，我去了社辦，走到正在彈吉他的阿晉學長面前。

「學長，請你出來一下，我有話想跟你說。」

我的口氣冷漠，因此他顯得意外，我們一起進了隔壁的空教室。

「你爲什麼要跟大叔說那些話？」關上門，我劈頭就問。

「什麼？」他一時不明白我的意思。

「要是我再和大叔見面，我就會繼續痛苦下去，所以你拜託大叔別再來找我、別再跟我見面。你爲什麼要這麼跟他說？」

學長面色一僵，愕然問：「妳爲什麼會知道這件事？難道是叔叔告訴妳的？」

「不是。」

學長啞口半晌，「莫非……昨天我去找叔叔的時候，妳也在場？妳去找叔叔了？」

我撇過頭。

「爲什麼？妳不是說一切都結束了？」他問得急促，態度相當慌亂，「小莫，妳知道妳在做什麼嗎？我很努力地想說服自己相信妳，因爲我無論如何都沒辦法想像事情會變成這樣，妳是眞的愛上——」

「對，我愛他！」我大吼出聲，「我愛著大叔，而且愛到我再也無法對自己說謊。我愛他，非常非常愛他！」

我的坦白讓學長徹底傻了，他無力地癱坐在椅子上，雙手掩面。

「小莫……」他聲音微顫，「他是逸光的爸爸啊！」

「這一點我比任何人都還要清楚，你不必提醒我。」

「這真的是愛嗎？」他神色疲憊地問，似乎想爲我、也爲他自己留條退路，「妳好好想想，會不會是弄錯了？妳只是因爲叔叔是妳跟逸光之間僅存的聯繫，才會不知不覺依賴他，結果不小心把這種感覺誤認爲是愛……」

「這個問題我早就已經問過我自己了。」我冷冷說。

「什麼？」

「我只是把對逸光的思念寄託在大叔身上，所以這並不是愛情。我太久沒有感受過家庭的溫暖，不自覺地把大叔對我的好視爲父愛，對他產生依賴，所以這並不是愛情。我跟大叔都失去了同一個重要的人，才會彼此惺惺相惜，所以這並不是愛情。大叔只是剛好在我最脆弱、最痛苦的時候給予我安慰，讓我有個歸屬之處，所以這份情感單純是感激，並不是愛情。」

我拚命壓抑哽咽，眼眶卻還是濕成一片，「我早就用這些理由說服過自己，努力想證明一切只是錯覺，但現在我知道了，這些都是我拿來安慰自己、拿來讓自己留在大叔身邊的藉口。」

阿晉學長滿臉心疼，起身伸手要碰觸我，「對不起，小莫。我並不是想逼妳，只是我——」

我在他即將碰到我時迅速退後，並且擦掉淚水，收起情緒，「我只想告訴你，雖然我喜歡大叔，可我從沒想過要跟他在一起。大叔他什麼都不知道，更沒有任何過錯，所以你再怎樣也不能去跟他說那種話。我已經傷了他一次，這就夠了，我絕不允許其他人傷害他。只要是害大叔陷入痛苦的人，不管是誰我都不會原諒！」

說完，我丟下學長，頭也不回地離開教室。

深夜，我把自己關在房裡聽音樂，卻隱約聽見有人敲門，於是我無力地起身。

「走吧。」琪琪一看到我就說。

「……走去哪？」我不明所以。

她嫣然一笑，「喝酒，今晚要不醉不歸。」

琪琪帶我去了一間位置隱密的陌生酒吧。

這間酒吧沒有卡門的華麗跟熱鬧，室內的藍色燈飾讓人感覺很舒服，也令整個空間充滿寧靜與愜意的氛圍。

琪琪和名叫Kevin的調酒師交談了下，兩人似乎是交情不錯的朋友。

「第一次看妳帶朋友來，而且還是位美女呢。」站在吧檯後的Kevin微笑。

「她是我室友，我帶她來放鬆心情。」說完，琪琪神態慵懶地告訴我：「我兩年前曾在這裡彈鋼琴賺外快。」

「琪琪的琴藝非常好，有不少忠實粉絲，可惜現在不來彈了。妳可以幫我勸她回來嗎？」Kevin又對我笑。

聞言，我不禁好奇，「為什麼不繼續在這裡彈琴了？」

「當然是因為找到薪水更優渥的打工啦，那時候我很需要錢，這裡的薪資根本無法負擔我在臺北的開銷。」

「妳還是這麼老實，我聽了會心痛耶。」雖然嘴上這麼說，Kevin並沒有真的難過的樣子。

「歹勢，我這人一向只說實話。」琪琪端起酒杯，一飲而盡。

後來Kevin去招呼其他客人，琪琪催促我喝。我幾乎不喝酒，還沒喝完一杯，雙頰跟腹部便一陣發熱，腦袋也開始昏沉。

「琪琪。」

「嗯？」

「妳爲什麼……從不阻止我？」

我語焉不詳，琪琪卻懂了。她盯著我片刻，「阻止妳，妳就不會喜歡上草莓大叔了？」

我沒作聲。

「雖然在大部分的人眼中，甚至是妳自己眼中，都認爲這份感情離經叛道，不見容於世，但在我看來，莫莫妳其實已經很幸運了。」

「幸運？」我沒料到她會這麼說。

「是啊，以前我在這裡彈琴的時候，聽了不少客人的故事，每當想起那些人的故事，我就會覺得妳的情況沒這麼嚴重。」她搖搖酒杯，「不過這只是我個人的看法，所以我沒打算說服妳什麼，畢竟這不是該被拿來比較的事，也不是對跟錯的問題。」

我瞧瞧琪琪，而後一語不發地對著酒杯發呆。

一股寒意突然襲來，我不自覺瑟縮了下，然後慢慢睜開眼睛。

我居然趴在吧檯上睡著了，琪琪則倒臥在一旁的沙發上呼呼大睡。

此時還不到十二點，我憑著還殘存幾許的意識，想去叫醒琪琪，卻被Kevin攔阻，「妳不要叫她比較好，琪琪雖然酒量不錯，但醉了很容易抓狂，要是隨便動她，搞不好會出事。妳可以放著她不管沒關係，以前她也常常直接睡在這裡。」

雖然不太放心琪琪，但既然她的舊識都這麼說了，我想應該不會有問題，因此便說：「那我先回去了，等琪琪醒來後，可以幫我跟她說一聲嗎？」

「沒問題，下班後我會親自送她回去的。不過妳一個人可以嗎？」

「可以，我搭計程車。」

「那我幫妳叫車。」

當我踏出酒吧時，Kevin叫的車也到了。

告訴司機地址後，我整個人往後靠著椅背，試圖藉此緩解腦中揮之不去的昏沉。

車子開過好幾條街道，經過一座橋時，橋下的絢爛燈火使我沒來由地鼻頭微酸，不自覺閉上眼睛。

「小姐，到了喔。」

司機叫醒我，我恍恍惚惚拿出錢包，匆匆付錢下車。只是站定後，眼前的建築一映入眼簾，我當場傻住了。

看見大叔的家時，我一度以爲自己醉到產生幻覺。

好一會兒，我才確定自己眞的跟司機說錯了地址，不禁懊惱地揉了揉額際。計程車已經開走，我得再打電話叫車，或是走到馬路邊攔車才行。

心裡這麼想著，我卻遲遲無法移動腳步，目光也離不開那棟屋子。

回到思念已久的港灣，僅僅只是看著，我就忘了所有不適，一心只想往那扇門靠近。

失去思考能力的我渾身乏力地靠在門邊，耳邊突然響起刺耳的鈴聲。

我不小心壓到了門鈴。

這個發現讓我瞬間醒了一大半，立刻倉皇地想逃走，但是門很快被打開。

「莫莫？」

靜芝姊的聲音傳來，我腦子一懵，一下子忘記抬步。

她穿著整齊、背著包包，似乎正好要出門。她拉住我，驚訝地說：「這個時候妳怎麼會在這裡？妳知不知道我有多久沒見到妳了，妳為什麼不肯跟我聯絡？」

「我……我……」我還不曉得該怎麼回答，另一個聲音便從她身後傳來。

「靜芝，怎麼了？是誰？」

見大叔出現，我倒抽一口氣，他的眼神也透著詫異。我想退後，卻雙腿一軟，整個人重重跌坐在地，嚇得他們連忙把我帶進屋內。

接下來，我只記得自己躺在沙發上，而大叔跟靜芝姊站在玄關處交談，我聽不清楚他們在說些什麼。

我好想離開，但又不想在這時候清醒，我怎樣都不願徹底回想起他們先後從屋子裡走出來的畫面，那令我窒息，連呼吸都會疼痛。

不知時間過去了多久，直到額頭感覺到一絲冰涼，我才再度睜開眼，看見一張面孔由模糊慢慢轉為清晰。

大叔淡淡一笑，低聲問：「還會不舒服嗎？」

我呆望著他，差點以為自己再也不會移開視線。

「……靜芝姊呢？」我的聲音沙啞無比。

「她回去了。」

我不懂喝醉，還大半夜一個人在外頭遊蕩，若是在以往，大叔早就狠狠訓斥我一頓了，可是他沒有這麼做。如果他發脾氣，也許我的心裡還好過一些，可是現在他對我的態度不一樣了。

我不希望他這麼小心翼翼地對待我。

「想不想喝水？」

我搖頭。

「那就去逸光的房間休息吧，躺在這容易著涼。妳可以走嗎？」

我勉強坐起身，腦袋仍是暈眩得厲害，見狀，大叔說：「沒關係，我抱妳進去。」

他將我的一隻手放到他的頸後，整個人朝我貼近。就在他準備抱起我的那瞬間，我的另一隻手也繞到他的頸後，擁住了他。大叔一愣，隨即停下動作。

即使疲憊到近乎動彈不得，我還是使盡所有力氣，只爲了抱緊這個人。大叔的體溫和氣息，以及衣服的味道，都使我頓時紅了眼眶。

聽見我的哭聲，大叔輕輕將我放下，但我擁著他不肯放，而他就這麼靜靜任由我抱著。

「對不起，莫莫。」良久，他沉聲開口，「大叔讓妳痛苦了吧？」

我用力搖頭。

「其實大叔很笨，也很遲鈍，即使不小心傷了妳，我也不會知道。讓妳這麼難過，我眞的覺得很抱歉。」

我再次搖頭，淚水滴落在他身上。

「大叔。」

「嗯？」

「對不起，對不起，對不起……」

「傻瓜，妳又沒做錯事，道什麼歉？」他溫柔地問。

「因爲……我喜歡大叔。」

我顫抖不已，再也壓抑不住哽咽，「我眞的很喜歡你……」

喜歡到再也看不清前方的路。

對於願意爲此拋棄所有、捨棄一切的自己，我開始感到害怕。

至今我依然記得跟在大叔身後，努力追著他跑的那天，雖然那彷彿是很久以前的事了。不變的灰西裝，沒有表情的面孔，是我對他的最初印象。

爲了抓住與逸光之間的羈絆，我不顧一切地闖進大叔的世界，只爲完成逸光最後的心願，也期盼自己可以藉此從傷痛中重新站起來。

「我喜歡大叔。」

然而現在，我卻抱著大叔，說出了原本這輩子都不打算讓他得知的心情。

大叔被我突如其來的告白弄得一怔，好一會兒沒有出聲。

「莫莫……」他緩緩吁口氣，「我也很喜歡妳。」

我微微一顫。

「像妳這麼善良體貼的孩子，有誰會不喜歡呢？我很高興妳願意待在我身邊，可是我不希望因此使妳痛苦。不管是對逸光，還是對我，妳都已經做得夠多了，不必對誰感到抱歉，更不要爲了留住這份羈絆，一再勉強自己。」他輕撫我的頭，「別再因爲逸光而把自己困住了。放下他，好好走妳想走的路，好嗎？」

聽了大叔這番話，我便知道他十分在意阿晉學長所說的那些。

他真的以爲我是出於對逸光的執著才接近他，甚至以爲我是勉強自己留在他身邊，所以才會向我道歉。

我不由得再次悲從中來。大叔有了這樣的想法，不就等於我又傷害他了嗎？

「莫莫，妳不用替我考慮，也不用擔心我，我只希望妳能開開心心過日子，如同妳一直以來鼓勵我的那樣，我也希望妳能這麼做，知道嗎？」

我慢慢放開大叔，直視他的雙眼。

「大叔，你希望我留下來嗎？」我認眞地問，「你希望我像過去那樣待在你身邊嗎？」

他呆了呆，而後苦笑，「莫莫，妳聽我說，我不想耽誤——」

「不要顧慮我！」我大喊，「我只想知道你眞正的想法，不要考慮任何人，也不要擔心誰會因此受傷，我只要聽大叔的眞心話，只要回答我這個問題就好！」

我渾身顫抖，「你需要我嗎？你希望我留在你身邊嗎？」

他愕然之餘，也又一次沉默。

看見靜芝姊出現在大叔家後，我就已經不再奢望什麼，卻還是無法壓抑內心的衝動。

我想親耳聽他說，我不怕答案會有多傷人，只怕直到最後才發現自己不曾眞正了解這個人。

大叔靜靜注視我，接著伸出手，似乎想觸碰我，卻在指尖即將落到我的臉龐時停住，遲疑幾秒後將手收回去。

「嗯，我需要妳。」

我呆住。

「所以我希望妳留下。」他神情認眞，「就這樣一直在我身邊。」

在我啞口之際，他又伸出手摸我的頭，「可是大叔不能這麼自私，對不對？如果這樣做會讓妳痛苦，那我硬是把妳留在身邊又有什麼意義？」

他微笑，「我不會討厭妳，也不會強迫妳，我只想還給妳原本屬於妳的自由，所以如果妳不願意，我就不會繼續打擾妳。但如果妳其實還會想再來，無論何時我都歡迎，這個家的大門永遠爲妳敞開。」

他替我擦拭眼淚，我怔怔看著。聽完這番如此溫暖的話語，我的心裡卻沒有半點喜悅，只有更深刻的絕望。

晚上，我睡在逸光的房間。

我傳了封簡訊給琪琪，以免她因爲我沒回家而擔心。

這一夜，我難以成眠。

「像妳這麼善良體貼的孩子，有誰會不喜歡呢？」

「逸光……」我對著天花板輕喃，「結果大叔還是不明白我的心意呢。」

昏暗的房裡沒有一絲光線，我伸手蓋住眼睛，低低地笑了，「對不起，居然跟你說這種話……」

「我需要妳。」

「所以我希望妳留下，就這樣一直在我身邊。」

這些話我一輩子也不會忘記。

如果逃離不了，那麼面對就是我最後能選擇的路。

選擇讓一切歸零。

隔天，我在大叔之前起床，留了張紙條在客廳的茶几上，然後返家。

我探頭看了眼琪琪的房間，她還在睡，於是我打掃了家裡，然後做了早餐。琪琪起床後發現我爲她做的豐盛早點，開心地在我臉上親了一下，對於昨晚我去大叔家的事隻字未提。

下午，我接到靜芝姊的電話，她先是關心我有沒有宿醉，接著邀請我晚上一起用餐，大叔也會去。

她沒問我昨晚發生什麼事，多半是刻意不提。

晚上我們相聚時，靜芝姊看起來心情愉快，完全沒有因爲我前些日子的疏離而表現出半點質疑跟不滿，依舊待我如妹妹般。

「莫莫，我跟妳說，前陣子陶藝教室來了一位在公司是董事長的學生，他看到妳大叔的作品，說想要買下，可惜妳大叔不願意賣。」

「爲什麼？」我好奇地問。

「因爲妳大叔太龜毛啦，他自認作品沒有好到可以拿來販售，要是眞賣出去的話，他反而會良心不安。結果那位董事長就決定向他訂製一組茶具，還表示不管多久都願意等呢。」

我打從心底覺得高興，「眞的嗎？」

「是呀，起因是妳大叔做了兩組茶具，一組是墨綠色，另一組是白色，因爲造型很可愛，董事長便說想買給女兒當禮物，並且看上了白色那組。但妳大叔說那是非賣品，所以董事長轉而想買墨綠的，結果妳大叔還是不肯賣，理由就是我剛才說的那樣了。」

這時，我想起大叔送給我的生日禮物，「白色……」

「對啊，妳大叔很細心，還在上面畫了一隻企鵝呢。」靜芝姊笑著說，「後來那組茶具突然不見了，我問他是不是送人了，他還神神祕祕地不回答。不過現在我也很期待他還會捏出什麼東西，說他才學不到一年實在很難讓人相信，果然是注定要吃這行飯的。」

「別把我講得這麼厲害，我會有壓力。」大叔無奈地笑。

我壓抑著心中翻騰的情緒，既感動又欣喜地對大叔說：「大叔，恭喜你，你眞的越來越厲害了，我好替你高興！」

大叔注視我片刻，唇角再度一揚，「謝謝。」

這輕鬆愉悅的一餐，讓我有種昨夜什麼都沒發生的錯覺。

離開餐廳後，靜芝姊開口道別，還叮囑大叔一定要把我安全送回家，大概是擔心我又會在外頭待到深夜。

靜芝姊的笑容令我心痛，我對她感到十分抱歉。

「要再去逛逛嗎？」大叔問。

「好啊。」

我們前往商家林立的鬧區，雖然人潮不少，但逐漸降低的氣溫還是令我直打哆嗦，於是決定買杯熱飲。

我順道幫大叔買了一杯熱的無糖茶，走回他等候我的地方，他坐在行人徒步區的一張長椅上。

把茶遞給他後，我沒有跟著坐下，而是站在他面前，「大叔天天把自己關在家裡捏陶，很久沒來這麼熱鬧的地方了吧？」

「是啊，安靜慣了，偶爾會覺得熱鬧一點也不錯。」半晌，他又說：「謝謝妳，莫莫。」

「謝我什麼？」

「謝謝妳今晚願意出來。」

「只是這樣你就跟我道謝？」我眨眨眼，「大叔，你真的這麼怕被我討厭嗎？」

他微微一怔，然後笑了起來，「可能吧。」

我深深凝視著他。

我再次開口喚他，當他抬起頭時，我靠向他，俯身在他唇上落下很輕很輕的一吻。

四周的所有喧囂彷彿一下子全都遠去。

心跳聲是如此清晰，我離開大叔的唇，對上他愕然的目光。

「大叔，我跟你一樣，無論如何都不可能討厭你，因爲你是繼逸光之後，第二個讓我體會到幸福的人。」一抹酸楚湧上心頭，「我也很想一直待在你身邊，永遠不離開你，可是我喜歡上了你……這麼地喜歡。這樣的我，眞的還能留在你身邊嗎？」

我淚眼模糊，「我不想使你痛苦，可是我也已經沒辦法再隱瞞這份感情，更沒辦法再抱著這種心情待在你身邊。」我哽咽，「眞的很對不起，大叔。」

說完，我匆匆離去，而他沒有追來。

頂著周遭投來的異樣目光，我擦著怎樣也停不住的眼淚，低聲啜泣。

昨晚大叔對我說了那些話之後，我便明白無論再怎麼逃，最終都還是割捨不掉這份感情，因此只能用這種方式做個了斷。

既然我離不開大叔，那麼就讓大叔自己決定離開我。

我明白無論是我對他的感情，還是藉由表明心跡逼迫他遠離的做法，對他而言都是再一次的傷害和背叛。

但我只能這麼做了。

✦

「康康。」兔子學姊坐到康康學長面前，神色哀戚。

「幹麼，怎麼臉臭得跟大便一樣？」正在彈吉他的康康學長一臉疑惑。

「我有兩件事想告訴你，還想請你幫我一個忙。」學姊說著說著，泫然欲泣，「我只剩下你可以拜託了……」

康康學長連忙放下吉他，「喂，發生什麼事了？」

「我……」學姊悲從中來，哭得上氣不接下氣，「我懷孕了，我懷了我男友的小孩，我不知道到底該不該把他生下來……」

「啥？」康康學長大驚失色，「等一下，妳什麼時候有男朋友的？我怎麼不知道？妳眞的懷孕了嗎？」

「當然是眞的，我該怎麼辦？你是社團裡鬼點子最多的人，快幫我想點辦法，我因爲太害怕，根本還不敢跟其他人說。」

「妳、妳突然叫我想，我也不知道該怎麼辦啊！」康康學長驚慌之餘不忘安撫，「好啦，兔子，妳先別哭，我會替妳想辦法的。」

「眞的？」學姊淚眼汪汪。

「當然啦。」

「謝謝你。」學姊破涕爲笑，「康康，還有第二件事。」

「還有？」康康學長差點從椅子上滑下來，顯得膽顫心驚，「什麼事？」

「你知道今天是幾月幾號嗎？」

「今天？」學長拿出手機一看，「四月一號啊，怎麼了？」

「這天是什麼日子，你忘了嗎？」學姊仍神情哀戚。

「四……」康康學長一呆，在我身後的波波學長忍不住爆笑出聲，其他學長也捧著肚子笑得東倒西歪，兔子學姊更是當場趴在桌上笑到渾身抖個不停。

發現我們全都躲在教室外面，康康學長才發現自己被耍了，跳起來大叫：「靠，你們這群混蛋，居然惡整我，你們還是不是人？兔子，妳竟敢給我裝哭，太缺德了！」

「我只是以其人之道還治其人之身。」學姊擦掉眼淚，嘿嘿一笑，「也不想想去年是誰在愚人節前一週騙了大家，說自己罹患癌症，刻意鋪梗鋪這麼久，把我們嚇得半死，所以我們早就計劃今年要好好報復你一下了。」

康康學長氣得跟學姊吵起來，其他學長決定不管他們，轉而到附近的自動販賣機買飲料。

「你們有看見康康剛才的表情嗎？笑死我了，害我憋笑到快內傷！」大概是因爲報了仇，波波學長一副渾身舒暢的樣子。

阿晉學長則用笑到沙啞的聲音說：「兔子的演技眞的太好了，說哭就哭的功力實在厲害。」

「能在畢業前這樣整他一次，也算是爲這最後兩個月的大學生活增添快樂的回憶。」社長望向站在一旁的我，「只是想到畢業，就覺得很捨不得小莫。」

「畢業典禮那天兔子一定會哭死，畢竟學校裡跟她感情最好的女生就是小莫了。」波波學長說。

我沒有回應，視線不經意落到阿晉學長身上，他笑笑看著我，眼底卻也帶著落寞。

轉眼間，學長姊們就要畢業了。

除了他們，還有一個總是陪伴著我的人也即將離開，正是同樣在今年畢業的琪琪。她打算先搬回高雄住個一、兩年，再決定是否再來臺北。

雖然明白這一天遲早會來臨，我也知道今後還是有機會見面，可是面對重要的人全都要離開，我還是無法不感到悲傷。

「小莫。」

我坐在操場旁邊的一張石椅上，阿晉學長過來遞了杯飲料給我，「剛才遠遠就看到妳坐在這裡了。」

「謝謝。」我稍微往另一邊挪，讓出空間給他坐，半晌後問：「阿晉學長畢業後有什麼打算？」

「啊，原來我還沒跟妳說過？」他笑了笑，「我報考了兩間研究所，一間在臺中，一間在高雄，爲了準備考試，這幾個月我都在苦讀。」

「我以爲你會留在臺北。」我略感意外。

「沒辦法，就那兩間學校有比較讓我感興趣的研究所。但換個新環境過過新生活，不也很棒嗎？」

我一時無語。

「雖然這四年來發生許多事，不過對我來說，能夠跟逸光還有妳重逢，依然是最令我高興的事。」他朝遠方眺望，神情沉靜，「高中時，因爲淨澤的關係，使我和妳不得不在那種情況下分別，所以我不希望現在又用同樣的心情與妳道別，我不想再經歷一次類似的遺憾。」

「……其實我覺得很不可思議，從以前到現在，阿晉學長你眞的是在我身邊最久的朋友。」

「是啊，可見我們多有緣。」他笑了一聲，「雖然這段緣分沒有結果，可是我不願因此否定我們的相遇。經過這些日子的沉澱，我發現我確實一直在傷害自己，也不斷傷害妳，爲此弄得身心俱疲。這不是小莫妳的錯，是我自己走不出來。」

他看著我，「坦白說，我之所以打算離開臺北，有一部分也是爲了離開妳，但我不是想跟妳斷絕往來，是因爲不想斷絕往來，才會選擇這麼做。等將來我們再見面，我相信我們就能當回普通的學長跟學妹，所以即使有些事是現在的我無法支持的，我也會尊重妳。無論妳最後決定留在誰的身邊，對未來的我而言，這將不再是最重要的事，我只會在乎妳幸不幸福、過得快不快樂。」

我的內心無比苦澀，只能抿唇凝視他，淡淡一笑，「謝謝你，學長。」

有些事阿晉學長並不知情，而我也沒打算告訴他。

他不知道我已經向大叔表白，更不知道自從那天後，大叔就再也沒有跟我聯絡。

我打破了與大叔之間的平衡，而一旦越界，深陷其中的我就只能墜落，摔得渾身是傷。

雖然這本來就是我想要的結果，我卻並未如釋重負，反而因爲以傷害大叔來換取結束一切，而始終活在心痛與愧疚裡。

失去賦予我力量的那個笑容後，有很長一段時間，我又幾乎忘記該怎麼笑。

該怎樣在不想起那個人的時候，也可以眞心地笑？

六月的畢業典禮上，待我如親妹妹的吉他社學長姊們身穿學士服，都給了我一個大大的溫暖擁抱。兔子學姊就和學長們預料的一樣，從頭到尾都抱著我哭個不停。

「嗚嗚……我們都畢業了，只剩莫子一個人，她要怎麼辦？」

「拜託，小莫又不是小孩子，妳有必要哭成這樣嗎？」康康學長大翻白眼。

「你懂個屁！」學姊邊哭邊罵，「莫子，如果學校裡有人敢欺負妳或者騷擾妳，務必跟我說，我一定回來狠狠修理他們！」

「小莫，你要保重，兼顧課業跟駐唱的工作很辛苦，別把身體搞壞嘍。」社長叮囑。

「有機會我們再聚聚，要等我們喔！」波波學長也說。

我感動地連連點頭。

畢業典禮在戶外舉辦，並且安排了學生演出，當我聽到一段輕柔的鋼琴旋律時，下意識轉頭朝舞臺上望去。

同樣穿著黑色學士服的琪琪坐在鋼琴前，她烏黑的長髮垂落在肩上，襯托出秀麗的白皙臉蛋，那優美的琴音和從容的身姿，很快就吸引住所有在場學生的目光，她一連彈了三首動人的曲子，令不少畢業生都紅了眼眶。

每早醒來首先聽見的，就是琪琪那蘊含淡淡悲傷的溫柔琴聲，隨著她離開，撫慰心靈的琴聲也將隨之消失。

演奏完畢，琪琪下了舞臺便過來找我。

陽光照亮她臉上的笑容，她張開雙臂，擁抱撲到她懷裡的我。在學長姊們面前，我努力想忍住不哭，可是琪琪懷中的溫度卻讓我一下子淚流滿面。

典禮結束後，我們手牽手在沒什麼人的操場上散步，過沒多久，琪琪仰頭嘆了口氣。

「我這個人啊，一直以來都隨興慣了，以為自己可以很灑脫地離開，但是現在卻有樣東西害我放不下，一顆心就這麼懸在那。」

「什麼東西？」我疑惑地偏頭。

「這還用問？當然是妳。」

我十分訝異，「爲什麼？」

「因爲妳還把自己困在失去那個人的痛苦裡，走不出來啊。」她用食指輕推我的額頭，「離開他的這四個月，妳像失了魂似的，以爲我都沒看出來嗎？傻瓜。」

我不禁語塞，而她突然放開我的手，快步跑到前方與我拉開一段距離，再回頭面向我。

「小莫，如果現在逸光就站在這裡，妳會想對他說什麼？」

這一問讓我傻住了。

「如果妳不曉得，那麼我代替他問妳。」她直直望進我的眼底，「妳到現在還是忘不掉草莓大叔嗎？」

不知爲何，我無法躲開琪琪的注視，也無法動彈。

「妳沒有一天不想他嗎？」

我喉頭乾澀、心跳不穩，許久後才點了頭。

「妳後悔喜歡上草莓大叔嗎？」

咬緊下唇，這次我搖搖頭，眼眶越來越熱。

「逸光的天空在卡門，那妳的呢？」她問，「妳的天空在哪裡？」

那個人的身影清晰地浮現在我的腦海。

我的天空，就在他的那雙眼睛裡。

在他那抹溫柔的淺淺笑容裡。

我一直以來抬頭仰望的人，就是大叔。

大叔就是我的天空。

「小莫。」琪琪對默默掉淚的我說，「假如逸光現在眞的就在妳面前，也聽見妳的答案了，以妳對他的了解，妳覺得他會跟妳說什麼？」

我渾身一顫。

儘管我根本不敢去思考這個問題，可是琪琪盯著我，不容許我逃避。

逸光，你會跟我說什麼？

你一定不會原諒我，對不對？

我不但傷害了你，也傷害了大叔，我罪大惡極，對不對？

我閉上眼睛，但再度睜開眼的那一霎，我震驚地看著琪琪。

我摀住嘴巴，蹲了下來崩潰痛哭。直到琪琪走回我身邊，我仍激動得不能自已。

「他……什麼也沒說。」我渾身抽搐，哭到幾乎喘不過氣，「可是逸光在笑，他對我露出微笑，他看著我……在笑……」

明知這只是我想像出來的幻影，我還是控制不住情緒。

我彷彿眞的看見逸光站在眼前。

這時琪琪開了口：「小莫，妳知道嗎？是妳讓我開始相信命運。妳跟草莓大叔都是逸光深愛的人，雖然你們同時失去了他，卻也因爲他而建立起深刻的羈絆。妳幫助大叔從困境中重新站起來，大叔也使妳重拾笑容，你們爲彼此找回生活的重心，相互扶持，一同走出失去逸光的傷痛。」

她語帶笑意，「坦白說，一路看著你們，我常覺得草莓大叔簡直就像是逸光留給妳的天使，而小莫妳也是逸光留給他爸爸的天使。彷彿是他促成你們相遇，想讓你們代替他留在對方身邊，完成他生前來不及爲你們做的事。」

她輕柔替我擦拭淚水，「就像妳讓他們父子得以重新了解彼此一樣，當妳爲逸光傷心難過的時候，也是大叔讓妳擁有了另一份寄託，不是嗎？」

我仍啜泣不止，「可是……我害我們之間的關係變了質。原本大叔可以一直快樂下去的，我卻令他失望了。」

「他有說過妳的感情害他很不快樂、很痛苦，所以無法再接納妳嗎？」

「沒有，可是這是一定的，他沒聯絡我，所以……」

「妳怎麼知道？妳應該去到他面前看著他的眼睛，親自聽他開口拒絕妳，而不是把決定權丟給他就逃走。妳這樣單方面認定草莓大叔的想法，難道他就不會也誤解妳的想法嗎？」

琪琪神情嚴肅，「別一廂情願地覺得對方會怎麼想，除非聽到本人的回答，否則妳的那些猜測都只是逃避的藉口。明白嗎？」

原以爲已經平靜下來的心，因爲琪琪的當頭棒喝而再次動搖。我不敢眞的相信琪琪的話，卻又無法不爲所動，爲此陷入掙扎。

暑假前的某個晚上，我的手機響起，螢幕上顯示的來電者令我心生詫異。是許久不見的靜芝姊。

✦

我跟靜芝姊約在離陶藝教室不遠的咖啡廳碰面。

自從不再跟大叔聯繫後，我和她也漸漸沒見面了，只有偶爾互傳訊息關心彼此。

我不曉得大叔是否跟她說過什麼，因爲她並沒有問我，但我明白她肯定已經注意到我和大叔之間的情況不對勁。因此這次她約我出來，我有預感她多半是要談這件事，即使如此，我還是赴約了。

和她面對面坐下，我不確定自己是否還在期待什麼，卻已經決定，如果靜芝姊發現了我對大叔的心意，我不會再隱瞞。

於是在她主動開口前，我先問了目前最想知道的事：「大叔他最近好嗎？」

她偏頭笑了笑，說出令我意外的答案：「坦白講，我也不太清楚。」

「咦？」

「除了禮拜六上課時，現在我很少有其他機會見到他了，每次打給他，他都在家裡捏陶，有時連電話都不接。」

我非常訝異，「妳沒有去他家找他嗎？」

「有啊，但大部分的時候，即使我過去，他也不見得會來應門，沒法知道他究竟在不在，還是其實是身體不舒服在休息，這讓我總是很掛心。」

「靜芝姊不是有大叔家的鑰匙？就算他沒應門，也可以進去確認他沒有累倒在家的。」想到大叔以前曾經昏倒在家門口，我就不由得緊張。

靜芝姊卻滿臉不可思議盯著我，像是聽見什麼奇怪的話。

「莫莫，妳為什麼會認為我有妳大叔家的鑰匙？」

我愕然，「難道他沒有給妳？」

「當然沒有，他為什麼要把這麼重要的東西給我？」她笑起來，「莫莫，難道妳以為我跟妳大叔在交往？」

「因、因為，之前我喝醉酒不小心跑去時，見到妳那麼晚還在大叔家，所以才……」

「妳誤會了，那天我是有事找妳大叔討論，結果不小心待得有點晚。當妳按門鈴時，我正好準備回去。」她認眞注視著我，「莫莫，妳是因爲誤會我們兩個的關係才刻意不跟我們聯絡，對嗎？妳喜歡妳大叔，對不對？」

我垂下頭，聲音低啞，「對不起，我不是故意想瞞著妳的。」

「我沒有怪妳，即使妳不告訴我，我也看得出他在妳心裡有多重要，不然妳不會爲他付出這麼多，又始終陪在他身邊。」她的笑容裡多了分無奈，「雖然我也喜歡妳大叔，可是看你們這樣，有時我反而會覺得是自己介入了你們，所以發現妳刻意疏遠他後，我的心裡很過意不去。」

我搖搖頭，「這不是靜芝姊的錯，就算沒有妳，我也不可能一直留在他身邊，因爲我遲早會察覺自己的這份感情。而且當我把眞心話告訴大叔後，他就沒有再跟我聯絡了，所以我想他也無法接受我的感情。他是因爲逸光的關係才對我視如己出，我卻傷害了他，也因此失去他的信任。」

聽完，靜芝姊沉默了一陣，輕輕地嘆息。

「莫莫，妳眞的認爲，妳大叔他之所以不跟妳聯絡，是因爲妳傷了他，覺得妳辜負他的信任？」她看著我，「若我說不盡然呢？」

「咦？」

「我想告訴妳一件事。」她緩緩說，「有天我去妳大叔家，他泡了一壺紅茶招待我喝，結果要拿杯子的時候，卻發現只有他自己用的那個。後來我在廚房的櫃子裡發現一個陶杯，他說那是妳第一次跟他去上課時做的，於是我問他能不能借用，我覺得如果擔心妳會不高興，那瞞著妳別說就好了。結果妳知道他怎麼做嗎？」

我搖頭。

「他看著手拿妳的杯子的我，呆愣在那裡，接著突然叫我等一等，人就跑了出去。最後他從便利商店買了紙杯回來，那天我們兩個都用紙杯倒茶喝。」

我沉默下來，思緒有些混亂。

「雖然是兩個月前的事了，我的印象還是很深刻。而且那時候你們已經沒聯絡了，對吧？以女人的直覺來判斷，我覺得妳大叔那天的反應不是因爲怕被妳知道，才不同意我用妳的杯子，而是因爲不想讓別人碰妳的東西。他自己可能沒察覺，但是他的舉動已經洩漏出這種想法，與其說那是一個父親對女兒的保護，我倒認爲比較像是出於男人的占有欲。」

靜芝姊露出意味深長的笑容，我呆呆回望她。

「我很明白，他比誰都還要珍惜莫莫妳。就算妳的感情讓你們之間的關係改變了，他對妳的關愛仍沒有變。那個至今依舊在爲妳著想的傻大叔，如果知道妳在他身邊會感到痛苦，又怎麼可能忍心開口叫妳回去？」

她輕輕拍了拍我的手，「妳大叔其實非常單純，他平常可以很理性，碰到感情的事就不一定了。妳的表白或許確實帶給他很大的衝擊，不過這也是讓你們的關係改變的機會。無論你們之間是不是眞的要結束，我都希望是你們兩人一起下的決定，而不是只讓其中一方抉擇，這樣很容易造成一輩子的誤解跟遺憾。」

「……爲什麼靜芝姊要對我說這些？妳不也喜歡大叔嗎？」我艱難地問。

她露出無奈的微笑，「若是站在情敵的立場，我確實不會想對妳說這些，只是我實在無法看著妳大叔繼續消沉下去。現在的他除了製陶，對其他事都不怎麼關心，笑容也沒有以前多。跟有妳在身邊的日子相比，眞的差了很多。」

她握緊我的手，愼重地說：「在我眼裡，莫莫妳已經不是小女孩，而是一個女人了，所以我希望妳能爲自己的幸福勇敢一次，好好地去聽妳大叔想說的話。我相信妳的杯子依然被他十分珍惜地收在原處，我也相信他會保留著杯子的原因只有一個，那就是在等妳回去。」

與靜芝姊分開後，好半晌，我才從她的話裡回過神。

我踏上曾經走過無數次的那條路，在大叔家的門口停步。

「我也相信他會保留著杯子的原因只有一個，那就是在等妳回去。」

深呼吸了幾次，我鼓起最大的勇氣摁了門鈴。

第一次，沒人應門，但我有預感大叔在家，因此又摁了第二次。果不其然，屋內傳來越來越清晰的腳步聲。

門被打開的剎那，我屏住呼吸。

大叔擰著眉頭，看起來有些疲倦。一對上我的眼睛，他登時僵立在原地。

我強忍住內心的激動，冷靜開口：「對不起，大叔，沒事先聯絡就跑過來。你正在忙嗎？」

他不發一語，最後用淺淺微笑回應我，讓我進屋。

我原以為他應該忙著捏陶，卻發現工作室的燈關著，客廳的茶几上有一袋藥包跟一杯水。

「你生病了嗎？」我連忙問。

「沒事，小感冒而已。」他從廚房走出來，端了一杯飲料給我，「來。」

他泡了杯奶茶，裡頭加了冰塊，用我做的陶杯盛裝。

我無法描述此刻這份想哭的心情。

因為感冒，大叔本來吃完了藥便準備在沙發上休息片刻，但是我來了之後，他怎樣也不願去躺著，在我的堅持下才終於屈服。

我將擰過的濕毛巾放在他的額頭上，不太放心地問：「真的不用進房裡睡嗎？躺在床上會比較舒服吧？」

「躺在房裡總覺得悶，在這裡就好了。」他閉上眼睛。

聽他這麼說，我沒再出聲，而是靜靜凝視他的臉。

也許是太久沒見面了，關不住的思念在這一刻全都傾洩而出。我捨不得移開視線，連眨眼都覺得可惜，因此當大叔睜開雙眼時，我們的目光就這樣直接對上，我彷彿可以看見自己映在大叔眼底的身影。

「莫莫，妳過得好嗎？」他開口。

那雙眼眸一如往昔那般溫柔，我啞著聲音回答：「一點也不好。聽不到大叔在耳邊叨念，老是覺得不對勁，再好的事都變得不好了。」

「我以前有常念妳嗎？」他笑出聲。

我輕咬住下唇，「對不起，大叔，結果我又讓你變成一個人。很抱歉在那樣傷害你之後，還來見你。但我是眞的很想念大叔。」

「妳不用道歉。」他平靜地說，「其實直到現在，我還是不知道該怎麼做，對妳才是好的。妳始終獨自傷心著，我卻從來沒察覺。如今我害怕無論怎麼做都會傷害到妳，所以就算我想見到妳，也不敢把妳留在身邊，只怕會耽誤妳的人生。」

我的心裡滿是訝異，「所以大叔並沒有對我失望？」

「當然沒有。」

「如果我說，即使你沒辦法給我回應，我也想一直陪伴大叔，你會同意嗎？」我的聲音發顫，「如果我願意爲自己的行爲負責，不會後悔的話……這樣就能繼續留在你身邊嗎？」

他靜靜看我，「我只希望妳能答應我一件事。」

「什麼事？」

「不管過了多久，只要有一天，妳覺得倦了，絕對不要有所顧慮，也不要擔心或害怕任何事。若有一天妳想離開，無論什麼時候，大叔都會讓妳走。」

淚水奪眶而出。

我忍不住在大叔面前哭得泣不成聲，這次是因爲喜悅和幸福。

✦

回到熟悉的日子，我的心情卻截然不同。

我依舊過著白天上課、晚上駐唱的忙碌生活，而大叔也持續鑽研他的陶藝。當我的課業量跟工作量都漸漸增加，開始無法像以前那樣三不五時就跑去大叔家後，我們便只有在兩人都剛好有空時才能夠見面。

時光飛逝，兩年後，我從大學畢業，在卡門駐唱的合約也到期了，而我決定離開那曾給予我無數美好回憶的舞臺。

但我沒有因此放下麥克風，在小海學姊的引薦下，我進入小白學長所屬的經紀公司，成爲學長的同門師妹。小海學姊擔任我的製作人，爲我量身打造了一張專輯，我的出道歌手之路就此展開。

第一張個人專輯發行後，我收到許多朋友寄來的祝賀卡片，包括琪琪、靜芝姊、吉他社的所有學長和學姊，以及當年卡門的歌手們。

其中最令我感動的是來自欣亞的祝福。她親手寫了張卡片給我，祝我專輯大賣。

看著她的卡片，我難掩喜悅地露出微笑，接著聽見大叔問：「什麼事這麼開心？」

「有好事當然開心。對了，大叔，我的專輯發行了，你都不恭喜我的嗎？」我哀怨地看他。

「恭喜妳。」

「爲什麼聽起來這麼敷衍？」

「怎麼會？我是發自內心說的。」他將剛燒製好的陶器放到架上，「今早我就去買兩張回來了，一張給逸光，一張放在工作室。」

「你已經買了？可是我今天過來就是要送專輯給你耶。」

「這不一樣，我喜歡用行動表達支持。」他笑了笑，「還有別忘了，之前我說過要帶妳去一座茶園，等妳有時間我們就去吧，當作是慶賀妳發片的禮物。」

經過這幾年的努力，熱愛陶藝的大叔已經捏製出無數精美的陶藝品，並建立起口碑，如今甚至成立了一間工作坊。

我和大叔的新事業都逐漸步上軌道，彼此之間的關係卻沒什麼變化。我們相處的模式依舊像是親人，又像是朋友，雖然難免會有發生摩擦的時候，卻也令我覺得自己跟大叔的心更加貼近，不再有半點隔閡。

我們不再去思考那些過於複雜的事，唯一的共識就是把握現在，珍惜在對方身邊的每分每秒。

「好漂亮！」

遠眺著眼前一望無際的青翠茶園，我雀躍地讚嘆：「我第一次看到這麼大的茶園，眞的好美！」

「最近要跟這座茶園的主人合作，所以對方才邀請我來參觀。這裡不只種茶，還有果樹和蔬菜。」大叔笑了笑，「茶園的主人應該快來了，我們先去前面的屋子等。」

「好。」

我跟大叔一同走在步道上，欣賞沿途的楓紅美景。

過了一會兒，我的視線投向點綴著朵朵白雲的天空，不自覺地停下腳步。

「大叔。」我開口，「站在這裡……你會不會產生想要永遠留下來的念頭？」

他瞧著我，「怎麼了？妳想留在這裡？」

我深深注視這片藍天，「因爲跟你站在這裡，會讓我有種很幸福的感覺。」

大叔沉默片刻，而後微笑，「是嗎？」

我們漫步在寧靜的仙境中，兩人的手不知不覺牽在一起，這個動作是如此自然，自然到彼此都沒有察覺。

方才凝望天空的那一刻，我告訴了就在那裡的逸光。

今後無論在哪裡，我們的世界都將同樣遼闊明亮，我們擁有的是同一片天空。

爲了你，我會繼續擁抱最美麗的湛藍。

全文完

番外
他的背影

我一個人站在玻璃窗前，目不轉睛看著窗戶另一側虎視眈眈盯著我的凶猛動物，興奮與畏怯交雜的情緒使我的心臟快速跳動著。

一將手貼上窗玻璃，那頭猛獸就齜牙咧嘴朝我撲來，我嚇得倒退一步，不小心跌坐在地。揉揉疼痛的屁股，我望向害我跌倒的罪魁禍首，反而開心極了。我又湊到玻璃窗前，卻聽到一聲叱喝。

「逸光！」

看到向我焦急奔來的人，我興高采烈地喊：「爸爸，你快來看，這隻老虎好大又好漂亮，牠剛剛往我這裡衝過來，結果我——」

我的話被爸爸的一記耳光硬生生打斷，他鐵青著臉斥責：「不是叫你等我，不要亂跑嗎？要是你走丟了，或是被陌生人拐走該怎麼辦？是因爲你說老師出的作業要求附上出遊的照片，爸爸才帶你來動物園。如果你不聽話，以後都不要出來玩了！」

「可是爸爸你買東西買好久，我很無聊……」我委屈地辯駁，臉頰火辣辣的疼痛讓我一下子哽咽了。

「你剛才說想要吃熱狗跟可樂，爸爸才會去買。排隊的人很多，當然得等比較久，這不代表你可以亂跑。你快十歲了，之前我也教過你那麼多次，爲什麼還是學不會聽話？」

爸爸被我的行爲徹底激怒，氣氛變得凝重無比，因此我們也沒再繼續參觀動物園，連買來的熱狗和可樂都沒有享用，就直接回家了。

我躲在房間裡傷心地哭，一度想打電話給遠在美國的媽媽，告訴她我想搬去跟她一起住，要她帶我走。可是爸爸人在客廳，於是我決定等他晚上睡了再打電話，而在那之前我絕不出房門。

但天色還沒完全暗下，我就已經餓得頭昏眼花，最後由於爸爸的命令，我還是很沒骨氣地乖乖出了房間吃飯。

餐桌邊只有我和爸爸，用餐的氛圍既冷清又嚴肅，連餐具碰撞到盤子的清脆聲響對我而言都是種凌遲。

我忍不住又想念起媽媽。以前吃飯時她常會陪我聊天，讓我看卡通，可是在爸爸的監督下，我沒有半點自由，完全不能分心做別的事，否則就會挨罵。

我一點都不想跟爸爸一起生活。

「爸爸已經把今天在動物園拍的照片拿去照相館沖洗，明天才可以取件。在這之前，你要把這禮拜的作業都完成。」爸爸頭也不抬地說，「吃完就把盤子收好，去寫作業。」

我默默把餐具和餐盤放到流理臺，悶悶不樂地準備回房，走沒幾步便被爸爸叫住了。我以爲自己又做了什麼事惹他不高興，卻見他從袋子裡拿出一樣東西，我驚訝地瞪大眼睛。

「拿去吧。」爸爸將一個老虎布偶交給我。

接過布偶，我忍不住問：「這是爸爸在動物園買的？」

「嗯，你去上廁所的時候，我在紀念品專賣店看到，你不就是爲了看老虎才跑不見的嗎？」他面無表情，語氣像個冷冰冰的機器人，「回房間吧。」

我抱著布偶回到房裡，心情十分複雜。

意料之外的禮物使我突然不曉得該不該繼續生爸爸的氣，我摸著老虎布偶，直到心情稍微好了點，才把布偶放在床頭。

跟爸爸相處是一件非常痛苦的事。

明明是父子，我卻不曾從他那裡感受到半點屬於父親的溫暖，別說呵護，我連他的笑容都鮮少見到。

他總是工作到很晚，當他回家時，我通常早已入睡，這一點即使在媽媽離開後也沒改變。因為沒時間照顧我，所以在我升上國中前，爸爸都是請人來家裡幫我煮晚飯和打理家務。

只有我跟爸爸的童年時光毫無樂趣可言，每天除了念書就是寫功課，沒有任何娛樂，就連和朋友玩耍也被限制。

某天他難得準時下班，一踏進家門發現我跟鄰居哥哥阿晉在客廳看電視吃零食，他當場板起臉，「你們兩個在做什麼？」

我們沒料到他會這麼早回家，頓時嚇得從沙發上跳起來。

晉哥率先道歉：「對不起，叔叔，我今天不小心忘記帶家裡的鑰匙，只好拜託逸光讓我先待在這裡，等我爸媽下班我再回去。」

「我剛剛在門口看到你媽媽，你現在可以回家了。」爸爸乾脆地下了逐客令。

「晉哥不能留下來和我們一起吃晚飯嗎？」我怯怯地問。

「當然不行，阿晉的媽媽也在等他回去吃飯。你如果想跟阿晉玩，就先把你該做的事做好。」說完，他又轉頭看向晉哥，「阿晉，你以後要是想找逸光，先打電話跟我說一聲，若逸光功課沒寫，或者書沒讀完，就必須等他完成後再說。他已經國二了，我不希望他太鬆懈。你也一樣，就算才高一，也要好好讀書，別太散漫，知道嗎？」

晉哥不敢反駁半句，畢恭畢敬地回：「我知道了，那……我先回去了，下次過來前我會先打電話的。叔叔、逸光，再見。」

晉哥一走，見我還呆坐在原處，爸爸又叨念：「我說過晚餐前不能吃零食，否則會吃不下飯。我不在你就亂來了嗎？」

「吃一點又不會怎樣，反正晚餐我絕對吃得完！」我氣他趕走晉哥，忍不住回嘴，「而且我今天才剛考完試，放鬆一下又有什麼關係？為什麼我不能跟晉哥一起玩？都是因為爸處處限制我，不讓我跟同學出去，也不讓我買手機，現在朋友幾乎都不約我了！」

「這是因為上次段考你的成績退步了。我說過很多次，你如果有任何要求，就把該做的事做好再來跟我談。」

「你也太不近人情了，我只是想和朋友玩，又不是去做壞事。我才不要變得像爸這樣，我想過得自由一點，而不是每天過著和犯人似的生活。」我咬牙切齒，「你就是太冷酷無情，媽媽當初才會決定跟你離婚！」

盛怒中的我口不擇言，和爸大吵了一架。

將長久累積的怨氣一次發洩出來的結果，便是我們整整冷戰了一個多月沒說話，同時，這段期間他都沒有給我零用錢，除了早餐費，我沒有多餘的錢可花。

放學後，我向朋友抱怨這件事，而他們異想天開動起了歪腦筋。

「逸光，既然你爸這麼機車，要不要整他一下？讓他再也不敢對你這麼過分。」其中一個朋友提議。

「怎麼整？」我不懂他的意思。

「你爸現在在上班吧？告訴我他的名字和手機號碼。」

我依言報出爸的名字和手機，他立刻跑去用公共電話撥打。

朋友清清喉嚨，將聲音壓低，以威脅的口吻說：「喂？林克齊先生嗎？你兒子林逸光在我手裡，他欠了我很多錢沒還，如果你不在期限內還錢，我就把你兒子——」

我衝上前一把奪走話筒掛回去，大驚失色，「你在幹什麼？」

「給你爸一個教訓啊，你不是看他不爽很久了？讓他緊張害怕一下，他就不敢再那麼囂張啦。」朋友得意洋洋地說。

他惡作劇的行爲令我直冒冷汗，一想到爸那張喜怒不形於色的面孔，我擺擺手，否定他的預想，「他才不會緊張害怕，而且誰會被這種老掉牙的綁架說詞騙？就算眞的信了，他應該也只會在乎我闖了什麼禍、欠別人多少錢。你打錯如意算盤了。」

抱持著這樣的想法，我一如往常準時返家，應該還在上班的爸卻居然坐在客廳。

「你剛剛去了哪裡？」他劈頭便問。

「沒、沒去哪，我一放學就直接回來了。」我結結巴巴地回。

爸將我從頭到腳仔細打量了一遍，像在確認我是否毫髮無傷，隨後才稍稍鬆了口氣。

「你去吃飯吧，我先回公司了。」他越過我走向大門，我這才發現他的呼吸有些亂，額頭跟脖子上有幾顆汗珠，也沒把公事包帶在身邊。

我連忙叫住他，「你還沒下班？」

「還沒，我在公司接到詐騙電話，所以回來看看，現在沒事了。記得把門窗鎖好。」

我愣愣望著他匆促離去的背影。

三天後，爸又做了一件讓我跌破眼鏡的事，他買了手機給我。

「有事隨時打給我，如果我打給你，你要馬上接，沒辦法馬上接的話，也要盡快回電。你要是沒做到，我就會收回手機。」

我頓時明白，那天朋友的惡作劇眞的嚇到他了。儘管他什麼也沒說，但他會從公司趕回來，明顯是爲了確認我的安危。

意外得到朝思暮想的手機，又知道爸其實還是會擔心我，我卻沒有多開心，心中反倒升起罪惡感。

只可惜，我和爸之間的關係並未因此而有所改善。

「逸光，你明晚有空嗎？」

我從國小就認識的一個學長在下課時間來找我，他逕自拿下我戴著的耳機，興致高昂地問：「你去求你爸讓你出門，我們一起去酒吧，好不好？」

「酒吧？」我嚇了一大跳，「你瘋了嗎？未成年怎麼能去那種地方？而且想也知道我爸不可能同意，如果我敢去，他絕對會殺了我的！」

「白痴，誰叫你老實講的？你騙他說是要參加我的慶生會就好了。我說的那間酒吧很不一樣，會在特定時間開放未成年者入場。我讀大學的哥哥和他女朋友明晚要去，說可以順便帶上我，而且那間酒吧這星期推出四人同行一人免費的優惠，所以我才想找你一起去。我聽說那間酒吧的駐唱歌手都很厲害，你那麼喜歡唱歌，還一天到晚跟我借CD，應該會有興趣吧？一起去聽聽看吧！」

事實上，我對酒吧裡的駐唱歌手沒什麼興趣，但畢竟那是從未涉足過的場所，因此我還是不免被勾起好奇心，決定想辦法讓爸答應我在明晚外出。

我以參加朋友的慶生會爲藉口，再三央求他同意我外出，並且允諾整個週末都會在家乖乖讀書，這才順利得到許可。

瞞著他去那樣的場所，算是我做過最大膽也最冒險的事了。但我怎樣也沒想到，純粹因爲好奇而下的這個決定，竟會深深影響我往後的人生。

隔天晚上，我來到名爲「卡門」的酒吧。第一次看到光芒四射的炫目舞臺，第一次聆聽歌手的現場演唱，我整個人被震撼得腦袋一片空白。

尤其是當那位名叫「小白」的男歌手演唱時，他高超的吉他演奏和完美的歌喉，使我一時失去了思考能力，渾身不自覺地顫抖，甚至幾度不受控制地熱淚盈眶。

這種有如電流竄過全身的體驗，徹底顚覆了我原本的世界。

我永遠也忘不掉那個夜晚，因爲就在那個晚上，我不但發現了埋藏在自己內心深處的熱情，也確立了畢生的夢想。

我想成爲像小白一樣的歌手，站上舞臺唱出打動人心的歌聲。

我想成爲卡門的歌手。

✦

我把手機放到餐桌上，爸抬頭看了我一眼。

「爸，我想拜託你一件事。」我深呼吸，鼓足勇氣開口，「我……想學吉他，你可不可以讓我學？我不要手機，也不要其他東西，只要一把吉他就好。我會用功讀書的，如果下次我的成績進步，你能不能允許我買吉他？」

「你爲什麼想學吉他？」他盯著我，語氣沒有絲毫起伏。

「因爲我喜歡唱歌，我希望可以學會自彈自唱。」我第一次坦白說出自己的夢想，「我想要當一個歌手。」

「歌手？」他擰緊眉頭，「你的意思是想進演藝圈？」

「我、我日前沒想得這麼遠，但當歌手是我現在最想達成的目標，也是最大的願望。」

「不可以。」爸斬釘截鐵地駁回，「如果是跟課業無關的事，就不必找我商量了，尤其是這種沒有意義的事。」

「爸，拜託，我是認眞地想——」

「我說不行就是不行，你的本分是好好讀書，考上好學校，將來進入好公司規規矩矩地上班。學吉他對你的人生有什麼幫助？你眞以爲當歌手有你說的這麼簡單？你能保證將來一定會成爲歌手？如果失敗了怎麼辦？就算眞的成爲歌手，你能確定自己可以一直獲得關注嗎？有把握一輩子都靠這份工作賺錢嗎？你眞的認爲自己有這種能耐？」

爸尖銳的質問堵得我啞口無言。

明明只是想要一把吉他，爲什麼他要把事情講得這麼嚴重，甚至毫不留情地否定我的夢想？

「我只是想學樂器而已，又不是要做什麼壞事。」我委屈地說。

「不是壞事，但也不是什麼正經事，沒志氣的人才會玩音樂。而且你要我怎麼相信你不是三分鐘熱度？之前你才說想要手機，現在又輕易把手機拿來當交換條件，如果我眞的買吉他給你，你肯定也是遇到挫折就馬上放棄了。與其浪費時間在無用的事情，不如在學業上更認眞一點。這件事到此爲止，要是你繼續要求學吉他，就給我滾出去！」

我攥緊拳頭，下唇被我咬得發疼。

「……好，我會滾出去。」我顫抖地迸出話，「爸，你當然不會相信我，你從來沒有信任過我，也從不關心我眞正想要的是什麼。你只會不斷否定我、拚命控制我。我和爸不一樣，我不要活得像你一樣。我遲早會離開這個家，我一定會離開的！」

從此，我和爸的關係惡劣到難以修補的地步。

我升上高中後，因爲原本的住處租約到期，不能續租，我們只得搬離，但是我沒有再跟爸一起生活。爲了擺脫他的掌控，我毅然選擇可以住校的學校，久久才回家一趟。

搬家之前，正在學吉他的晉哥給了我一把吉他，但是我的學習之路並不順遂，因爲爸的殘酷預言讓我有段時間相當灰心。每當遭逢瓶頸或低潮的時候，他的話便猶如鬼魅般徘徊在耳邊，折磨我的身心。我數度懷疑起自己的能力，甚至因此萌生放棄的念頭。

幸好，卡門的存在給予了我力量。只要看著那個舞臺、看著我夢想成爲的那個人站在那裡演唱，無論面對再怎麼難以跨越的障礙，我都能重新振作。

就算得不到爸的支持，我也想讓他知道，我的夢想並不是隨口說說而已。

高二時的一個週末深夜，我和吉他社的朋友走在街上，途中被一個背影攫住了目光。

儘管當時我和爸聚少離多，我還是一眼就認出坐在某間小吃店內角落的人是爸。他一個人埋首用餐，身著我再熟悉不過的西裝，公事包放在身側，似乎才剛下班。

不知是否因爲太久沒見到他，過去那在我的世界裡宛如高牆般聳立的身影，如今看來竟不再那麼高大強壯，反而單薄得令我吃驚。

我明明還怨著他，然而看見他孤獨的背影後，心裡卻又五味雜陳。比起怨懟，心中湧起更多的是悲傷和落寞。

這就是爸想要的人生嗎？

每天過著這種日子，他眞的快樂嗎？

還是他其實也有自己想做的事，只是因爲我，才不得不選擇這樣的生活？

也許是當時爸的背影給了我不小的震撼，我的心境在那一刻產生了變化。我不再恨爸，但依然不知道該怎麼和他相處，直到某個人出現，我才開始想試著去了解他，甚至主動打破跟他之間的僵局。

進入大學的第一天，班上有位女同學引起許多人的注意。

她叫李莫，長得非常漂亮，可是也相當孤僻。她總是一個人坐在教室的最旁邊，不與任何人親近，也從不對誰展露笑容，明顯與他人保持著距離。

她對一切無動於衷的淡漠態度令我印象深刻，不知為何，我很難不去關注她。

「林逸光，你又在偷看李莫了，你就承認你對她有興趣嘛！」一逮到我正偷覷著她，同學立刻糗我。

「才不是，我只是很納悶她爲什麼那麼不喜歡跟別人打交道。」我否認，仍望著坐在前方專心閱讀的李莫。

「就高傲啊，自認漂亮所以想用這招逼退蒼蠅吧。」同學說得理所當然。

可是我並不這麼認爲。

我天天注視著她的背影，有天才恍然明白自己爲何那麼在意她。

因爲她獨自坐在前方的畫面，會令我想起在小吃店看到的爸的背影。無論是沒有表情的臉龐、冷淡疏離的氣質，還是一個人靜靜坐著的樣子，李莫都和爸爸相似得驚人。

因此，幾天後的社團招生活動，我忍不住主動接觸李莫，邀請她加入吉他社。

她沒有搭理我，但我意外從晉哥口中得知了李莫高中時的情形。

當時她經常出入學校的吉他社，而且很會唱歌，只是後來發生了一些事，導致她與吉他社的所有人決裂，個性也變得冷酷。不過晉哥始終不肯告訴我是發生了什麼事，彷彿有難言之隱。

這個發現更堅定了我的決心，我越來越想了解她，也越來越想知道她隱藏在冷漠底下的眞正模樣。我試著用各種方法突破她的心防，只爲了更靠近她一些。

就像我的內心深處始終期盼有天能拉近跟爸之間的距離、看見爸爸發自內心快樂地笑著一樣，我也想看見李莫的笑容。

抱持著這樣的念頭，我拿出一本便利貼，決定從每天對李莫釋出關心開始。

如果我努力走近他們，不管是李莫或是爸爸，我們彼此的關係也許就能有所改變。

我相信，那一天終究會來臨。

後記

你們就是我的天空

《藍空》對我而言是一個很特別的故事。

距離舊版的出版時間已經過去五年，我的心境自然也跟當年不同了。藉由這次的修訂，我重新審視了這個曾經給予我安慰的故事，忽然間很想再爲莫莫跟逸光多做些什麼，於是在新版裡，我多給了莫莫一段故事。儘管篇幅不長，但在莫莫追尋夢想的過程中，針對她的心境轉變，我認爲這樣的劇情是不可或缺的。

說到逸光，他自始至終都是讓人無法不喜愛、無法不心疼的男孩。他擁有才華和熱情，以及堅定的目標，無時無刻都顯得那麼耀眼，沒有人能將目光從他身上移開，包括我。

過去我曾說過，他是點亮這個故事的一盞明燈，而在回味劇情時，這種感覺比當初撰寫時更加強烈。我常會不自覺沉浸在逸光的笑容裡，爲他的毅力感動，爲他的開朗樂觀著迷。

逸光欽羨著莫莫與生俱來的才華，而當莫莫意識到自己對逸光的嫉妒後，也漸漸被他帶出封閉的世界。在她遇見的所有人當中，逸光與她最親密，也是讓她看見自身黑暗面的人，她面對逸光時內心所產生的種種掙扎跟衝突，都在在顯示出她其實並非全然信任逸光。她依然畏懼人性，擔心放手展現自己的話，終將招來他人的妒恨。

當然，也許會有人覺得莫莫的想法太自以爲是，不過她和逸光有著相同的目標，雖然彼此扶持卻也是競爭關係，再加上過去的幾次慘痛經驗，她會有這樣的顧慮也情有可原。

然而矛盾的是，莫莫一方面相信是自己的才華傷害了別人，一方面又覺得自己能獲得肯定，並非眞的是倚靠才華。出眾的容貌對她來說成了原罪，爲此所受的委屈跟挫敗成了她的心魔。在舊版的劇情裡，我對於這部分的著墨不多，因此在新版中加強描寫了她內心的衝突，希望能將這份心情呈現出來。

最後要說的角色就是草莓大叔了。

應該有不少讀者知道我對草莓大叔的欣（痴）賞（狂），至今他依舊是我在筆下所有男性角色裡最喜歡的一位。當初創造出這個角色時，我的心情十分享受，如今重溫一次故事，再次被他打動之餘，卻也忽然覺得有點可惜了。

如果可以，我希望能再多窺探一下這個人的內心世界，無論是他跟逸光之間的感情，還是對莫莫的想法，若能再多寫一點應該會更好。遺憾的是，這個故事是以莫莫的角度來寫，而番外的部分，我認爲以逸光的角度作結是最好的，所以最終還是放棄了這樣的想法，也算是讓草莓大叔保留一點神祕感。

謝謝所有喜歡《藍空》的讀者朋友，這個故事無論是在過去還是現在都療癒了我，希望也能帶給你們同樣的感受。

謝謝同意將〈I Believe I Can Fly〉中譯歌詞授權給我於內文使用的安德森先生。

謝謝馥蔓，謝謝思涵，謝謝POPO原創。

謝謝一直以來支持我的小平凡。

你們就是我的天空。

晨羽

國家圖書館出版品預行編目資料

藍空／晨羽著. -- 初版. -- 臺北市：城邦原創出版
：家庭傳媒城邦分公司發行, 2018.01
面；公分

ISBN 978-986-95299-8-3（平裝）

857.7 106023188

藍空

作　　者／晨羽
企畫選書／楊馥蔓
責任編輯／陳思涵

行銷業務／林政杰
總 編 輯／楊馥蔓
總 經 理／伍文翠
發 行 人／何飛鵬
法律顧問／元禾法律事務所　王子文律師
出　　版／城邦原創股份有限公司
台北市中山區民生東路二段 141 號 6 樓
電話：(02) 2509-5506　傳眞：(02) 2500-1933
E-mail：service@popo.tw
發　　行／英屬蓋曼群島商家庭傳媒股份有限公司城邦分公司
聯絡地址：台北市中山區民生東路二段 141 號 11 樓
書虫客服服務專線：(02) 25007718・(02) 25007719
24小時傳眞服務：(02) 25001990・(02) 25001991
服務時間：週一至週五09:30-12:00・13:30-17:00
郵撥帳號：19863813　戶名：書虫股份有限公司
讀者服務信箱 email：service@readingclub.com.tw
城邦讀書花園網址：www.cite.com.tw
香港發行所／城邦（香港）出版集團有限公司
地址：香港九龍土瓜灣土瓜灣道86號順聯工業大廈6樓A室
email：hkcite@biznetvigator.com
電話：(852)25086231　傳眞：(852) 25789337
馬新發行所／城邦（馬新）出版集團 Cité(M)Sdn. Bhd.
41, Jalan Radin Anum, Bandar Baru Sri Petaling,
57000 Kuala Lumpur, Malaysia.
電話：(603) 90563833　傳眞：(603) 90576622
email:services@cite.my

封面設計／黃聖文
電腦排版／游淑萍
印　　刷／漾格科技股份有限公司
經 銷 商／聯合發行股份有限公司
電話：(02)2917-8022　傳眞：(02)2911-0053

■ 2018 年 1月初版
■ 2024 年 3月初版 14 刷
Printed in Taiwan

定價／300元

ISBN 978-986-95299-8-3

城邦讀書花園
www.cite.com.tw

本書如有缺頁、倒裝，請來信至service@popo.tw，會有專人協助換書事宜，謝謝！